Hans Magnus Enzensberger
Mittelmaß und Wahn

DIE
KLEINE
REIHE

BÜCHERGILDE GUTENBERG

Hans Magnus Enzensberger

MITTELMASS UND WAHN

Gesammelte Zerstreuungen

Lizenzausgabe für die Büchergilde Gutenberg,
Frankfurt am Main, Wien,
mit freundlicher Genehmigung des
Suhrkamp Verlags, Frankfurt am Main

Reihengestaltung Heinrich Thomas, Heidesheim
Herstellung Margot Mayer, Dietzenbach-Steinberg
Satz Utesch Satztechnik GmbH, Hamburg
Druck und Bindung
R. Oldenbourg Graphische Betriebe GmbH, Kirchheim
Printed in Germany 1990 ISBN 3 7632 3673 2

Inhalt

I

Über die Ignoranz

Natürlich weiß sie Bescheid, die Zweiunddreißigjährige, die da mit dem zuständigen Redakteur in der Funkhaus-Kantine sitzt. Sie weiß, was läuft. Sie war doch erst kürzlich auf diesem Kongreß in Mailand, und das große Symposium in Berlin hat sie auch nicht versäumt. Sie hat eine ganze Reihe von Vorschlägen mitgebracht. Wie wäre es mit einer Kritik der neoklassizistischen Strömungen in der Architektur, sagen wir mal: fünfundvierzig Minuten? Außerdem interessiert sie sich brennend für die aktuellen Kontroversen unter den Pariser Post-Post-Strukturalisten. Sie habe da von wilden Auseinandersetzungen gehört. Das müßte man freilich an Ort und Stelle recherchieren.

Nun, das Dritte Programm muß sich auch um solche Themen kümmern. Der Redakteur ist ja ein gutwilliger Mann. Es liegt ihm fern, die Besucherin einem tückischen Test zu unterwerfen. Also ist es reiner Zufall, daß er den Namen Vitruv erwähnt; und als sich, rein zufällig, herausstellt, daß die Autorin diesen Vitruv für einen sowjetischen Architekten hält, wechselt der Redakteur, ein stiller, höflicher Mann, rasch das Thema.

Die Besucherin kommt jetzt mit um so größerem Eifer auf ihre Pariser Pläne zu sprechen. Sie hat schon die vierte Zigarette ausgedrückt, und der Redakteur, der am Nachmittag noch ins Studio muß, hört ihr etwas geistesabwesend zu. Erst beim drittenmal versteht er, wer mit dem verstorbenen Herrn Lakkahn gemeint ist, dessen verwaiste Schüler nun offenbar wie die Skorpione übereinander herfallen. Nun ja, Lackahn oder Lacan, das ist schließlich bloß eine Frage der Aussprache. Nur – kann die Berichterstatterin eigentlich Französisch? Dochdoch.

Das heißt, ein bißchen. Sie wird sich schon durchschlagen, mit Hilfe ihrer Pariser Bekannten. Dem Redakteur sinkt das Herz, er bedauert, er entschuldigt sich, er zahlt und flieht.

Solche Geschichten braucht sich niemand auszudenken. Sie tauchen an allen Ecken und Enden auf. Jeder, dem sie zu Ohren kommen, wird verständnisinnig nicken und sich unverzüglich daran machen, seinen eigenen Erfahrungsschatz hervorzukramen, in dem sich noch viel haarsträubendere Beispiele finden. Ich fasse mich kurz und rekapituliere nur ein paar typische Fälle aus diesem unerschöpflichen Repertoire.

Da ist der junge, keineswegs unbegabte Germanist, der seinem Prüfer ins Gesicht sagt, er habe sich mit drei deutschen Autoren beschäftigt: mit Büchner, Heine und Döblin. Die allerdings habe er von vorn bis hinten gelesen und über jeden von ihnen eine Seminararbeit geschrieben. Sozusagen aus Gründlichkeit sei er nicht dazu gekommen, die übrige Literatur zur Kenntnis zu nehmen; von Fragen nach Grimmelshausen, Lessing, Goethe und so weiter bitte er daher Abstand zu nehmen.

Dann der Referendar am Kammergericht, der immer diese Schwierigkeiten mit den Fremdwörtern hat. Er verwechselt »Diffamierung« mit »Diskriminierung« und »Diagramm« mit »Piktogramm«, und aus irgendeinem Grund sagt er jedesmal »Revelanz«, wenn er »Relevanz« meint. Er kann gar nicht begreifen, warum das den Vorsitzenden Richter derartig irritiert. »Ich kann schließlich«, meint er, »nicht andauernd mit dem Duden unter dem Arm herumlaufen.« Daran ist etwas Wahres.

Ferner müssen wir hier des Deutschlehrers gedenken, der an seinen Schülern verzweifelt, weil sie, wie er sagt, nicht mehr in der Lage sind, ein Buch zu Ende zu lesen. Es handelt sich immerhin um das beste Gymnasium in der Stadt. Hier hat Melanchthon gelehrt, der große Melanchthon! »Warum geben

Sie uns nicht einfach die Stellen an, auf die es Ihnen ankommt? Die fotokopieren wir dann, und die Sache hat sich.« – »Und wenn ich ihnen sage, daß *Die Wahlverwandtschaften* nicht aus irgendwelchen ›Stellen‹ bestehen, wissen Sie, was ich dann zu hören kriege? ›Frust‹, schallt es mir entgegen, ›Konzentrationsschwierigkeiten‹, ›Leistungsdruck‹ . . . Ich habe es satt!«

Ganz zu schweigen von der Bewerberin, die sich in einer Galerie vorstellt, auf ein abgeschlossenes Kunstgeschichte-Studium verweisen kann, aber fest davon überzeugt ist, daß Leonardo und Goya »ungefähr zur gleichen Zeit« gelebt haben, und die sich verblüfft darüber zeigt, daß der Galerist wegen lächerlicher dreihundert Jahre Unterschied »einen solchen Terror macht«;

von dem äußerst erfolgreichen, sechsunddreißigjährigen jungen Autor, Jungdramatiker und Jungfilmer, den die Kritiker für ein Genie halten, weil ihm die deutsche Syntax vollkommen fremd ist, und weil er überhaupt mit den Füßen schreibt;

von dem kaufmännischen Lehrling, der sich außerstande sieht, eine Dreisatzaufgabe zu lösen, und der eine vorgedruckte Tabelle oder einen Taschenrechner braucht, um die Mehrwertsteuer »auszuwerfen«;

und von einer Million ähnlicher Problemfälle, aus denen Sachbearbeiter und Personalchefs inzwischen einen bunten, aber monoton gemusterten Sagenteppich gewoben haben, eine kulturelle Landkarte der Bundesrepublik im Maßstab eins zu eins, auf der in immer neuen Abwandlungen immer dasselbe zu sehen ist: Unfähigkeit, Analphabetentum und Ignoranz. Und wo erhebt diese ungeheuerliche Unwissenheit ihr Haupt? Sie haben es erraten! In einem Staat, der sich das weitläufigste, großzügigste, teuerste Bildungssystem der Welt leistet!

Kein hochtrainiertes Ohr ist nötig, um zu begreifen, daß es ein sehr konservativer Gram ist, der sich in solchen Klagen äußert. Mögen sie begründet sein oder nicht, unverkennbar ist der Vorgesetzten-Ton, in dem sie vorgetragen werden. Es spricht aus ihnen der Chef, der von seinen Mitarbeitern enttäuscht ist, der Meister, dem es der Lehrling nicht recht machen kann, der Generalstabschef, der sich fragt, wie er mit solchem Menschenmaterial siegen soll. Diese Rhetorik ist so alt wie die Welt. Daß das alles früher ganz anders, und zwar besser war, gilt ihr als ausgemacht, und diese Überzeugung verdichtet sich mit zunehmendem Lebensalter. Kulturelle Mangelerscheinungen können aus einer solchen Perspektive nur als Generationsproblem gedeutet werden. Ignoranz und Unfähigkeit gelten von vornherein als Domäne der Jugend. Kein Gegenbeispiel vermag diese Gewißheit zu erschüttern. Da mögen sich ganze Hundertschaften von senilen Herren in Juntas, Aufsichtsräten, Zentralkomitees und Krisenstäben versammeln und aus schierem, unbelehrbarem, von keiner Kenntnis getrübtem Schwachsinn Pleiten, Katastrophen und Massaker anrichten – die Schlußfolgerung wird in solchen Fällen immer lauten: Irren ist menschlich. »Man lebt zwischen les hauts et les bas,/erst Oberpräsident, dann kleiner Balkanposten, schließlich Chef,/dann ein neues Revirement,/ und man geht auf seine Güter.«

Pascal hat mit sechzehn seine bahnbrechende Arbeit über die Kegelschnitte publiziert; Hugo Grotius promovierte mit fünfzehn; mit zwölf Jahren bezog Melanchthon, der große Melanchthon, die Universität Heidelberg. Und heute? Heute fährt der vierunddreißigjährige Diplom-Volkswirt Bruno G. erst mal noch ein paar Jahre Taxi – er braucht Zeit, um sich darüber klarzuwerden, was er eigentlich machen soll. Seine Freundin Helga denkt an ein Zweitstudium, und Zizi, die eigentlich Friseuse gelernt hat, will einfach nicht mehr und lebt erst mal von der Stütze. – Ach, sagen die Arbeitsmarkt-Experten, das waren noch Zeiten, als man sich nach der Maxime richten konnte: Trau keinem unter zwanzig! Seitdem hat sich, in einem säkularen Prozeß, die Adoleszenzphase immer mehr verlängert. Schon in den sechziger Jahren lag die Grenze bei dreißig, und heute müßte man, jedenfalls was die Akademiker angeht, und wer ist heute kein Akademiker? – heute müßte man sagen: Trau keinem unter sechsunddreißigeinhalb.

Ich dagegen versuche mir den jungen Melanchthon vorzustellen. Das ist gar nicht so einfach. Geboren ist er in Bretten, einem Nest im Kraichgau, damals Kurpfalz, heute Baden. Ein paar alte Fachwerkhäuser sind noch übrig, das meiste haben in irgendeinem Krieg die Franzosen verbrannt. Der Vater hieß Schwarzerd und war Waffenschmied, kein schlechter Beruf. Ich frage mich, was hat der Siebenjährige gelernt? Lesen und Schreiben, Latein und Religion, später auch Griechisch und eine Menge Theologie. Viele Passagen aus den Klassikern und aus der Bibel konnte er auswendig. Der Kanon war genau umrissen und leicht überschaubar, ein paar Dutzend Autoren, Dichter, Philosophen und Kirchenväter, dazu ein wenig Fachliteratur, der Rest war eigentlich Schamott, die üblichen giftigen Schmierereien über die Mitwirkung des freien Willens bei der Besserung und über die Gegenwart Christi im Abendmahl. Eigentlich ein reicher Geist in einer objektiv engen Welt. Der Gesichtskreis beschränkte sich auf Mitteleuropa und Rom, Nachrichten gab es nur vom Hörensagen. Um den Alltag brauchte sich Melanchthon nicht zu kümmern, das war Sache der Frauen und der Dienstboten. Ablenkungen gab es kaum, nur Plagen, Intrigen, Krankheiten. Jeden Morgen begab sich Schwarzerd an sein Pult. Was er aufschlug, waren immer dieselben Bücher.

Wenn wir nun unsern Blick auf Zizi richten, Zizi, die eigentlich Friseuse gelernt hat, aber weil sie sich mit dem Besitzer des Modern Coiffeur Haarstudios gestritten hat, kriegt sie erst einmal ein halbes Jahr lang ihr Geld vom Arbeitsamt –: Zizi hat jede Menge Zeit, aber sie weiß trotzdem nicht, wo ihr der Kopf steht. Eigentlich müßte sie jetzt ihren Anwalt anrufen, denn da ist noch die Sache mit dem Trinkgeldanteil, den ihr Edi nicht ausbezahlen will. Aber das kann er mit Zizi nicht machen; denn mit dem Arbeitsrecht kennt sie sich aus, da ist sie Expertin. Und dann sollte sie sich auch noch um ihren Lohnsteuer-Ausgleich kümmern. Nur, dazu kann sie sich heute nicht aufraffen. Erst muß sie jedenfalls ihre Zeitschriften durchblättern. Das gewöhnt man sich in einem Friseurladen an. Woche für Woche bringt der Lesezirkel einen ganzen Pakken von Illustrierten vorbei, und in den umsatzschwachen Zeiten liest man schon einiges zusammen. So kommt es, daß Zizi über geradezu enzyklopädische Kenntnisse auf verschiedenen Gebieten verfügt. Schauspieler, die sie in *Tatort* gesehen hat, erkennt sie auf der Straße wieder; sie kann ihre wichtigsten Rollen angeben und weiß mehr, als man für möglich halten sollte, über ihre privaten Verhältnisse, ihre gesundheitlichen Probleme und ihre Freizeitbeschäftigungen. Eine noch größere Kennerschaft legt Zizi an den Tag, wenn es um den Film geht. Hier ist sie sogar über die jeweiligen Wohnsitze, Liebesgeschichten und Gagen informiert.

Wenn es allerdings um Fußball geht, ist Zizi überfragt. Da muß man sich schon an Bruno halten. Bruno weiß alle deutschen Meister seit 1936 auswendig; er weiß, wie der Rechtsaußen vom VfB Stuttgart heißt; wenn ein Trainer entlassen wird, kann Bruno den Grund angeben, und in der Arithmetik der Torverhältnisse ist er unschlagbar. Auch beim *Weltspiegel* und beim *Bericht aus Bonn*, wo Zizi einfach abschaltet, hält Bruno durch. Er macht sich seine eigenen Gedanken über die Sparbeschlüsse, über Nicaragua, über die Apartheid und über die Nachrüstung, und wehe, wenn ihm einer mit falschen Zahlen kommt. Bruno läßt sich da nichts vormachen, er kennt den Unterschied zwischen Pershing I und Pershing II, und er weiß auch, wie viele SS-20 die Russen stationiert haben.

Wenn die drei zusammen verreisen, checkt Bruno erst einmal drei Tage lang seinen alten Mercedes Diesel durch. Den hat er seinerzeit sehr günstig gekauft. Bruno kennt den Automarkt. Auf die Tricks der Gebrauchtwagenhändler fällt er nicht herein. Früher hat er einen Fiat gefahren, aber er sagt, nie wieder! Immer hat er die Zündung neu einstellen müssen, und die Verarbeitung war auch recht mies. Helga ist für die Kasse zuständig. Meistens kaufen sie für die ganze Reise im voraus ein, Helga weiß, wo es am günstigsten ist, sie hat sämtliche Preise im Kopf und achtet auch auf die Abfüllung; mit Mogelpackungen kann man ihr nicht kommen. Die Restaurants und die Hotels übernimmt Zizi. Sie sieht ja schon von weitem, wo die Zimmer gut sind, und damals, als sie nach Kreta fuhren, alles war so teuer und überall wurde man geneppt, da hat sie, Zizi, das tolle Lokal gefunden, wo man fast umsonst essen konnte und wo es so wahnsinnig nett war.

Abgesehen davon, von Frisuren versteht Zizi eine ganze Menge. Ganz egal, ob Sie einen Rundschnitt, einen Fächerschnitt, einen Stufen-, Zickzack- oder Bananenschnitt wünschen, bei Zizi sind Sie immer gut aufgehoben. Sie fängt bei den Tampel- und bei den Nackenhaaren an, dann nimmt sie die Stirn- und die Ponyhaare dran, immer sauber effiliert, ein Passé nach dem andern, und zum Schluß das Kontur- und das Deckhaar. Wenn Sie dann noch eine Tönung wollen, eine Biokur oder eine Friktion . . . Mit einem Wort, Zizi ist Spitze.

Ich möchte mich jetzt der Frage zuwenden, wer ignoranter ist, Philipp Schwarzerd, genannt Melanchthon, oder Zizi. Natürlich bilde ich mir nicht ein, daß sich eine solche Frage exakt und schlagend beantworten läßt. Die methodischen Schwierigkeiten liegen auf der Hand. Was die empirische Seite der Angelegenheit betrifft, so müssen wir uns damit abfinden, daß nur eine der beiden Versuchspersonen, nämlich Zizi, für Testzwecke zur Verfügung steht, obwohl ich mir auch bei ihr nicht sicher bin, ob sie bereit wäre, sich von einem x-beliebigen Psychologen in die Mangel nehmen zu lassen und einen Haufen idiotischer Fragebogen auszufüllen. Trotzdem möchte ich zunächst einmal auf den quantitativen Aspekt der Frage eingehen.

Die Speicherkapazität des menschlichen Gehirns ist sicherlich nicht unbegrenzt. Ein Limit läßt sich jedoch in der Praxis aus mehreren Gründen nicht angeben. Zum einen sorgt das unbewußte Regulativ des Vergessens dafür, daß es nie zu einer hundertprozentigen Auslastung kommen kann; zum anderen hängt die Aufnahmefähigkeit vom sozialen und kulturellen Milieu ab; sie muß fortwährend angeregt und trainiert werden, wenn sie nicht verkümmern soll.

Ich möchte die Vermutung riskieren und plausibel machen, daß Zizis Lexikon mindestens so umfangreich ist wie das eines Gelehrten aus dem Humanismus, obwohl man das nicht ohne weiteres vermuten würde, wenn man zuhört, wie sich Zizi mit Helga unterhält, während sie ihr aus Gefälligkeit eine Dauerwelle legt. Sie kommt dabei mit ungefähr tausend Vokabeln aus. Melanchthons Schriften lassen auf einen weit größeren aktiven Wortschatz schließen. Dabei ist noch zu berücksichtigen, daß sich Schwarzerd schriftlich und mündlich in drei Sprachen ausdrücken konnte, während Zizi nur über rudimentäre Englischkenntisse und über ein paar aufgeschnappte griechische Redensarten verfügt. Aber dafür kann sie sich Tausende und Abertausende von Markenartikel merken, und sie kennt sogar die jeweiligen Reklameslogans so gut, daß sie vor dem Hauptfilm, als nähme sie an einem Rätselwettbewerb teil, die richtigen Firmennamen in den dunklen Saal ruft, noch ehe sie auf der Leinwand erscheinen. Zahllose Namen von Rockgruppen liegen ihr auf der Zunge. Sogar englische Hits kann sie auswendig, eine Gedächtnisleistung, die der Bibelfestigkeit Melanchthons in nichts nachsteht. Auch komplexe Begriffsbildungen stehen ihr zur Verfügung. Sie weiß zwar nicht, was Transsubstantiation bedeutet, aber das nicht weniger abstrakte Lemma *Mehrwertsteuer-Rückvergütung* ist ihr geläufig. Allein die Film- und Fernseh-Zeitschriften, die sie liest, versorgen sie mit Informationen in der Größenordnung von mehreren Megabits, die sie gewissenhaft memoriert – ein Speicherinhalt, der einer gründlichen Kenntnis der Kirchenväter quantitativ nahekommen dürfte.

Gewisse Schwächen hingegen zeigen sich in Zizis Syntax. Im Vergleich zu Melanchthon fällt ihre Neigung zu parataktischen Konstruktionen auf. Nebensätze sind ihr einfach zu umständlich, und wenn sie bei ihrer Lektüre, was selten vorkommt, auf eine Periode stößt, reagiert sie verärgert. Das bedeutet aber nicht, daß ihr komplexe logische Strukturen unzugänglich wären; wenn sie sich zum Beispiel mit Helga streitet, erweist sie sich oft als ausgekochte Sophistin. Damit möchte ich ihre Schwächen nicht beschönigen; sicherlich hat sie mit Formalisierungsproblemen zu kämpfen. Ich komme deshalb in diesem Zusammenhang lieber noch einmal auf Bruno zu sprechen, dessen Kasuistik mit den Standards des sechzehnten Jahrhunderts durchaus konkurrieren kann. Wenn Bruno den beiden Mädchen das Regelsystem einer Fußballweltmeisterschaft erklärt, reitet er am liebsten auf Streit-, Grenz- und Zweifelsfällen herum. Da die Zuhörerinnen nicht genügend Sachverstand entwickeln, muß er sogar beide Seiten der Kontroverse vortragen. Er tut es mit einem Scharfsinn und einer logischen Akribie, die an eine theologische Disputation erinnern. Eine ähnliche Meisterschaft legt er an den Tag, wenn es um die Straßenverkehrsordnung geht. Vor seinen Beiträgen zur Interpretation des eingeschränkten Halteverbots hat schon manche Bußgeldstelle die Waffen gestreckt.

Und dennoch kommen wir um den Stoßseufzer: Armer Bruno! Arme Zizi! nicht herum. Das hat nicht mit dem Umfang, sondern mit der Organisation ihrer Kenntnisse zu tun. Während sich Melanchthon beim Aufbau seines Wissens auf einen stabilen Kanon verlassen konnte, während ihm von vornherein klar war, was überhaupt wissenswert war und was nicht, so daß er es im Lauf eines dreiundsechzigjährigen Lernprozesses zu einem haltbaren, wohlgeordneten Weltbild bringen konnte, verfügen Zizi, Helga und Bruno, trotz nimmermüder Aneignung, nur über ein buntscheckiges Quodlibet, um nicht zu sagen über einen Müllhaufen, der noch dazu einer ständigen Umschichtung unterliegt. Die Kenntnisse und Fähigkeiten, die sie sich erwerben, veralten entsetzlich schnell. Vor ein paar Jahren hat sich Helga ein Skateboard angeschafft, und in zwei, drei Wochen brachte sie es zu einer beachtlichen Virtuosität im Umgang mit diesem schwierigen Transportmittel. Heute kann sie sich mit so etwas natürlich nicht mehr blicken lassen. Selbst die Roller-Skates, die zwei Jahre später auftauchten, verstauben längst in ihrem Keller, und sie muß nunmehr wohl oder übel auf eine Surfausrüstung sparen. Es geht hier nicht so sehr um die 3500 Mark, die aus diesem Anlaß fällig werden, sondern um den raschen Verschleiß ihrer Kenntnisse. Helga, Zizi und Bruno wissen auch ganz genau, daß ihre Berufsausbildung praktisch über Nacht schrottreif werden kann. Sie haben sich infolgedessen angewöhnt, immer nur ad hoc zu lernen. Sie organisieren ihr Wissen und ihre Fertigkeiten nach dem Rolltreppenprinzip, und damit stehen sie natürlich keineswegs allein da. Wer den Unterhaltungen deutscher Führungskräfte aus Politik, Wirtschaft und Kultur lauscht, wird zum Beispiel bald feststellen, daß sie nach Thematik, Informationsstand und Wortwahl einem eigentümlichen Sieben-Tage-Zyklus unterworfen sind. Das Material wird am Montagmorgen durch den neuen *Spiegel* herbeigebaggert und im Lauf der Woche nach und nach abgetragen, bis es auf Nimmerwiedersehen im Papierkorb landet, woraufhin der Lernprozeß, falls dieser Ausdruck überhaupt noch anwendbar ist, von neuem beginnen kann.

Daß bei einer solchen Organisation des Materials das Kurzzeitgedächtnis eine besondere Rolle spielt, ist leicht einzusehen. Von der Vergangenheit hat Zizi, im Gegensatz zu Melanchthon, nur eine vage Vorstellung. Zwar ahnt sie, daß es früher auch ein Leben gegeben haben muß; dieser Verdacht wird im übrigen durch Filme wie *Excalibur* und *Eaton Place* genährt. Doch auch zu Hause umgeben sich Bruno, Zizi und vor allem Helga mit Resten aus der Tradition. In der Küche hängt ein rot besticktes Handtuch mit der Inschrift: »Eigener Herd ist Goldes wert«, das Helga auf dem Trödel gefunden hat, und im Wohnzimmer steht ein echtes Grundig-Radio aus dem Jahr 1952. Die Geschichte dient unserm Trio also als eine Art Kuscheltier. Nun, abgesehen von den letzten paar hundert Jahren ist es wohl mit dem historischen Bewußtsein nie weit her gewesen; die Vergangenheit war stets eine Angelegenheit der Priester und der Gelehrten, für alle anderen existierte sie nur in der Form von Märchen, Sagen und Legenden.

Wenn ich noch einmal auf Melanchthon zurückkommen darf – nur ein einziges Mal, dann wollen wir sein Andenken ehren, indem wir ihn in Ruhe lassen –: Ich frage mich, wie sind seine Kenntnisse zustande gekommen? Die Antwort lautet: durch heißes Bemühn. Wissen war zu seiner Zeit eine äußerst knappe Ressource, jede Art von Studium das Privileg einer winzigen Minderheit, der Zugang zu den Informationsquellen schwierig und teuer. Das galt nicht nur für die Schriftgelehrten. Jede qualifizierte Berufsausbildung kostete Lehrgeld und war nur um den Preis jahrelanger unbezahlter Arbeit zu erlangen.

Dagegen sieht sich unsere Friseuse einem lebenslänglichen Trommelfeuer von Informationen ausgesetzt. Schon im zartesten Vorschulalter machten sich die Pädagogen an ihr zu schaffen. Aber was ist ein Curriculum, verglichen mit dem Werbefernsehen! Was ist die Mittlere Reife, verglichen mit dem täglichen Horoskop, der täglichen Gesundheitsberatung, dem täglichen Verbrauchertip! Ich bin sicher, eine einzige Ausgabe der *Bild*-Zeitung hätte genügt, um Johann Gottfried Herders Denkvermögen wochenlang mattzusetzen. Und trotzdem schafft es Zizi irgendwie, nicht verrückt zu werden. Sie schafft es, indem sie sich, bildlich gesprochen, die Ohren zuhält. Wer ihr das übelnimmt, der begreift nicht, daß es sich um ein Gebot der Selbsterhaltung handelt. Wenn sie auch noch die Leitartikel der *Frankfurter Allgemeinen Zeitung* lesen und die Beschlüsse des SPD-Parteitags zur Kenntnis nehmen müßte, würde sie überschnappen. Ohnedies lebt Zizi schon gefährlich nahe an den Grenzen ihrer Kapazität. Jedem, der es hören will, erklärt sie, daß »es ihr allmählich reicht«. Denn es geht ja nicht nur darum, daß sie vom *Schlager-Laden* um acht Uhr dreißig an (Stereo, Bayern I) bis zur neuesten Folge von *Dallas* (ARD, 21.45 bis 22.30 Uhr) ununterbrochen schluckt und schluckt und schluckt. Zizi ist doch kein Meerschweinchen! Das glauben nur die Anhänger der Manipulationstheorien, die sich einbilden, sie hinge einfach passiv am Tropf. Zizi ist schließlich nicht aufs Hirn gefallen. Eigentlich glaubt sie kein Wort. Über die Tricks der Reklamefritzen und die Reden der Politiker kann Zizi nur lachen. Und was *Dallas* betrifft, sagt sie: »So ein Scheiß.« Zu der Mühe, bedrohliche Mengen von Informationen aufzunehmen und zu speichern, kommt also noch die weit größere Anstrengung, sich ihre eigenen Kenntnisse vom Leib zu halten, sich gegen sie zu immunisieren. Das sind Leistungen, von denen sich ein Melanchthon ... Schon gut, schon gut, er ruhe in Frieden.

Eine letzte Frage. Wie ist es mit der Relevanz? Einmal zugegeben, daß Zizi und Bruno, also wir alle, über geradezu maßlose Kenntnisse verfügen: was haben wir davon? Ich fürchte, diese Erkundigung läßt sich nur mit einer Gegenfrage beantworten. Was hätten (oder haben) wir davon, wenn wir wüßten (oder wissen), was die römische Redekunst dem Cicero verdankt, wann man eine Visitenkarte umknickt, bei welcher Temperatur das Glyzerin siedet und wie die sieben Stauferkönige hießen? Ich habe Grund zu der Vermutung, daß Zizis Kenntnisse, gemessen an ihrer Situation, durchaus funktionell sind. Jedenfalls »kommt sie mit ihnen durch«. An ihr liegt es nicht, daß sie ihr Augenmerk eher auf den Mieterschutz richten muß als auf den vollkommenen Ablaß aller zeitlichen und ewigen Sündenstrafen, und daß der Vergleich zwischen Karstadt und Tengelmann ihr mehr sagt als der zwischen Goethe und Schiller. Wer hier den ersten Stein werfen wollte, der liefe Gefahr, sich selbst zu treffen.

Damit möchte ich durchaus nicht der eingangs aufgeführten Schar von Ignoranten das Wort reden. Der Germanist, der keine Bücher liest, sollte wirklich lieber Kellner werden; der kaufmännische Lehrling, der das Einmaleins nicht kann, wäre sicherlich besser dran, wenn er in einen Strickkurs oder auf eine Fahrschule ginge, und warum die Kunsthistorikerin, die Goya der Renaissance zurechnet, nicht lieber Schweine züchtet, wird mir immer ein Rätsel bleiben.

Aber aus solchen Irrtümern läßt sich ganz und gar nicht schließen, daß es sich bei denen, die weniger als fünfunddreißig Jahre zählen, also bei der absoluten Mehrheit der Bevölkerung, um eine Art Mutanten handelt. Was sie wissen und was sie ignorieren, ist ebenso sonderbar und monströs wie die Umgebung, in der sie lernen, was sie lernen, und vergessen, was sie vergessen. Wegen ihrer Kompetenz-Kompetenz braucht man sich, glaube ich, keine Sorgen zu machen. Sollten sich die Lebensbedingungen in der Bundesrepublik dergestalt ändern, daß Zizi, Bruno und Helga mit einer soliden klassischen Bildung irgend etwas anfangen könnten – an ihnen würde es ganz gewiß nicht liegen. Ich höre sie schon, wie sie, zur Erleichterung aller, die über die Ignoranz der Jugend klagen, an schönen Herbstabenden statt *We don't need no education* den ersten Gesang der *Odyssee* anstimmen.

Bescheidener Vorschlag zum Schutze der Jugend vor den Erzeugnissen der Poesie

In unserm Leben wimmelt es von Anachronismen. Mit den Worten einer ehrwürdigen Quelle, die inzwischen selber anachronistisch geworden ist, verstehe ich darunter »anything done or existing out of date; *hence,* anything which was proper to a former age, but is, or, if it existed, would be, out of harmony with the present«[1]. Zu den merkwürdigsten Erscheinungen dieser Art gehört zweifellos das Schreiben und das Lesen von Gedichten, und, *a forteriori,* jegliches Raisonnieren über diese Tätigkeiten.

Ich sehe keinen Grund, vor einer solchen Einsicht zu erbleichen. Gemessen an den Standards, die in unseren Gesellschaften vorherrschen, sind schließlich die meisten unserer Lieblingsbeschäftigungen anachronistisch, und es ist noch sehr die Frage, ob einer lückenlos durchgehaltenen, absolut zeitgenössischen Existenz nicht der Selbstmord vorzuziehen wäre. Ungleichzeitigkeit schändet nicht. Sie stört nur, gelegentlich wenigstens. Das Vergnügen, das sie uns, gelegentlich, verschaffen kann, wird nicht darunter leiden, daß wir uns ihrer bewußt sind.

Noch anachronistischer als die Poesie selber kommt mir die Überzeugung vor, sie sei etwas Gefährliches. Auf diese Idee ist man in Europa schon vor längerer Zeit gekommen. Ich erinnere nur an jenen berühmten Philosophen von der Balkan-Halbinsel, 427 bis 347 vor Christus, der, nachdem er selber einige offenbar ziemlich dilettantische Verse verfaßt hatte, zu dem Schluß kam, es handle sich um eine staatsgefährdende Tätigkeit. Eigenartigerweise hat sich seine Ansicht bis in unser eigenes Jahrhundert hinein halten können, und dementsprechend haben wir immer noch hie und da Versuche zu verzeichnen, der (anachronistisch) sogenannten Schönen Literatur im allgemeinen und der Poesie im besondern das Handwerk zu legen, durch Zensur, gerichtliche Verfolgung und Verbannung ihrer Urheber, und durch allerhand andere Widrigkeiten. Die Heftigkeit solcher Reaktionen ist schwer zu erklären. Ein uralter Begründungstopos weist auf die zarten Gemüter der sittlich noch nicht gefestigten Jugend hin, die es vor dem schleichenden Gift der literarischen Einbildungskraft zu schützen gelte.

Man sollte meinen, die These vom jugendgefährdenden Charakter der Poesie (und ähnlicher Produkte) wäre inzwischen ausgestorben. Schließlich liegt die durchschnittliche Verkaufsauflage eines Gedichtbandes heutzutage bei vier- bis achthundert Exemplaren. Wenig deutet darauf hin, daß unsere Schüler und Lehrlinge, von einer Art Massenhypnose ergriffen, ihre Kassettenrecorder und Motorräder liegen und stehen ließen, ihre Sport-, Konsum- und Kopulationspflichten gröblich vernachlässigten, um sich hemmungslos dem Genuß von Lyrik hinzugeben.

Der Aberglaube, der sich an die vermeintlich okkulten, also heimtückischen Kräfte der Poesie (wie auch aller andern Künste) heftet, ist jedoch so alt und so eingewurzelt, daß er jeder Evidenz mühelos standhält. Er nistet heute vielleicht weniger in konservativen als in fortschrittlichen Köpfen, und zwar in zwei Modifikationen, von denen es noch dazu auf den ersten Blick den Anschein hat, als schlössen sie einander aus.

Zum einen wird die Harmlosigkeit ästhetischer Produktionen mit dem Hinweis auf ihr verborgenes subversives Potential geleugnet. Diese fabelhaften kritischen Energien, die da angeblich in Sonaten und Sonetten schlummern sollen, dieser utopische Überschuß weise immerzu über das schlechte Bestehende hinaus und verheiße etwas Ganz Anderes. Dieser Diskurs, der gewissermaßen eine revolutionäre Ehrenrettung der Poesie beabsichtigt, steht und fällt natürlich mit der Überzeugung von ihrer Gefährlichkeit; und in der Tat sind seine Wortführer öfters so weit gegangen, daß sie den Ausdruck »Sprengkraft« in den Mund nahmen, ganz als wäre, beispielsweise, die *Hauspostille* nicht aus Papier, sondern aus Dynamit verfertigt.

Nicht weniger kritisch sind die Theorien, und nicht weniger vehement werden sie vorgetragen, die es darauf abgesehen haben, der Poesie die revolutionäre Ehre abzuschneiden, statt sie zu retten. Sie diene nämlich, und auch diesen Singsang kennen wir längst auswendig, wie alle bürgerlichen Kunstübungen, nur einem einzigen Ziel: der Stabilisierung kapitalistischer Herrschafts- und Eigentumsverhältnisse. Weit entfernt davon, kritische, emanzipatorische und revolutionäre Energien freizusetzen, lähme sie, als ästhetische Droge, den Willen zu Widerstand; sie sei kulinär, elitär, parasitär, mit einem Wort: schädlich.

Dieser Wechselgesang, der nun schon seit Jahrzehnten über die Köpfe von Dichtern und Lesern hinwegschallt, kann, wie die Antiphon im katholischen Ritual, an und für sich beliebig lange fortgesetzt werden. Der scheinbare Widerspruch, der sich darin äußert, zeigt in Wirklichkeit nur die beiden Seiten ein und derselben Schablone. Überein stimmen die beiden Chöre jedenfalls darin, daß Gedichte, wie andere Kunstübungen, etwas ganz Gefährliches sind, sei es nun im systemsprengenden oder im systemerhaltenden Sinn; daher auch ihr aufgeregter Gestus. Ich glaube, man kann ihnen mit der größten Gelassenheit zuhören, da sie noch harmloser sind als das, wovon sie singen und sagen, wenn auch bedeutend einfallsloser und platter als das neueste Liedchen aus der Hitparade.

Mit Wissenschaft, und gar mit kritischer, haben sie allerdings nichts zu tun. Ihre konträren Behauptungen über die Wirkungen der Poesie hängen vollkommen in der Luft. Nicht der Schimmer eines Beweises wird vorgebracht. Im besten Falle handelt es sich um die Verallgemeinerung eigener Leseerfahrungen oder um die Aneinanderreihung nichtssagender Statistiken: Die Methodologie beschränkt sich im einen Fall auf den Holzhammer, im andern ist sie auf den Schluß von sich auf andere geschrumpft. Man kann das alles Literatursoziologie, Rezeptionsästhetik und Kommunikationsforschung nennen, das macht sich besser und bringt Forschungsaufträge ein.

Über die Wirkungen der Poesie lassen sich aber mit solchen Mitteln überhaupt keine sinnvollen Aussagen machen. Das ist auch gar nicht nötig, denn diese Wirkungen sind im gesellschaftlichen Maßstab mikroskopisch. Sollte dennoch jemand auf die Idee verfallen, sie allen Ernstes wissenschaftlich erforschen zu wollen, so müßte er sich auf einen ganz anderen Aufwand gefaßt machen. Er hätte ebenso übermütig und ebenso bescheiden vorzugehen wie ein Hochenergiephysiker. Diese Wissenschaftler finden bekanntlich nichts dabei, Millionen von unscheinbaren Elementarereignissen in ihren Nebel-, Wolken- und Blasenkammern zu verfolgen, immer in der Hoffnung, im Chaos der minimalen Reaktionen, die sich dort ereignen, signifikante Regeln ausfindig zu machen. Zu diesem Ende haben sie sich einen phantastischen theoretischen und experimentellen Apparat geschaffen, ein intellektuelles Riesenspielzeug, von dem sich unsere Ästhetiker nicht einmal etwas träumen lassen, obgleich die Systeme, mit denen sie sich beschäftigen, nach der Anzahl und Mannigfaltigkeit der beteiligten Elemente und Variablen unvergleichlich komplexer sind als alles, was in einer Blasenkammer zu beobachten ist. Dennoch sind es nicht sie, sondern die Physiker gewesen, die auf den naheliegenden Gedanken kamen, daß es Mikro-Ereignisse gibt, die sich prinzipiell einer exakten Prognose entziehen, und über die sich nur, wenn sie häufig genug vorkommen, probabilistische Aussagen machen lassen. Im Fall der Poesie dürfte diese Voraussetzung nicht gegeben sein. Auch auf diese Tatsache stütze ich meine Vermutung, daß ihre Wirkungen nicht meßbar sind. Die Behauptung, sie sei gefährlich, mag sie nun positiv oder negativ gemeint sein, beruht also auf einem Vorurteil.

Wenn ich, nach dieser arglosen Einleitung, zu der Hauptfrage komme, mit der ich mich hier beschäftigen will, nämlich wie die Jugend vor den Erzeugnissen der Poesie zu schützen sei, so wird man vielleicht zu glauben geneigt sein: damit widerspräche ich mir selbst. Dem Vorwurf der Inkonsequenz möchte ich zwar im allgemeinen lieber ins Messer laufen, als ihm auszuweichen; doch in diesem Fall ist er unberechtigt. Auch der harmloseste Gegenstand nämlich kann, das ist klar, gemeingefährlich werden, wenn er, um nur ein Beispiel zu nennen, in verbrecherische Hände fällt: so das friedliche Zwiebelmesser in der Faust des Amokläufers, der gutmütige Bleistift in den Fingern des Bürokraten, der hilfreiche Sicherheitsstecker in der Hand des Psychiaters, der wieder mal einem aufsässigen Patienten einen Elektroschock verpaßt – und, so möchte ich fortfahren, das harmlose Gedicht in der Aktentasche des Deutschlehrers.

Nicht als hege ich Vorurteile oder auch nur Vorbehalte gegen einen Berufsstand, dessen Verdienste im umgekehrten Verhältnis zu der mageren Anerkennung stehen, die ihm eine undankbare Mitwelt zollt. Der gesellschaftliche Einfluß des Deutschlehrers ist, ganz im Gegensatz zu dem des Schriftstellers, wenn nicht ekrasant, so doch von makroskopischer Größenordnung. Dementsprechend schwer ist seine Arbeit. Er ist der wahre Sisyphus. Ganz auf sich allein gestellt, sozusagen auf verlorenem Posten, soll er die Fähigkeit, deutsche Sätze hervorzubringen, nicht nur verteidigen, sondern sogar erwekken – eine Fähigkeit, die im öffentlichen Leben des Landes, von der Universität bis zum Parlament, von der Presse bis zu den fortschrittlichen politischen Organisationen, so gut wie ausgestorben ist. Der Deutschlehrer kämpft mit dem Rücken zur Wand um grammatische Kategorien, und damit um kognitive Unterscheidungsmöglichkeiten, wie die zwischen Indikativ und Konjunktiv, oder zwischen Perfekt, Imperfekt und Plusquamperfekt, von deren Unkenntnis inzwischen die überwältigende Mehrzahl aller neu verfaßten Dissertationen zeugt. Nein; nicht Ablehnung hat er von seiten des Schriftstellers zu gewärtigen, sondern schiere Solidarität in seinem ungleichen Kampf.

Nichtsdestoweniger – Kürzlich betrete ich die Metzgerei an der Ecke, es ist Freitagnachmittag, um ein Rumpsteak zu kaufen. Die Leute drängeln sich im Laden, aber die Frau des Meisters läßt, kaum daß sie mich erblickt hat, das Messer fallen, holt aus der Schublade an der Kasse ein Stück Papier hervor und fragt mich, ob das von mir sei. Ich sehe mir den Text an und bin sofort geständig. Es ist das erstemal, daß mir die Metzgersfrau etwas zuwirft, was ich als einen flammenden Blick bezeichnen möchte. Unter dem Murren der andern Kunden stellt sich folgendes heraus. Ich habe, ohne etwas davon zu ahnen, in das Leben der Metzgerstochter eingegriffen, die kurz vor dem Abitur steht. Man hat ihr im Deutschunterricht irgendeinen alten Text von mir vorgesetzt und sie aufgefordert, etwas darüber zu Papier zu bringen. Das Resultat: eine blanke Vier, Tränen, Krach in meines Metzgers Bungalow, vorwurfsvolle Blicke, die mich förmlich durchbohren, ein zähes Rumpsteak in meiner Pfanne. Mein schüchterner Hinweis auf den § 46, Absatz 1 des Gesetzes über Urheberrecht und verwandte Schutzrechte vom 9. 9. 1965, BGBl. I S. 1273 ff., demzufolge »die Vervielfältigung und Verbreitung« zulässig ist, »wenn Teile von Werken, Sprachwerke oder Werke der Musik von geringem Umfang, einzelne Werke der bildenden Künste oder einzelne Lichtbildwerke nach dem Erscheinen in eine Sammlung aufgenommen werden, die Werke einer größeren Anzahl von Urhebern vereinigt und nach ihrer Beschaffenheit nur für den Kirchen-, Schul- oder Unterrichtsgebrauch bestimmt ist« – dieser Hinweis, der in einem überfüllten Metzgersladen ohnehin schwer vorzubringen ist, stieß auf entschiedenes Unverständnis und wurde mit der Rückfrage erwidert, warum ich eigentlich so sonderbare Sachen schriebe. Meine Sympathie für die Metzgerin und, was natürlich weit wichtiger ist, die Sympathie der Metzgerin für mich hat unter diesem Vorfall zum Glück nicht nachhaltig gelitten. In Mitleidenschaft gezogen wurde dagegen, bedauerlicherweise, meine Solidarität mit den Deutschlehrern. »Möchte Sie«, heißt es in einem Brief aus 427 Dorsten, »kurz um einen Gefallen bitten. Mache bald meine 2. Prüfung für das Lehramt, u. wollte in der vorzuführenden Deutschstunde Ihr Gedicht *Abendnachrichten* besprechen. Wäre Ihnen sehr dankbar, würden Sie mir evtl. Unterlagen zu diesem Gedicht schicken. (Interpretation, Absicht etc.) Und zwar bitte umgehend, da es sonst zeitlich zu spät wird.«

Aus 8543 Hiltpoltstein schreibt mir eine liebenswürdige Lehrerin, der »daran liegt, den Schülern den Sinn für das Gedicht zu erhalten oder ihn in ihnen zu wecken«: »Mit meiner 11. Klasse habe ich im Deutschunterricht *An einen Mann in der Trambahn* besprochen, das heißt besprechen wollen. Es entwickelten sich intensive Diskussionen um Aussage, Adressat, Weltbild, Stil und verschiedene Einzelheiten. Die Schüler haben sich ernsthaft bemüht, das Gedicht zu verstehen, haben Zeit, Intelligenz und Arbeit auf die Verteidigung ihrer Interpretation verwandt, die zwar in sich stimmig, meiner Meinung nach aber trotzdem nicht richtig ist. Sie haben seitenlange Arbeiten angefertigt, um ihre Vorstellung zu untermauern, ich bleibe dennoch bei meiner Meinung. Ich schlug deshalb vor, Sie als den einzig Kompetenten zu befragen.« Schließlich (das alles hat die Post im Lauf von drei Wochen gebracht) ein Hilferuf aus 504 Brühl, in krakeliger Schrift: »Ich bin Schüler, 16 Jahre alt und besuche eine höhere Schule. Vor kurzem wurde im Deutsch-Unterricht eine Klassenarbeit über Ihr Gedicht *Geburtsanzeige* geschrieben. Über meine Interpretation geriet ich mit meinem Lehrer in einen Meinungsstreit. Die sprachliche Unzulänglichkeit meiner Arbeit ist mir bewußt. Ungerecht finde ich nur das Pauschal-Urteil, daß meine ›Darstellung dem Gedicht in keiner Weise gerecht wird‹. Es wäre sehr freundlich, wenn Sie mir mitteilen könnten, ob ich Ihr Gedicht wirklich vollkommen falsch ausgelegt habe.« Diesem Brief liegt eine Fotokopie der Klassenarbeit bei. In der Handschrift des Lehrers sind darauf folgende Randbemerkungen und Zusätze zu entziffern:

»Sachlich falsch!« – »Das ist viel zu eng und verschiebt die Thematik.« – »Davon ist an keiner Stelle die Rede.« – »Davon steht nichts im Text.« – »Das ist so nicht richtig.« – »Diese Situation existiert im Gedicht nicht.« – »Die 6. Strophe wird völlig außer acht gelassen.« – »Das kann so nicht dem Text entnommen werden.« – »Sachlich falsch!« – »Wiederholung des oben schon Gesagten.« – »Sachlich falsch. Diese Verwendung des ›wenn‹ liegt nur in der letzten Strophe vor. Aber das hätte dann schon dargelegt werden müssen.« – »Die Darstellung wird dem Gedicht in keiner Weise gerecht.« – »Mangelhaft (5)«.

Der Lehrkörper, der in diesen Zeugnissen in Erscheinung tritt, ist keineswegs homogen; seine Methoden reichen von der subtilen Einschüchterung bis zur offenen Brutalität, seine Motivationen vom reinsten Wohlwollen bis zum schieren Sadismus. All dieser Nuancen ungeachtet, macht jener Lehrkörper doch im ganzen den Eindruck einer kriminellen Vereinigung, die sich mit unsittlichen Handlungen an Abhängigen und Minderjährigen vergeht, wobei es gelegentlich – dabei denke ich vor allem an die Randbemerkungen aus Brühl – zu Fällen von offensichtlicher Kindesmißhandlung kommen kann. Als Tatwaffe dient jedesmal ein Gegenstand, dessen an und für sich harmlose Natur ich bereits dargelegt habe: das Gedicht. Wie aber kann aus einem so fragilen Objekt ein gemeingefährliches Angriffswerkzeug werden? Dazu sind besondere Vorkehrungen nötig. Wer von uns ist sich schon der Tatsache bewußt, daß er mit seinen Handkanten, diesen unscheinbaren und kaum benutzten Außenseitern, Mord und Totschlag begehen könnte? Dazu bedarf es allerdings einer ausgebildeten Technik. Sie heißt Karate, und an jeder dritten Straßenecke gibt es in Deutschland eine Schule, wo man sie erlernen kann. Die analoge Fertigkeit, die es erlaubt, aus einem Gedicht eine Keule zu machen, nennt man Interpretation.

An der Entwicklung dieser Technik sind die Pädagogen natürlich unschuldig. Eingeübt und verfeinert wird sie nämlich in erster Linie an den Universitäten, wo aus unbekannten Gründen eigens Wissenschaftler zu diesem Zweck beschäftigt werden. Von diesen Zentren aus breitet sich dann die »philiströse Weigerung, Kunstwerke in Ruhe zu lassen«, über den ganzen Kulturapparat aus. Das Zitat stammt aus einem Aufsatz, den Susan Sontag 1964 *Against Interpretation* geschrieben hat. Da er zwar berühmt geworden, aber folgenlos geblieben ist, möchte ich am liebsten seitenlang daraus zitieren.

»Natürlich«, heißt es dort, »meine ich nicht die Interpretation im allgemeinsten Sinne, in dem Nietzsche (mit Recht) festgestellt hat: ›Es gibt keine Tatsachen, es gibt nur Interpretationen.‹ Was ich meine, ist vielmehr ein bewußter intellektueller Akt, dem ein bestimmter Code, dem bestimmte Deutungsregeln zugrunde liegen.

In ihrer Anwendung auf die Kunst geht die Interpretation zunächst so vor, daß sie aus dem Werk im ganzen eine Reihe von einzelnen Elementen (X, Y, Z und so weiter) isoliert und sich dann an eine Art Übersetzungsarbeit macht. Der Interpret sagt: Sehen Sie denn nicht, daß X eigentlich A ist (oder bedeutet)? Daß Y eigentlich B und Z für C steht? . . . Der Eifer, mit dem das Projekt der Interpretation gegenwärtig verfolgt wird, speist sich weniger aus Achtung vor dem widerspenstigen Text (in der sich durchaus auch Angriffslust verbergen kann) als aus offener Aggressivität. Der Interpret verachtet eingestandenermaßen die Erscheinung, die Oberfläche des Textes. Während die traditionelle Interpretation sich damit begnügte, über der wörtlichen Bedeutung einen Überbau von weiteren Bedeutungen zu errichten, bedient sich die moderne der Methode der Ausgrabung. Indem sie ausgräbt, zerstört sie. Ihre Bohrarbeit, durch den Text hindurch, zielt auf einen Subtext, den sie für den einzig wahren hält... Heute ist die Interpretation zu einem überwiegend reaktionären, unverschämten, feigen, unterdrückerischen Projekt verkommen. So wie die Abgase der Industrie und des Autoverkehrs die Atmosphäre unserer Städte verpesten, so vergiftet der massenhafte Ausstoß von Interpretationen unsere Sensibilität... Interpretieren heißt unsere Umwelt ausbeuten und sie noch ärmer machen, als sie ohnehin ist.«[2]

Dieser hervorragenden Tirade von Susan Sontag möchte ich einige Beobachtungen beifügen, die aus dem Material gewonnen sind, welches mir vorliegt. Auf dem Interpretationsmarkt ist – vielleicht wegen des zunehmenden Konkurrenzdrucks, der auf eine permanente Überproduktionskrise schließen läßt – ein immer rascherer Wechsel der vorherrschenden »Raster« und »Modelle« zu beobachten, die sich dann, dichtgedrängt wie Jahresringe, im Deutschunterricht ablagern, und zwar mit einer Verspätung, die sich aus dem Ausbildungsgang der Lehrer errechnen läßt. Der neueste akademische Hit taucht also gewöhnlich erst dann an den Schulen auf, wenn er in den Seminaren bereits von dem darauffolgenden verdrängt worden ist. Doch gibt es in diesem permanenten Wechsel der Garderobe und des Jargons auch einige Konstanten. Deren wichtigste ist die idée fixe von der »richtigen Interpretation«. An dieser Wahnvorstellung wird mit unbegreiflicher Hartnäckigkeit festgehalten, obwohl ihre logische Inkonsistenz und ihre empirische Unhaltbarkeit auf der Hand liegen. Wenn zehn Leute einen literarischen Text lesen, kommt es zu zehn verschiedenen Lektüren. Das weiß doch jeder. In den Akt des Lesens gehen zahllos viele Faktoren ein, die vollkommen unkontrollierbar sind: die soziale und psychische Geschichte des Lesers, seine Erwartungen und Interessen, seine augenblickliche Verfassung, die Situation, in der er liest – Faktoren, die nicht nur absolut legitim und daher ernstzunehmen, sondern die überhaupt die Voraussetzung dafür sind, daß so etwas wie Lektüre zustande kommen kann. Das Resultat ist mithin durch den Text nicht determiniert und nicht determinierbar. Der Leser hat in diesem Sinn immer recht, und es kann ihm niemand die Freiheit nehmen, von einem Text den Gebrauch zu machen, der ihm paßt.

Zu dieser Freiheit gehört es, hin- und herzublättern, ganze Passagen zu überspringen, Sätze gegen den Strich zu lesen, sie mißzuverstehen, sie umzumodeln, sie fortzuspinnen und auszuschmücken mit allen möglichen Assoziationen, Schlüsse aus dem Text zu ziehen, von denen der Text nichts weiß, sich über ihn zu ärgern, sich über ihn zu freuen, ihn zu vergessen, ihn zu plagiieren und das Buch, worin er steht, zu einem beliebigen Zeitpunkt in die Ecke zu werfen. Die Lektüre ist ein anarchischer Akt. Die Interpretation, besonders die einzige richtige, ist dazu da, diesen Akt zu vereiteln.

Ihr Gestus ist demzufolge stets autoritär, und sie ruft entweder Unterwerfung oder Widerstand hervor. Wo dieser sich rührt, sieht sie sich gezwungen, auf ihre eigene theoretische oder institutionelle Autorität zu pochen. Sofern diese auf schwachen Füßen steht – ein Fall, der glücklicherweise immer häufiger wird –, versucht sie, das, was ihr fehlt, anderswo zu borgen. So erklärt sich der Regreß auf den Autor, von dem man kaltblütig voraussetzt, daß er bereit ist, sich zum Komplizen der Interpretation zu machen und seine Leser zu verraten, indem er, sozusagen in letzter Instanz, erklärt, wie er es gemeint habe, wie es demzufolge zu verstehen sei, und damit basta.

Alles halb so schlimm, könnte man sagen. Diese Gedichtinterpretationen nimmt ohnehin kein Mensch zur Kenntnis, der nicht aus Gründen seines Broterwerbs dazu gezwungen ist.

Was die Germanisten betrifft, so hat sie schließlich niemand zu dem schweren Dienst gepreßt, den sie jahraus, jahrein der Gesellschaft leisten; es handelt sich dabei um eine Angelegenheit,die *consenting adults* unter sich abmachen: unter dieser Voraussetzung erklärt bekanntlich das angelsächsische Recht die meisten Perversionen für zulässig. Was aber die Literatur betrifft, so verdankt sie ihren Charme nicht zuletzt der Tatsache, daß es jedermann freisteht, sie zu ignorieren – ein Recht, von dem bekanntlich die Mehrheit unserer Mitbürger entschieden Gebrauch macht, und dessen Verteidigung jedem Schriftsteller am Herzen liegen muß. Zwar wäre es theoretisch denkbar, analog zur allgemeinen Schulpflicht den staatlichen Lesezwang für die Erzeugnisse der Poesie einzuführen, und es mag Kollegen geben, die sich davon eine Aufbesserung ihrer Einkünfte versprächen, doch ist eine solche Maßnahme kaum zu befürchten. Wie wenig den Dichtern dadurch geholfen wäre, zeigt sich am Beispiel der Architekten, die zwar in der Regel besser verdienen, die aber vom schwelenden Haß all derjenigen verfolgt werden, die gezwungen sind, in ihren Werken zu hausen. Jeder Städtebewohner weiß, daß die Architektur, im Gegensatz zur Poesie, eine terroristische Kunst ist.

Nur für die Minderjährigen unter unsern Mitbürgern hat das Recht auf freie Lektüre keine Geltung. Sie, die ohnehin täglich in Betonbunkern gefangengehalten werden, welche das Gemeinwesen eigens zu diesem Zweck errichtet hat, zwingt man fortgesetzt, Gedichte zu lesen, und was noch viel entsetzlicher ist, zu interpretieren, Gedichte, an denen sie in den meisten Fällen keinerlei Interesse bekundet haben.

Wohl weiß ich, daß die Deutschlehrer diesen widerwärtigen Zustand, unter dem sie vermutlich selber leiden, durchaus nicht mutwillig herbeigeführt haben. Die wahren Schuldigen sind im Unterholz von Instituten zu suchen, die von einer gewöhnlichen Schule soweit entfernt sind wie Kafkas Schloß. Es handelt sich um eine Horde von Bürokraten und Curriculum-Forschern, die außerordentlich schwer dingfest zu machen ist. Ihre wahren Absichten liegen im Dunkeln. Was sie zu dem Projekt bewegt, in unseren Oberschulen hunderttausend von Sub-Germanisten heranzuzüchten und die Interpretation von Gedichten als Zwangsarbeit zu verhängen, das wissen wir nicht. Wir werden es nie erraten. Daß unter solchen Umständen Verschwörungstheorien ins Kraut schießen, kann nicht wundernehmen. Zwei von ihnen habe ich bereits erwähnt. Leute, die in dem Wahn leben, die Lyrik sei eine umstürzlerische Kunst von unerhörter Brisanz, haben daraus den Schluß ziehen wollen, ihre Behandlung im Deutschunterricht sei einer Impfung zu vergleichen; die Gesellschaft schütze sich vor der Subversion durch Gedichte, indem sie diese sorgfältig vernichte. Die Fertigkeiten des Deutschlehrers seien mit denen eines Sprengmeisters zu vergleichen; mit Hilfe der Interpretation werde dem gefährlichen Produkt sozusagen der Zünder abgeschraubt.

Die entgegengesetzte Lehrmeinung, der die Poesie aus dem umgekehrten Grunde verdächtig scheint, hält dafür, daß den armen Schülern Gedichte in den Rachen gestopft werden, um sie mit den herrschenden Zuständen zu versöhnen: das süße Gift sei dazu angetan, jede Rebellion in ihnen zu ersticken und sie zu lammfrommen Anhängern des Status quo zu machen. Diese beiden Hypothesen kommen mir ebenso unsinnig vor wie die Erscheinung, die sie erklären möchten.

Schön wäre es ja, wenn der Kapitalismus auf so schwachen Füßen stünde, daß er es nötig hätte, seine Herrschaft durch die Interpretation von Gedichten zu »stabilisieren«, doch fürchte ich, daß sein Fortbestand sich auf weit handgreiflichere Tatsachen stützt. Und warum ausgerechnet Gedichte? Warum werden nicht ganze Schulklassen zwangsweise in die Popkonzerte geschleppt, um dann, als Klassenarbeit, die »richtige« Interpretation von Pink Floyd zu »erarbeiten«?

Nein, mit ideologiekritischen Erklärungen ist in diesem Fall nicht viel auszurichten. Das zeigt sich übrigens schon daran, daß das Ritual des »Durchnehmens«, »Einordnens« und Interpretierens von Poesie im Unterricht nicht an irgendein bestimmtes Literaturverständnis gebunden ist. Ob traditionelle oder progressive Germanistik, das ist unter diesem Gesichtspunkt Jacke wie Hose. Die ideologischen Vorzeichen in München und Bremen, Graz und Weimar sind durchaus verschieden, aber fest steht in jedem Falle, daß die Textsorten durch die Mühle der richtigen Interpretation gedreht werden müssen, bis sie sich in ein homogenes Pulver verwandelt haben. Solange die technokratische Funktion dieser Arbeit konstant bleibt, lassen sich Inhalte und Methoden ohne weiteres auswechseln. Und daß dabei Gedichte als bevorzugter Rohstoff dienen, ist nichts weiter als ein historischer Zufall. Sie sind erstens billig und zweitens stets in ausreichenden Mengen lieferbar. Hinter dem Ritual der Interpretation steht immer ein anderes, das der Prüfung, und zwar einer Prüfung, die über das Leben der Schülerinnen und Schüler insofern entscheidet, als sie den Zugang zu den Hochschulen und damit zu vielen Berufen regelt. »Der wesentliche Inhalt einer Prüfung« aber ist »immer noch die Prüfung selbst ... Die Inhalte des ihr vorausgehenden Unterrichts sind insofern gleichgültig, als sie beliebige Tauschwerte darstellen, mit denen man die Zensuren einhandelt, auf die es letztlich ankommt.«[3] Die gewitzteren unter den Schülern haben das natürlich längst begriffen. Sie wissen ganz genau, daß der Gegenstand ihrer Klassenarbeit gar nicht das Gedicht ist, daß es vielmehr darauf ankommt, jede eigene Lektüre rigoros zu meiden und statt dessen die »richtige Interpretation« im Kopf des Lehrers zu erraten, um sie möglichst genau zu reproduzieren.

Eine neuere Drucksache, das sogenannte *Normenbuch Deutsch*, zeigt in aller wünschenswerten Deutlichkeit, wie man es anstellen muß, um ein harmloses Gedicht in einen technokratischen Knüppel zu verwandeln und damit, möglichst gezielt, auf junge Köpfe einzuschlagen. Der volle Titel dieser bemerkenswerten Schrift lautet: *Beschlüsse der Kultusministerkonferenz. Einheitliche Prüfungsanforderungen in der Abiturprüfung. Deutsch.*[4] Schon das Kauderwelsch, in dem dieses Normenbuch abgefaßt ist, zeigt, daß die Minister selber als Verfasser nicht in Frage kommen; diese Herren sind Politiker, und in dieser Eigenschaft hüten sie sich, die Ebene der platten Verständlichkeit zu verlassen. Das Werkchen, das ich meine, ist dagegen ein Resultat interdisziplinärer Zusammenarbeit mit dem Ziel der plattesten Unverständlichkeit. Hunderte von Planstelleninhabern aus Instruktions- und Verhaltenspsychologie, aus der Curriculumforschung und aus der Ministerialbürokratie haben dafür gesorgt, daß dieses Ziel erreicht worden ist.

Bei allem gebotenen Brechreiz kann ich es mir nicht versagen, einige unter den Zielen und Absichten, welche die Verfasser verfolgen, mit ihren eigenen Worten anzuführen.

Sie wollen vor allen Dingen regeln, ergänzen, wirksam beschleunigen, sicherstellen, vereinheitlichen, einpassen, überprüfen, einbeziehen und zuweisen.

Es scheint ihnen ferner vordringlich, fachspezifische Lernzielbeschreibungen und Lernziel-Taxonomien zu erarbeiten, die Lernziele zu Lernzielbereichen zusammenzufassen, die Lernzielebenen zureichend exakt zu beschreiben, und die Lernzielkontrollebenen sorgfältig voneinander zu unterscheiden.

Es juckt sie, »darüber hinaus einige Problemschwerpunkte, Bedingungszusammenhänge und Lösungsansätze aufzuzeigen«.

Und bis zum letzten Atemzug von Lehrern und Schülern sind sie entschlossen, »die Anforderungen in den einzelnen Fächern in der Gliederung der Aussage und in der Terminologie in ein allgemeines Grundschema einzupassen«; die einheitlichen Prüfungsanforderungen »insbesondere auch auf die Gesichtspunkte der fächerübergreifenden Vereinheitlichung und der Angemessenheit der Beurteilungsverfahren einschließlich der Verwendung von Bewertungseinheiten« zu erstrecken;

»ausgliederbare Teile der Gesamtleistung in einem bestimmten Verhältnis zueinander zu gewichten, ggf. Bewertungseinheiten oder prozentuale Anteile den einzelnen Aufgabenteilen bzw. der erreichten oder erreichbaren Schülerleistung zuzuweisen«;

und sicherzustellen, »daß durch die Beschreibung der vom Schüler erwarteten Kenntnisse, Fähigkeiten und Fertigkeiten in einem Fach, durch Aussagen über Lernzielstufen, Lernzielkontrolle und Bewertungskriterien« künftig eine größtmögliche Einheitlichkeit erreicht wird.

Das ist bei weitem nicht alles. Aber es reicht. »Bei nicht ausreichenden Leistungen im Bereich der aufgabenartunabhängigen Anforderung ›Sprachverwendung‹«, so äußern sich die Verfasser in einem Satz, der beweist, daß sie gegen jede denkbare Ironie immun sind, »kann die Endnote nicht besser als mangelhaft sein.« Da mir, im Gegensatz zur Ständigen Konferenz der Kultusminister der Länder in der Bundesrepublik Deutschland, nicht »insgesamt 36 Bewertungseinheiten zur Verfügung« stehen, die sich »gleichmäßig zu je 12 Bewertungseinheiten auf die Lernzielkontrollebenen verteilen«, bin ich vielleicht zu einem ausgewogenen Urteil nicht befähigt. Das einzige Geräusch, das ich in den zitierten Sätzen wahrnehmen kann, ist das Getrampel von Hornochsen.

Ich möchte mein Memorandum mit einigen versöhnlichen Worten enden lassen. Stopfen Sie alle Exemplare des Normenbuches Deutsch, die Ihnen zu Gesichte kommen, unverzüglich in den nächsten Papierkorb! Sabotieren Sie die Beschlüsse der Ständigen Konferenz der Kultusminister, wo immer Sie können! Bekämpfen Sie das häßliche Laster der Interpretation! Bekämpfen Sie das noch viel häßlichere Laster der richtigen

Interpretation! Zwingen Sie nie einen wehrlosen Menschen, den Mund aufzusperren und ein Gedicht hinunterzuschlingen, auf das er keine Lust hat! Üben Sie den jungen Menschen gegenüber, die Ihnen anvertraut sind, die Tugend der Barmherzigkeit. Denken Sie immer daran: »Quäle nie ein Kind zum Scherz, denn es fühlt wie du den Schmerz.« Denken Sie bitte, ganz nebenbei, auch an meine Mitbrüder und an mich. Denn neben den zahllosen Opfern aus den Reihen der unmündigen Jugend, auf die das *Normenbuch Deutsch* es abgesehen hat, wird dort auch ein knappes Dutzend Autoren namentlich aufgeführt, die offenbar als Knüppellieferanten dienen sollen: Brecht, Benn, Frisch, Dürrenmatt, Arp, Gomringer, Bender, Solschenizyn, Eich, Domin und Enzensberger. Das ist eine Unverschämtheit. Für jeden von uns, für Sie, für meines Metzgers Tochter und für mich, stellen jene Technokraten, die nicht imstande sind, auch nur einen einzigen deutschen Satz hervorzubringen, einen ihrer pflegeleichten Marterpfähle bereit. Sollen wir uns gegenseitig daran festbinden? Was mich betrifft, so haben Sie nichts von mir zu befürchten. In diesem versöhnlichen Sinne bitte ich Sie: Lassen Sie die erhobene Hand sinken, bevor es zu spät ist!

Anmerkungen

1. *The Compact Edition of the Oxford English Dictionary*. Oxford 1971. Artikel *Anachronism*.
2. Susan Sontag, *Against Interpetation and other Essays*. London 1967. S. 5–8.
3. Hans Joachim Grünwaldt und Helmut Hoffacker, *Der Schein trügt*. In: *Betrifft: Erziehung*. September 1975. S. 68.
4 Herausgegeben vom Sekretariat der Ständigen Konferenz der Kultusminister der Länder in der Bundesrepublik Deutschland. Neuwied 1975.

Literatur als Institution oder Der Alka-Seltzer-Effekt

Ein Schriftsteller, der seine eigene Literaturtheorie vorbringt, macht selten eine glückliche Figur. Kaum hat er angefangen, das Kartenhaus seiner Poetik zu errichten, da errötet er bereits, kommt sich linkisch vor, gerät ins Stottern. Aber schon ist er zu weit gegangen; die Logik fordert, daß er weiterredet, und so wird er immer lauter und grundsätzlicher. Die Zuhörer nicken, aber er selber glaubt schon nicht mehr an das, was er sagt. Warum überläßt er diese undankbare Arbeit nicht den Spezialisten, die nur darauf warten, mit ihren Instrumentenköfferchen voller Zangen und Bohrer den Saal zu stürmen? Ach, wenn sie das Wort ergreifen, dann sinkt ihm erst recht das Herz.

Daraus ziehe ich den Schluß, daß es besser ist, keine Definitionen festzulegen, keine Gesetze zu verkünden, keine Grundsätze aufzustellen. Ein paar Vermutungen, das ist alles, ein paar Andeutungen. Ich begnüge mich, hie und da eine Enttäuschung zu säen, die eine oder andere Ausgeburt des schreibenden Gehirns vorzuführen, um Ihre Neugier zu zerstreuen.

Wenn Sie die Literatur über die Literatur durchmustern, werden Sie feststellen, daß sie ihren Gegenstand gewöhnlich in drei Teilen abhandelt. Sie befaßt sich erstens mit einer Reihe von Werken, zweitens mit einer Reihe von Autoren und drittens mit einer Reihe von Lesern, die seit einiger Zeit auch auf den Namen von Rezipienten hören. Das hört sich vernünftig an, denn diese Dreifaltigkeit ist es, was wir sehen. Das, was ich hier vor Ihnen in die Höhe halte, ist ein Buch; das, was ich vor mir sehe, ist ein Publikum, und das, was Sie vor sich haben, sieht einem Schriftsteller ähnlich. Nur, daß diese drei Elemente, für sich genommen, noch kein Ganzes ergeben; jedes einzelne setzt nämlich die Existenz der beiden anderen voraus. Es wird deshalb nötig sein, den Karren vor den Gaul zu spannen, wenn in die Sache Bewegung kommen soll. Die Anordnung, die dabei entsteht, sieht einem Karussell außerordentlich ähnlich. Ich gebe Ihnen zu bedenken, ob man ein solches System nicht am besten eine Institution nennen sollte.

Über die Frage, was eine Institution eigentlich ist, könnte man leicht ins Grübeln kommen. Soviel ich weiß, besteht darüber keine Einigkeit. Ich erinnere mich nur dunkel der einschlägigen Theorien, aber ich glaube, sie lassen sich in zwei Hauptsorten einteilen. Die einen behaupten, der Mensch sei eine viel zu gefährliche, einfältige und schwache Bestie, als daß man ihn seinem eigenen Sinnen und Trachten überlassen dürfte. Institutionen sind dazu da, um seine bösartigen Triebe zu kontrollieren, eine allzu komplexe Welt soweit zu vereinfachen, daß er sich mit seinem beschränkten Fassungsvermögen darin zurechtfinden kann, und die Last der Freiheit von seinen Schultern zu nehmen; so die Doktrinen des Thomas Hobbes, mancher Systemtheoretiker und des klügsten aller deutschen Faschisten, Professor Arnold Gehlen. Auf der anderen Seite gibt es Leute, die keine so hohe Meinung von den menschlichen Institutionen hegen, und die sie, wie der ehrwürdige Dr. Marx, eher als Werkzeuge der Unterdrückung betrachten. Auch von der Institution, mit der wir es hier zu tun haben, ist bald das eine, bald das andere behauptet worden, so daß dafür gesorgt war, daß dem Streit der Auguren das Futter nicht ausging.

Was muß eigentlich alles vorhanden sein, damit von einer Institution die Rede sein kann? Ich glaube, wir haben alles zur Hand, was wir brauchen. Erstens eine abgrenzbare Gruppe von Leuten, die einen besonderen Beruf ausüben, und von entsprechenden Klienten, beide, im aktiven oder im passiven Sinn, derselben Praktik mehr oder weniger eng verbunden. Zweitens ein Vorrat von festen Regeln oder Ritualen. Und drittens eine besondere Kompetenz, und das heißt nicht nur ein Handwerk oder eine Technik, sondern ein gesellschaftlicher Zweck, der dieser spezifischen Institution gesetzlich oder durch ein stillschweigendes Einverständnis vorbehalten ist. Hier aber, in dieser letzten Bedingung, liegt, wie ich fürchte, der Hund begraben.

Denn es war ja nie ganz einfach zu sagen, was die Kompetenz der Literatur ausmacht. Dabei kann man leicht auf die Nase fallen. Wir tun gut daran zu bedenken, daß Institutionen in der Geschichte durchaus ein Eigenleben führen. So gab es Zeiten, zu denen sich die katholische Kirche hauptsächlich um religiöse Dinge gekümmert hat, Schulen zur Vermittlung von Kenntnissen dienten und Parlamente in der Ausübung ihrer Macht souverän waren. Diese Beispiele zeigen, daß Institutionen durchaus weiter existieren können, auch nachdem sie ihren ursprünglichen Zweck längst aus den Augen verloren haben. Ich möchte meinen Gegenstand deshalb vorsichtshalber einschränken. Das Karussell, das ich meine, ist die Literatur, wie wir sie kennen, eine Praxis, die mit der bürgerlichen Gesellschaft ans Licht getreten ist, unter deren Erfindungen sie, wie ich nach wie vor glaube, eine der glücklichsten war.

Warum hat das Bürgertum sie hervorgebracht? Wozu war sie gut? Was war ihre Kompetenz? Die traditionelle marxistische Antwort auf diese Fragen läuft darauf hinaus, daß die Literatur einer neuen herrschenden Klasse als ideologisches Instrument dienen sollte, um ihre Hegemonie zu sichern. Zugleich haben dieselben Marxisten nichts unversucht gelassen, um in der Produktion des neunzehnten Jahrhunderts Autoren und Texte ausfindig zu machen, die sie für politisch progressiv hielten. Auf diese Weise haben sie innerhalb des Pferchs der literarischen Institution die weißen von den schwarzen Schafen gesondert, und der bescheidene Teil der Kritik, der bis heute überlebt hat, ist von dieser Unterscheidung nie ganz losgekommen. Eine solche Lektüre hat ihre Meriten, doch fürchte ich, daß sie letzten Endes einem Mißverständnis aufsitzt, weil sie das verfehlt, was die eigentliche Kompetenz der Literatur ausmacht.

Wenn es nämlich um den Klassenkampf geht, ist sie, als Institution, ganz besonders schwach auf der Brust. Um die Aristokratie zu besiegen oder die Arbeiterklasse niederzuhalten, waren ganz andere Mittel nötig; alte Einrichtungen wie die Universität und das Militär, die Justiz und die Schule wurden zu diesen Zwecken umgemodelt und neue wie die politischen Parteien, die Massenpresse und die Unternehmerverbände geschaffen. Zwar hat es immer wieder Leute gegeben, die eine Ideologie mit Hilfe der Literatur durchsetzen wollten, aber dieses Unterfangen gleicht dem Versuch, einen Backstein mit Hilfe einer Feder zu bewegen. Die Leistungen der Literatur sind unscheinbarer, aber auch subtiler und nachhaltiger. Ihr Werk war es, historische neue Gefühle und Wahrnehmungen zu erfinden und herzustellen. Mit dieser Behauptung stimme ich kein Loblied auf den Irrationalismus in der Literatur an, und noch weniger will ich sie auf ein Medium der Psychologie reduzieren. Wenn ich von neuen Gefühlen und Wahrnehmungen spreche, meine ich durchaus intelligible, wenn auch nichtdiskursive Lernprozesse.

Unter diesem Gesichtspunkt sind Zustände, die wir »Liebe«, »Trauer«, »Glück« und so weiter nennen – und ich halte mich absichtlich an die simpelsten und banalsten Beispiele –, höchst sonderbare und unnatürliche soziale Innovationen; und ich riskiere die These, daß eine eigene, hochspezialisierte Institution erfordert war, um sie zu produzieren, zu modeln, zu verbreiten und festzuschreiben.

Die Literatur hat, um mit einem Klassiker des Bürgertums zu sprechen, die *éducation sentimentale et sensible* unserer Zivilisation übernommen. Ihre Resultate gehen über die schlichten Proben, die ich genannt habe, weit hinaus. Der größte Teil dieser Anstrengung hat Formen der Empfindung und Fähigkeiten der Wahrnehmung ausgebildet, die so komplex sind, daß sie sich weder im Alltagsvokabular noch in überlieferten Begriffen ausdrücken lassen. Wer sie erwähnt, greift deshalb gewöhnlich zur Anspielung oder zum Zitat: »Das ist ja der reinste Kafka!« oder »Diese Fahrradklingel ist meine Madeleine«. Auch solche unschuldigen Assoziationen sind noch zu krude, als daß sie die Reichweite der Literatur ermessen ließen. Der Prozeß, demzufolge das »Leben« die »Kunst«, und das heißt hier die Literatur imitiert, ist nämlich in aller Regel ein verdeckter, ja sogar unbewußter Vorgang.

Gegen einen solchen Gedankengang ließe sich einwenden, die Literatur sei durchaus nicht die einzige Agentur oder Institution, die sich der Aufgabe, die ich angedeutet habe, widme. Tatsächlich gab es Zeiten, zu denen beispielsweise die Kirche auf das eifrigste bemüht war, den Leuten beizubringen, was sie empfinden sollten; ebensowenig läßt sich bestreiten, daß die Pädagogik sich bis auf den heutigen Tag an unserem Wahrnehmungsvermögen zu schaffen macht. Allerdings gehen diese Einrichtungen reichlich dilettantisch vor, und deshalb ist ihre Tiefenwirkung begrenzt. Da hat es die Literatur in ihren Glanzzeiten schon weiter gebracht. Ihr Effekt beruhte darauf, daß die Teilnahme an ihrem Spiel freiwillig war; daraus bildete sich eine eigentümliche Komplizenschaft, die bei einer Zwangsveranstaltung undenkbar wäre. Außerdem war die Lektüre ein privates, um nicht zu sagen, ein heimliches Verhältnis, ein Umstand, der den entsprechenden Lernprozeß ungemein fördert. Diese Intimität ließ den Leser vergessen, daß er in einen gesellschaftlichen Vorgang verwickelt war und verschaffte ihm die Illusion einer ganz individuellen, unmittelbaren, eigenen Entdeckung, eine Täuschung, die keine andere Institution hoffen durfte zu erzielen. Nun können zwar auch andere Künste eine ähnliche Kompetenz geltend machen, aber keine hat einen so hoch *artikulierten* Einfluß ausgeübt. Die Wirkung der Musik zum Beispiel ist durch vielfältige Vermittlungen gleichsam gepuffert, und das schwächt die Folgen, die es für das Leben eines Menschen hat, wenn er sich ihr als Mitwirkender oder Zuhörer aussetzt.

Ich weiß nicht, ob Sie mit dem Stenogramm, das ich hier entwerfe, etwas anfangen können. Ich habe nur ein paar Ideogramme oder Zinken vor Ihnen hingetuscht, die mir als Zwischenvorhang für den zweiten Teil meines Diskurses dienen sollen. Er ist der berüchtigten »Krise der Literatur« gewidmet, einem Thema, das immer wieder auftaucht und verschwindet, ähnlich wie das Ungeheuer von Loch Ness. Das erste, was am oft beschrienen Tod der Literatur auffällt, ist die außerordentliche Dauer dieser Agonie. Sie ähnelt in dieser Hinsicht stark dem Zusammenbruch des Kapitalismus, der bekanntlich schon seit gut hundert Jahren auf der Tagesordnung steht, und von dem es ganz so aussieht, als ließe er noch geraume Zeit auf sich warten. Daß irgendeine Institution von sich aus auf die Idee käme, abzusterben oder zu verschwinden, wäre wohl zuviel verlangt. Sie wird im Gegenteil alles daran setzen, sich zu verewigen. Selbst der Nachweis ihrer Überflüssigkeit kann sie nicht dazu veranlassen, daß sie das Handtuch wirft; eher wird sie sich bis zur Unkenntlichkeit verwandeln; sie wird keine Mühe und keinen Trick scheuen, um weiterzumachen, und wenn es sein muß, stellt sie sich auf den Kopf, nur verschwinden will sie nicht.

Wenn es sich so verhält, liegt die Versuchung nahe, das Thema einfach fallenzulassen. Die Krise der Literatur ist nicht neu. Sie ist ihrerseits zu Tode diskutiert worden. Sie langweilt uns. Und doch bleibt es wahr, daß mit unserer Institution irgend etwas passiert ist, und wir würden uns lächerlich machen, wenn wir das nicht zugäben. Sie hat an Gewicht verloren. Sie büßt immer mehr Terrain ein. Mit ihrer Wichtigkeit ist es nicht mehr so weit her wie einst. Auch die Sub-Institutionen, die von ihr abhängen, bekommen das zu spüren. Die Literaturkritiker merken, daß ihre Macht bröckelt, die Bischöfe und

Päpste der Branche haben abgedankt, und die Literaturwissenschaftler werden von allerhand Frustrationen und von Zweifeln am Sinn ihrer Tätigkeit geplagt. Ihre akademischen Festungen gleichen Vorposten, die niemand mehr belagert und die nur noch von einer matten Toleranz umzingelt sind.

Wie ist dieser Schwund zu erklären? Verschiedene Erklärungen werden angeboten. Wer es sich leicht machen will, behauptet einfach, es würden keine guten Bücher mehr geschrieben. Diese These ist nicht nur leicht zu widerlegen. Selbst wenn sie beweisbar wäre, böte sie keine Erklärung. Was sie vorbringt, wäre vielmehr selbst erklärungsbedürftig. Das gleiche gilt für zwei weitere Vermutungen: daß die besten Köpfe sich anderen Zielen zuwendeten, und daß das Publikum der Literatur davonliefe. Der Bedeutungsverlust, der uns beschäftigt, ist kein statistisches Phänomen, und es ist nicht die Zukunft der verlegerischen Industrie und des Buchhandels, worüber wir uns hier den Kopf zerbrechen. Im übrigen geht es der Branche bekanntlich gar nicht schlecht.

Wenn wir uns daran erinnern, daß wir es mit einer Institution zu tun haben, wird uns vielleicht eine Antwort einfallen, die näherliegt. Denn was ist das Schlimmste, was einer Institution passieren kann? Der Einbruch einer anderen Institution in ihre traditionellen Zuständigkeiten. An dem Tag, an dem die Einrichtung eines neuen Bildungsministeriums beschlossen wird, bricht im Ministerium für Kultur eine Panik aus. Katastrophenstimmung vom Vorzimmer des Chefs bis zum letzten Sachbearbeiter! Nicht nur die Arbeitsplätze sind in Gefahr, das Territorium der ganzen Bande ist bedroht, ihre Kompetenz, ihre Federführung, ihre Autorität. Die Institution wird bei lebendigem Leibe ausgeweidet. Etwas ganz ähnliches ist der Literatur zugestoßen.

Ich habe eine Vorliebe für naheliegende Beispiele. Erlauben Sie mir deshalb, Ihnen vom Liebesleben meiner Großeltern zu erzählen. Als Kind bin ich einmal auf ihren Briefwechsel gestoßen. Ich fand ihn, sorgfältig verschnürt, auf dem Dachboden ihres Hauses. Diese Liebesbriefe waren reine Literatur. Ihre intimsten Angelegenheiten drückten meine Großeltern in Sätzen aus, die ein Schriftsteller für sie bereitgestellt hatte. Ihr Tonfall, ihre Metaphorik, ihre Sensibilität waren das Eigentum irgendeines vergessenen zweitrangigen Dichters aus den 1890er Jahren. Die Großeltern hatten sich seine Produktion angeeignet. Was ihnen in ihrer besonderen Situation brauchbar schien, hatten sie diesem Repertoire entnommen und für ihre Zwecke neu montiert.

Im Fall meiner Tochter ergibt sich ein radikal anderes Bild. Nicht nur, daß sie es nicht gewohnt ist, sich brieflich zu verständigen. Ihr Dialog am Telefon bedient sich eines Codes, in dem literarische Zeichen so gut wie gar nicht vorkommen. Ein Agent, der dazu verurteilt wäre, ihre Unterhaltungen auf Band zu nehmen und abzuhören, wäre mit einer enormen Menge von Elementen konfrontiert, die aus ganz anderen Quellen stammen: mit Formen der Wahrnehmung, der Empfindung und des Ausdrucks, die nicht von Schriftstellern, sondern von Fernsehstars, Rockmusikern, Feministinnen, Journalisten und von den zahllosen fortwährend wechselnden Wortführern der einen oder anderen *Szene* erfunden und propagiert werden. Sie würde eher einen Werbespot zitieren als ein Gedicht, den *Spiegel* eher als Samuel Beckett und Woody Allen eher als Adorno. Nicht, daß Sie denken, meine Tochter sei eine Analphabetin; sie weiß ganz gut darüber Bescheid, was in den Büchern steht. Nur die Macht über ihr Leben haben sie zum größten Teil verloren.

Die Schlußfolgerung liegt auf der Hand. Sehen Sie dieses Glas Wasser, fassen Sie die spröde weiße Tablette Alka-Seltzer ins Auge, und passen Sie auf, was nun passiert. Die Institution löst sich auf, doch sie verschwindet nicht. Sie ist immer noch vorhanden, aber sie fällt nicht mehr auf. Feinverteilt, als Lösung und als Dispersion, existiert sie weiter. Ihre Konzentration hat abgenommen, aber dafür ist sie nun allgegenwärtig. Achten Sie auf ein anderes Detail, das sich als bedeutungsvoll erweisen könnte, obgleich wir dessen nicht sicher sein dürfen. Ich meine den Bodensatz. Wenn Sie genau hinsehen, werden Sie auf dem Boden des Glases ein weißliches Depot bemerken, den hartnäckigen Rückstand des ursprünglichen Konzentrats. Dieser Rest hat sich offenbar der Auflösung widersetzt. Sie können es ignorieren, dieses bloße Überbleibsel, das im Vergleich zum großen Alka-Seltzer-Hauptstrom keine Rolle zu spielen scheint. Aber wer weiß ...

Mit anderen Worten, mit den Worten des Dr. Marx: Was wir hier vor uns haben, ist ein Vergesellschaftungsprozeß. Dieser Vorgang hat nichts mit einer Übernahme der Produktion durch den Staat oder durch eine Partei zu tun. Er setzt keinerlei Übergang zum Sozialismus voraus. Die kapitalistische Gesellschaft hat ihn im Lauf der letzten beiden Jahrhunderte auf einen immer höheren Grad getrieben. Die Verflechtung unserer Arbeit mit der Arbeit anderer Leute, unsere wechselseitige Abhängigkeit voneinander, hat seit Menschengedenken zugenommen.

Nach Ansicht von Dr. Marx konnte es nicht ausbleiben, daß sich dieser Prozeß immer weiter fortsetzen würde, solange, bis er an die Grenzen unserer heutigen sozialen Verfassung stieß; dann wäre ein kritischer Punkt erreicht; die alten Strukturen würden ihm nicht mehr standhalten, und an ihre Stelle müßten neue treten, in deren Rahmen die Vergesellschaftung der Arbeit ihren dialektischen Abschluß fände. Die Arbeitsteilung würde zunehmen, bis alle Tätigkeiten gegeneinander austauschbar wären. An diesem Punkt der Entwicklung stünde es jedermann frei, zu tun, wozu er Lust hätte; Metallarbeiter könnten, falls sie daran Gefallen fänden, Gedichte schreiben, und die Dichter könnten je nach Laune Traktor fahren oder

Brötchen backen. Eine angenehme Vorstellung, der manche von uns bis auf den heutigen Tag nachtrauern.

Immerhin, was die Vergesellschaftung der Arbeit betrifft, ein Vorgang, dessen Ende nicht abzusehen ist, hat Dr. Marx recht behalten. Die literarische Institution ist nur eines der bescheideneren Opfer, die dieser Prozeß gefordert hat. Ihr einstiges Privileg, ihre besondere Kompetenz hat sich wie ein Alka-Seltzer aufgelöst. Überall macht sich die Poesie breit, in den Schlagzeilen, in der Pop-Musik, in der Reklame; daß ihre Qualität zu wünschen übrigläßt, tut nichts zur Sache. Unvertraute Gefühle, neue Wahrnehmungsformen werden im Kino erfunden, in allen möglichen Therapien, in der Mode, in der Musik, in der politischen Aktion, in Sekten und Subkulturen, in dem aberwitzigen Spektakel, das die Straßen unserer Metropolen bieten. In diesem Sinn ist die Literatur der Vergesellschaftung anheimgefallen. Sie ist nicht am Ende; sie ist überall. Die Sozialisierung der Literatur hat die Literarisierung der Gesellschaft mit sich gebracht. Aber das ist ein anderes Thema, das vielleicht zu wichtig ist, als daß man es den Schriftstellern überlassen dürfte. Was ihnen bleibt, und was ihnen niemand streitig machen kann, ist der Niederschlag im Glas.

Rezensenten-Dämmerung

Seit wann gibt es Kritiker? Seit wann gibt es keine Kritiker mehr? Die Berufe und ihre Namen kommen und gehen; sie unterliegen, als Figuren der Arbeitsteilung, den obskuren Regeln der kulturellen Evolution. Das sehen wir ein, damit haben wir uns abgefunden, wenigstens im allgemeinen. Nur mit der eigenen Zunft ist es etwas anderes. Wie schwer fällt es uns zu glauben, daß wir entbehrlich sind! Dabei bräuchten wir nur an den Pfragner zu denken, den Schwertfeger - wo ist er geblieben? –, den Nestler, Gürtler, Nadler, Sporer . . . So wie diesen könnte es auch uns ergangen sein, und wir hätten es nur noch nicht bemerkt. Das brutale, massive, abrupte Aussterben ist ja eher die Ausnahme. Allmähliche Übergänge, unmerkliche Verwandlungen: das ist der gewöhnliche Lauf der Dinge. Die Reihen der gefährdeten Spezies lichten sich, solange, bis, von der Umwelt kaum bemerkt, der Letzte sich verabschiedet hat. Durchaus denkbar, daß wir uns eines nahen Tages fragen werden, was aus dem Kritiker, dem Rezensenten geworden ist. Eben waren sie doch noch da . . . Oder haben wir uns das nur eingebildet?

Es soll immer noch Autoren geben, die auf ihre Kritiker schimpfen. Aus schierer Gewohnheit setzen sie eine Kontroverse fort, die nie sonderlich produktiv gewesen ist. Daß eine Krähe der andern ein Auge aushackt, dafür liefert die Literaturgeschichte nur allzu viele Beispiele. Heute besteht kein Grund mehr, den unvermeidlichen, aber öden Streit fortzusetzen. Das bescheidene Resultat läßt sich in dem Satz zusammenfassen, daß der literarische Rufmord nicht zu den aussichtsreichen Verbrechen zählt.

Noch unergiebiger als die Beschimpfung wäre die Klage. Der

laudator temporis acti hat zwar stets Gehör gefunden, aber nie etwas erklärt. Es mag ja sein, daß es in alten Zeiten Spengler gegeben hat, die wußten, wie man eine feste Verbindung zwischen zwei Rohren herstellt, und Redakteure, die sich auf die Regeln der deutschen Grammatik verstanden. Wenn uns diese tüchtigen Fachleute abhanden gekommen sind, so muß daran nicht unbedingt der allgemeine Verfall der Sitten oder der Niedergang der Zivilisation schuld sein.

Daß es immer weniger Lakaien gibt, aber immer mehr Therapeuten, und daß die Zahl der Anlageberater von Tag zu Tag wächst, während die der Kofferschnäpper abnimmt: das dürfte näherliegende und handfestere Ursachen haben. Ähnliches gilt für die Figur des Kritikers und für die seines Schattens, des Rezensenten. Ihr historisches Verschwinden läßt sich einfach nicht mehr länger verheimlichen.

Man fragt, ob das unser Ernst sei ... Man fordert eine Definition ... Was heißt hier überhaupt Kritiker ... was heißt Rezensent ... und was heißt Verschwinden? Im Gegenteil, müssen wir uns zurufen lassen: nie zuvor in der Geschichte sei so vieles von so vielen so oft *besprochen* worden wie heute!

Das räumen wir ein. Wir räumen ein, daß die Statistik gegen uns spricht; daß uns schlagkräftige Definitionen nicht zur Verfügung stehen; und daß wir eher an einen Idealtypus denken, wenn wir das Wort Kritiker in den Mund nehmen, als an eine soziologisch faßbare Kohorte. Es kommt uns nämlich so vor, als hinge der Auftritt des Kritikers mit der Entstehung der bürgerlichen Gesellschaft zusammen, als hätte er die Szene genau so lange beherrscht, wie diese Gesellschaft an der Vorstellung festhielt, die öffentliche Diskussion kultureller Normen sei etwas Lebenswichtiges: also, grob gesprochen, von Boileau bis Sartre, von Samuel Johnson bis Edmund Wilson, von Lessing bis Benjamin, von Belinskij bis Šklovskij.

Wodurch zeichnen sich diese intellektuellen Fabelwesen

aus? Was haben sie gemeinsam? Die Legende sagt, und die Lektüre ihrer hinterlassenen Schriften bestätigt es, daß es Schriftsteller waren, die über die Bücher anderer Schriftsteller schrieben. Ferner sollen diese Kritiker unabhängige Leute gewesen sein, die ihre Bedeutung einzig und allein ihrer Arbeit zu verdanken hatten, nicht einer Institution oder einer Industrie, in deren Dienst sie sich gestellt hätten. Angeblich war der Essay ihre bevorzugte Form, die Zeitschrift ihr liebstes Medium. Sie sollen ganz genau gewußt haben, was sie wollten – hartnäckige, ungemütliche Geister, auf langfristige Wirkungen statt auf raschen Umsatz bedacht.

Daß der Kritiker in diesem altertümlichen Sinn keine Rolle mehr spielt, liegt auf der Hand. Hie und da kann man vielleicht noch einen Nachzügler antreffen, einen älteren Herrn, der im entlegensten Winkel eines Funkhauses oder im Lektorat eines konservativen Verlags bis heute überwintert hat. Aber selbst wenn dieses lebende Fossil ein Ausbund an Begabung, Urteilskraft und Unbestechlichkeit wäre – eines hätte er bereits eingebüßt, bevor er den Mund aufmacht: die zentrale Position, die Autorität, die der Kritiker alter Schule sich verschafft hat.

Er ist von der gesellschaftlichen Bühne abgetreten, weil er nicht mehr gebraucht wird; weil die Literatur, von der er sprach, ihrerseits ihre übergreifende Bedeutung eingebüßt hat. Die Literatur ist frei, aber sie kann die Verfassung des Ganzen weder legitimieren noch in Frage stellen; sie darf alles, aber es kommt nicht mehr auf sie an. Unter diesen Umständen läuft die Militanz des klassischen Kritikers leer; seine langfristigen Strategien wirken anachronistisch; sein Einfluß verdunstet in der Indifferenz eines pluralistischen Marktes, dem der Unterschied zwischen Dante und Donald Duck Jacke wie Hose ist; seine Autorität wird nicht einmal mehr angefochten, sie erweist sich schlicht als überflüssig.

Wahrscheinlich ist das alles sehr schade. Doch wird man kaum behaupten können, daß die Schriftsteller sich das Verschwinden des Kritikers sonderlich zu Herzen genommen hätten. Sie schreiben ungerührt weiter. Es kann keine Rede davon sein, daß die Produktion von Drucksachen sinkt. Im Gegenteil gilt als Faustregel, daß das Volumen der graphischen Industrie im gleichen Maße zunimmt wie die Zahl der sekundären Analphabeten. Die Frage ist nur, wer den Vertrieb und den Verbrauch dieser unzähligen Druckschriften steuern soll.

Zwei traditionelle Berufe, die es verstanden haben, mit der Zeit zu gehen, sind an die vakante Stelle der Kritiker getreten: die Zirkulationsagenten und die Pädagogen. Jene gehören überwiegend der Sphäre der freien Marktwirtschaft an, diese bilden die solide Basis der verstaatlichten Kultur.

Aus unbekannten Gründen haben sich Schulen, Universitäten und Akademien von jeher für die Literatur interessiert. Diese alte Sitte hat im Lauf der Jahrhunderte zu äußerst merkwürdigen Konsequenzen geführt. Heute dürften auf jeden Dichter schätzungsweise sechsundsechzig Pädagogen entfallen, die mit seiner Erforschung und Deutung beschäftigt sind. Man stelle sich eine Zivilisation vor, in der hinter jedem Bäcker eine Hundertschaft von öffentlich besoldeten Bäckereiwissenschaftlern stünde, und man wird ermessen, welche Ausmaße der Konkurrenzdruck in einem solchen Fall erreichen müßte. Da die Zahl der toten Schriftsteller endlich, der Forscherdrang aber unbegrenzt war, konnte es nicht ausbleiben, daß die Germanistik sich lebender Autoren annahm, so daß heute beliebige Schriften, kaum gedruckt, alsbald zum Gegenstand von Diplomarbeiten, Interpretationen und Schulaufgaben werden.

Auf diese Weise ist ein geschlossener Kreislauf von Produktion, Vertrieb, Lektüre, Kommentar und Interpretation entstanden, eine sekundäre Öffentlichkeit, die den Vorzug hat, daß sie von allen Launen und Wünschen des Publikums unabhängig, institutionell gesichert und dauerhaft subventioniert ist. Doch ist es nicht nur die Planstelle, was den Pädagogen vom Kritiker unterscheidet. Der Professor kann für seine Äußerungen den Status wissenschaftlicher Aussagen in Anspruch nehmen, und das heißt: Literarische Fertigkeiten erübrigen sich.

Was nun den Zwillingsbruder des Pädagogen im privaten Sektor betrifft, den Zirkulationsagenten, so hat ihn einer, der es wissen mußte, Honoré de Balzac, schon vor hundertfünfzig Jahren eingehend beschrieben. (Der marxistische Terminus ist zwar nicht anmutig, aber treffend.) Seine *verlorenen Illusionen* sind die Existenzgrundlage des Zirkulationsagenten. In erster Linie muß er begreifen, daß Unabhängigkeit für ihn kein Desiderat sein kann, sondern nur ein Hindernis; denn als »freier Mitarbeiter« ist und bleibt er nur ein schlecht bezahlter armer Teufel. Sein einziger Ausweg ist der Aufstieg in die Dienstbarkeit. Nicht das, was er schreibt, kann ihm Geltung verschaffen, sondern immer nur die Macht der Institution, des Konzerns, des »Hauses«. Auf sein Urteil kommt es weniger an als auf die Auflage, die Einschaltquote, die er erreicht.

Für den Kritiker seligen Angedenkens war die Literatur ein Nexus von Schriften, die er liebte oder haßte, bewunderte oder verwarf. Dagegen interessiert den Zirkulationsagenten nicht der Text, sondern der Trend, den er aus seinen Eingeweiden liest. Sieger ist, wer den Trend als erster ansagt, Verlierer, wer als letzter wiederholt, was angesagt ist. So bildet sich die Branche ihre Meinung, hin- und hergerissen zwischen Profilneurose und Nachahmungstrieb. Je aktueller die Ansichten, desto kürzer ihre Halbwertzeit. Und was das Gedächtnis betrifft, so läßt es sich ohne weiteres durch den Terminkalender ersetzen. Aus allen Wochenendbeilagen blickt einen an ein und demselben Samstag der gleiche sinnende Klassiker an, nur weil er vor zweihundert Jahren geboren oder gestorben ist. Das Unisono ist ohrenbetäubend.

Wer fortwährend zwischen *in* und *out* in der Drehtür zappelt, von dem wird man kaum erwarten dürfen, daß er die nötige Geduld aufbringt, um einen normalen deutschen Satz zu bilden. Vom Zustand dessen, was an die Stelle der literarischen Kritik getreten ist, kann man sich nur ein Bild machen, indem man – so schwer das auch fallen mag – den Literaturteil einer angesehenen deutschen Zeitung öffnet. Eine einzige Nummer liefert die folgenden Fundstellen:

»Verwandlung und die Fortsetzung der Existenz in einer fiktiven Welt ist der rote Faden des Buches. In geradezu peinlich skrupulösen Textkriterien des bereits Geschriebenen geht A. dem Sprachkörper unter die Haut. Es ist diese und nur diese Dimension, die seine Kunst als subversiv vorkommen läßt. B. hält seine Texte behutsam allen Wirklichkeitsebenen offen. Dies macht seinen besonderen Touch und Sound. Würde er weniger pointiert schreiben, könnte man zur Tagesordnung übergehen. Weil er sich dem entgegenstemmt, wird eben unverwechselbar C. sichtbar. Aber es fällt mir schwer, das nachzuvollziehen. Wie viele mögliche Wirklichkeiten stehen einer Realität gegenüber? Jeder wird manche Akzente ein wenig anders setzen. Manches wirkt nicht treffend skizziert, sondern im Fragment steckengeblieben. Jene zwei oder drei Male, bei denen ich kichernd aufmerkte, boten politikferne Anlässe. Eine kritische Anfrage an A.s Äußerung ist die, ob er weit genug geht. Den Abschnitt mit B. hätte man sich ausführlicher gewünscht. Der Grundton beschwört ohne großes Zutrauen Reste, aus denen Zukunft kommen muß. Vielleicht glückt es ja. Dieses Buch ist gewissermaßen auf dem Weg zu sich selbst.«

Solche Äußerungen lassen nur den Schluß zu, daß es allen Beteiligten völlig Wurst ist, wer was wie wo und zu welchem Ende »bespricht«. Nicht, daß es unter den Rezensenten Trottel und Schwätzer gibt, ist der springende Punkt, sondern daß die Form der Rezension als solche offenbar nicht mehr zu retten ist. Der literarische Journalist lebt von der Substanz, die der

Kritiker ihm hinterlassen hat; wenn sie aufgezehrt ist, bleibt nur Gequassel übrig.

Schon wirken die literarischen Sonntagsbeilagen obsolet. In den Illustrierten-Redaktionen ist die Kultur längst zum Anhängsel des Unterhaltungsressorts geworden; im *Spiegel* kommen Buchbesprechungen nur noch ausnahmsweise vor; der Kulturteil des Magazins hat alle Hände voll zu tun, um uns über die neuesten Trends im Autodesign, im Getränkekonsum, in der Gynäkologie und der Trachtenmode zu unterrichten. Lapidarere Textsorten ersetzen die Rezension: der Klappentext, der Buch-Tip, die Bestseller-Liste, der Werbespot. An die Stelle des Rezensenten, der immer noch liest und schreibt, obwohl ihm weder das eine noch das andere gelingen will, treten andere Zirkulationsagenten, denen diese Qual erspart bleibt, als da sind: Medienkontakter, Showmaster, Videodesigner – Leute, die instinktiv erkannt haben, was das Störende, das eigentlich Lästige am Literaturgeschäft ist, nämlich der Text, das Buch, die Literatur.

Tja, und damit wären wir am Ende unserer kleinen Lageskizze angelangt. An polemischer Verve haben wir es womöglich fehlen lassen; es ist schwer, sich über einen dahinsiechenden Gegenstand zu erregen. Was allerdings die Literatur betrifft, so möchten wir uns keinen Pessimismus nachsagen lassen. Sie ist nicht darauf angewiesen, daß man sie »bespricht«. Das bürgerliche Zeitalter hat ihr – vorübergehend – einen zentralen Platz auf der öffentlichen Bühne eingeräumt; die literarische Kritik hat, in ihren Glanzzeiten, diese Position begründet und verteidigt. Sie ist ehrenvoll gescheitert, was man von ihren Nachfolgern nicht unbedingt behaupten kann. Die Literatur aber ist wieder zu dem geworden, was sie von Anfang an war: eine minoritäre Angelegenheit.

Diese Reduktion auf ihre wahre Größe hat auch etwas Entlastendes. Die Schriftsteller können sich die repräsentative Maske abschminken, die sie lange Zeit trugen. Das wahre, das eigentliche Publikum, eine Minderheit von zehn- bis zwanzigtausend Leuten, die sich nichts vormachen lassen –, dieses Publikum hat sich vom Kasperltheater der großen Medien längst abgekoppelt; es bildet sich sein Urteil unabhängig vom Blabla der Rezensionen und der Talkshows, und die einzige Form der Reklame, an die es glaubt, ist die Mundpropaganda, die ebenso kostenlos wie unbezahlbar ist.

Lob des Analphabetentums

Meine Damen und Herren, den Dank, den ich Ihnen schuldig bin, möchte ich mit einer Frage verbinden, die der Anlaß nahelegt: der Frage, ob Sie, die Steuerzahler und die gewählten Vertreter der Stadt Köln, einer aussterbenden Spezies die Ehre gegeben, ob Sie einen Anachronismus ausgezeichnet haben. Den Frühstückszeitungen dieser Monate entnehme ich, daß die sogenannte »Lesekultur«, auch »Schriftkultur« genannt, nicht nur hierzulande, sondern auf dem ganzen Erdball vom Untergang bedroht ist. Als einen, der vom Schreiben, mithin vom Lesen lebt, kann mich diese Schreckensnachricht nicht gleichgültig lassen. Aber auch Sie als Bürger einer Stadt, die nicht nur Heinrich Bölls Heimat ist, sondern auch den WDR, das größte Medienunternehmen des europäischen Festlandes, beherbergt, auch Sie werden sich vielleicht von einer solchen Prognose betroffen fühlen. Wenn ich mich nicht irre, trifft hier also ein persönliches mit einem öffentlichen, ein lokales mit einem allgemeinen Interesse zusammen.

Sind geschriebene Wörter entbehrlich? Das ist die Frage. Wer sie aufwirft, muß über das Analphabetentum sprechen. Die Sache hat nur einen kleinen Haken. Der Analphabet ist nie zur Stelle, wenn von ihm die Rede ist. Er taucht einfach nicht auf, er nimmt unsere Behauptungen überhaupt nicht zur Kenntnis, er schweigt. Ich möchte deshalb seine Verteidigung übernehmen, auch wenn er mich damit keineswegs beauftragt hat.

Jeder dritte Bewohner unseres Planeten kommt ohne die Kunst zu lesen und ohne die Kunst zu schreiben aus. Rund gerechnet 850 Millionen befinden sich in diesem Fall, und ihre Zahl wird mit Sicherheit zunehmen. Sie ist eindrucksvoll, aber irreführend. Denn zum Menschengeschlecht gehören nicht nur die Lebenden und die Ungeborenen, sondern auch die Toten. Wer sie nicht vergißt, muß zu dem Schluß kommen, daß der Alphabetismus nicht die Regel, sondern die Ausnahme ist.

Nur uns, das heißt, einer winzigen Minderheit von Leuten, die lesen und schreiben, konnte es einfallen, Leute, die das nicht zu tun pflegen, für eine winzige Minderheit zu halten. In dieser Vorstellung zeigt sich eine Ignoranz, mit der ich mich nicht abfinden will.

Im Gegenteil: wenn ich sie in Betracht ziehe, so erscheint mir der Analphabet nachgerade als eine ehrwürdige Gestalt. Ich beneide ihn um sein Gedächtnis, um seine Fähigkeit, sich zu konzentrieren, um seine List, seine Erfindungsgabe, seine Zähigkeit, und um sein feines Ohr. Bitte unterstellen Sie mir nicht, daß ich vom guten Wilden träume. Ich spreche nicht von einem romantischen Phantom, sondern von Menschen, denen ich begegnet bin. Es liegt mir fern, sie zu idealisieren. Ich sehe auch die Enge ihres Gesichtskreises, ihren Wahn, ihren Starrsinn, ihre Eigenbrödelei.

Sie werden sich vielleicht fragen, wie ausgerechnet ein Schriftsteller dazu kommt, die Partei derer zu ergreifen, die nicht lesen können . . . Aber das liegt doch auf der Hand! Weil es die Analphabeten waren, die die Literatur erfunden haben. Ihre elementaren Formen, vom Mythos bis zum Kinderreim, vom Märchen bis zum Lied, vom Gebet bis zum Rätsel, sind allesamt älter als die Schrift. Ohne mündliche Überlieferung gäbe es keine Poesie und ohne die Analphabeten keine Bücher.

Aber die Aufklärung, werden Sie mir entgegenhalten . . . Einverstanden! . . . Die Dumpfheit einer Tradition, welche die Armen von jedem Fortschritt ausschloß! . . . Wem sagen Sie das? Das gesellschaftliche Unglück beruht nicht nur auf den materiellen, sondern auch auf den immateriellen Privilegien der Herrschenden. Es waren die großen Intellektuellen des

Dixhuitième, die diesen Sachverhalt entdeckt haben. Daß das Volk unmündig sei, dachten sie, liege nicht nur an seiner politischen Unterdrückung und an seiner ökonomischen Ausbeutung, sondern auch an seiner Unwissenheit. Spätere Generationen haben aus diesen Prämissen den Schluß gezogen, daß die Fähigkeit, zu lesen und zu schreiben, zu einem menschenwürdigen Dasein gehört.

Diese folgenreiche Idee erfuhr freilich im Lauf der Zeit eine Reihe von bemerkenswerten Umdeutungen. Fast im Handumdrehen wurde der Begriff der Aufklärung durch den der Bildung ersetzt. »Für die Volksbildung«, so heißt es bei einem deutschen Pädagogen der napoleonischen Zeit, »macht die zweyte Hälfte des Achtzehnten Jahrhunderts Epoche. Die Kenntniß dessen, was dafür geleistet wurde, ist erfreulich dem Menschenfreund, ermunternd dem Priester der Kultur, und für den Geschäftsführer des Gemeinwesens höchst lehrreich.«[1]

Nicht alle Zeitgenossen waren mit ihm einverstanden. Ein anderer Volkserzieher schrieb über das Bücherlesen: »Entsteht nun daraus gerade nicht immer Aufstand und Revolution, so machts doch Unzufriedene und Mißvergnügte, die zu den Unternehmungen der gesetzgebenden und exekutiven Gewalt immer scheel sehen, und ihrer Landesverfassung nicht hold sind.«[2]

Das kommt uns bekannt vor. Die Angst vor der Aufklärung hat diese überlebt. Sie überwintert nicht nur in den Diktaturen des zwanzigsten Jahrhunderts, sondern auch in der westdeutschen Demokratie. Irgendein gesetzgebender oder exekutiver Trottel hat sich jedenfalls bei uns noch immer gefunden, der die Landesverfassung am liebsten außer Kraft setzen möchte, um sie vor den verderblichen Wirkungen gewisser Druckschriften zu schützen.

Aber auch die konservative Kulturkritik hat in den letzten zwei Jahrhunderten wenig dazugelernt. Sie läßt und läßt ihren warnenden Zeigefinger nicht sinken. »Warum«, so fragte sie sich schon zu Goethes Zeiten, »warum [soll] gerade für die verdorbenere Menschengattung vorzüglich geschrieben und gedruckt werden, die ewig belustiget, ewig geschmeichelt, ewig getäuscht sein will?«[3] »Die Folgen einer solchen geschmack- und gedankenlosen Lektüre sind... unsinnige Verschwendung, unüberwindliche Scheu vor jeder Anstrengung, grenzenloser Hang zum Luxus, Unterdrückung der Stimme des Gewissens, Lebensüberdruß, und ein früher Tod.«[4] Ich zitiere aus diesen längst verschollenen Schriften, weil ihre Thesen bis auf den heutigen Tag herumspuken. Wer sich unsere kulturpolitischen Sonntagsreden und Podiumsdiskussionen anhört, muß den Eindruck gewinnen, daß uns im Lauf von zweihundert Jahren kaum ein neues Argument eingefallen ist.

Was allerdings das Projekt der Alphabetisierung betrifft, sind wir damit kräftig vorangekommen. Hier haben die Menschenfreunde, die Priester der Kultur und die Geschäftsführer des Gemeinwesens, so scheint es, durchschlagende Erfolge erzielt. Wer möchte Joseph Meyer widersprechen, einem der tüchtigsten Verleger des neunzehnten Jahrhunderts, der die Parole erfunden hat: Bildung macht frei! Die Sozialdemokratie erhob diese Losung zur politischen Forderung. Wissen ist Macht! Kultur für alle! Bis auf den heutigen Tag kämpft sie unverdrossen gegen das Bildungsprivileg und für die Chancengleichheit. Seit Bebel und Bismarck folgt eine Freudenbotschaft der andern. Die Analphabetenrate war in Deutschland schon 1880 auf unter ein Prozent gesunken. In manchen andern europäischen Ländern hat es etwas länger gedauert. Doch auch der Rest der Welt macht enorme Fortschritte, seitdem die UNESCO 1951 die Bekämpfung des Analphabetentums auf ihre Fahnen geschrieben hat. Mit einem Wort: Das Licht hat über die Finsternis gesiegt.

Unsere Freude über diesen Triumph hält sich in Grenzen. Die Botschaft ist zu schön, um wahr zu sein. Nicht weil ihnen danach zumute war, haben die Völker lesen und schreiben gelernt, sondern weil sie dazu gezwungen worden sind. Ihre Emanzipation war zugleich eine Entmündigung. Von nun an unterlag das Lernen der Kontrolle des Staates und seiner Agenturen: der Schule, der Armee und der Justiz. Als die Kinder von Ravensburg anno 1811 zu einer Preisverleihung antraten, wußten sie bereits ein Lied davon zu singen:

»Fleiß, Gehorsam sind die Pflichten,
Welche redlich zu entrichten
Gute Bürger sich bestreben:
Aber so nach Pflicht zu leben,
Prägen Schulen nur allein
In das Herz der Jugend ein.
Daß wir uns der Tugend weih'n,
Und so mancher Kenntniß freu'n,
Danken wir der Schul' allein;
Laßt uns ewig dankbar seyn.
Heil dem König, Heil dem Staat,
Wo man gute Schulen hat!«[5]

Der Zweck, den die Alphabetisierung der Bevölkerung verfolgte, hatte nichts mit Aufklärung zu tun. Die Menschenfreunde und Priester der Kultur, die für sie eintraten, waren nur die Handlanger der kapitalistischen Industrie, die vom Staat verlangte, daß er ihr qualifizierte Arbeitskräfte zur Verfügung stellte. Um das Gute Wahre Schöne, vor dem die patriarchalischen Verleger des Biedermeier sprachen und das ihre heutigen Nachfahren immer noch gern zitieren, ist es nie gegangen. Es handelte sich nicht darum, der »Schriftkultur« den Weg zu bahnen, geschweige denn, die Menschen aus ihrer Unmündigkeit zu befreien. Von einem ganz anderen Fortschritt war die Rede. Er bestand darin, die Analphabeten, diese »allerniedrigste Menschenklasse«, zu zähmen, ihnen ihre

Phantasie und ihren Eigensinn auszutreiben und fortan nicht nur ihre Muskelkraft und ihr handwerkliches Geschick, sondern auch ihre Gehirne auszubeuten.[6]

Um den schriftlosen Menschen abzuschaffen, mußte man ihn jedoch erst einmal definieren, aufspüren und entlarven. Der Begriff des Analphabetentums ist nicht alt. Seine Erfindung läßt sich ziemlich genau datieren. Das Wort erscheint zum ersten Mal in einer englischen Schrift aus dem Jahre 1876 und breitet sich dann rasch über ganz Europa aus. Gleichzeitig erfindet Edison die Glühbirne und den Phonographen, Siemens die elektrische Lokomotive, Linde die Kältemaschine, Bell das Telefon und Otto den Benzinmotor. Der Zusammenhang liegt auf der Hand.

Im übrigen fällt der Triumph der Volksbildung in Europa mit der maximalen Entfaltung des Kolonialismus zusammen. Auch das ist kein Zufall. In den Lexika der Zeit ist die Behauptung nachzulesen, die Zahl der Analphabeten sei, »verglichen mit der Gesamtbevölkerung eines Landes, bezeichnend für den Kulturzustand eines Volkes«. »Derselbe [ist] am geringsten in den slaw. Ländern und bei den Schwarzen der Vereinigten Staaten von Amerika . . . Auf der höchsten Stufe stehen die . . . germ. Länder, die Weißen der Vereinigten Staaten von Amerika und der finn. Stamm.« Da darf auch der Hinweis nicht fehlen, daß »die Männer . . . durchschnittlich höher als die Frauen« stehen.[7]

Hier geht es nicht mehr um Statistik, sondern um Ausgliederung und Stigmatisierung. Hinter der Figur des Analphabeten zeichnet sich bereits die des Untermenschen ab. Eine kleine radikale Minderheit hat die Zivilisation für sich gepachtet und diskriminiert alle, die nicht nach ihrer Pfeife tanzen. Diese Minderheit läßt sich exakt bestimmen: die Männer herrschen über die Frauen, die Weißen über die Farbigen, die Reichen über die Armen, die Lebendigen über die Toten. Was die wilhelminischen »Geschäftsführer des Gemeinwesens« nicht ahnten, ihren Urenkeln, uns gebrannten Kindern müßte es klar sein: daß Aufklärung in Hetze münden, Kultur in Barbarei umschlagen kann.

Sie werden sich fragen, warum ich Sie hier mit Problemen beschäftige, die nur noch von historischem Interesse sind. Nun, diese Vorgeschichte hat uns inzwischen eingeholt. Die Rache der Ausgegrenzten entbehrt nicht einer schwarzen Ironie. Der Analphabetismus, den wir ausgeräuchert haben, ist, wie Sie alle wissen, zurückgekehrt, in einer Gestalt, der allerdings nichts Ehrwürdiges mehr anhaftet. Diese Figur, die längst die gesellschaftliche Bühne beherrscht, ist der sekundäre Analphabet.

Er hat es gut; denn er leidet nicht unter dem Gedächtnisschwund, an dem er leidet; daß er über keinen Eigensinn verfügt, erleichtert ihn; daß er sich auf nichts konzentrieren kann, weiß er zu schätzen; daß er nicht weiß und nicht versteht, was mit ihm geschieht, hält er für einen Vorzug. Er ist mobil. Er ist anpassungsfähig. Er verfügt über ein beträchtliches Durchsetzungsvermögen. Wir brauchen uns also keine Sorgen um ihn zu machen. Zu seinem Wohlbefinden trägt bei, daß der sekundäre Analphabet keine Ahnung davon hat, daß er ein sekundärer Analphabet ist. Er hält sich für wohlinformiert, kann Gebrauchsanweisungen, Piktogramme und Schecks entziffern und bewegt sich in einer Umwelt, die ihn hermetisch gegen jede Anfechtung seines Bewußtseins abschottet. Daß er an seiner Umgebung scheitert, ist undenkbar. Sie hat ihn ja hervorgebracht und ausgebildet, um ihren störungsfreien Fortbestand zu garantieren.

Der sekundäre Analphabet ist das Produkt einer neuen Phase der Industrialisierung. Eine Wirtschaft, deren Problem nicht mehr die Produktion, sondern der Absatz ist, kann keine disziplinierte Reservearmee mehr brauchen. Sie benötigt qualifizierte Konsumenten. Mit dem klassischen Produktionsarbeiter und Büroangestellten wird auch das rigide Training überflüssig, dem sie unterworfen waren, und das Alphabetentum wird zu einer Fessel, die es möglichst rasch abzustreifen gilt. Gleichzeitig mit dieser Problemstellung hat unsere Technologie auch die adäquate Lösung entwickelt. Das ideale Medium für den sekundären Analphabeten ist das Fernsehen.

Wahrscheinlich sind die meisten Theorien, die über diese Erscheinung aufgestellt worden sind, falsch. Ich weiß, wovon ich rede; denn es ist noch keine zwanzig Jahre her, daß ich den elektronischen Medien wunderbare emanzipatorische Möglichkeiten zuschrieb. Immerhin hatte eine solche Hoffnung, auch wenn sie unbegründet war, den Vorzug der Verwegenheit. Von den Betrachtungen eines amerikanischen Soziologen, die heute von sich reden machen, kann man das nicht behaupten: »Wenn ein Volk sich von Trivialitäten ablenken läßt, wenn das kulturelle Leben neu bestimmt wird als eine endlose Reihe von Unterhaltungsveranstaltungen, als gigantischer Amüsierbetrieb, wenn der öffentliche Diskurs zum unterschiedslosen Geplapper wird, kurz, wenn aus Bürgern Zuschauer werden und ihre öffentlichen Angelegenheiten zur Varieté-Nummer herunterkommen, dann ist die Nation in Gefahr – das Absterben der Kultur wird zur realen Bedrohung.«[8]

Nur die Terminologie hat sich verändert; ansonsten ist die Argumentation des Amerikaners von 1985 identisch mit der des braven Schweizers, der im Jahre 1795 einen *Appell an seine Nation* richtete, um sie vor dem drohenden Zusammenbruch der Kultur zu warnen. Selbstverständlich hat Mr. Postman mit seiner zentralen Behauptung recht, die da lautet: Fernsehen ist Quatsch mit Soße. Merkwürdig ist nur, daß er hierin einen Einwand zu sehen scheint. Der Tatsache, daß es schwachsinnig ist, verdankt das Fernsehen ja gerade seinen Charme, seine Unwiderstehlichkeit, seinen Erfolg. Noch sonderbarer ist ein anderer Tick, der an den Apologeten der Lesekultur zu beobachten ist. Es scheint ihnen im höchsten Grade darauf anzukommen, mit welchen Mitteln der Schwachsinn produziert wird. Erscheint er nämlich gedruckt, so handelt es sich offensichtlich um ein Kulturgut; wird er dagegen über Antenne oder Kabel verbreitet, so ist die »Nation in Gefahr«. Tja, wer Kulturkritik für bare Münze nimmt, ist selber schuld.

Mir jedenfalls fällt es schwer, einer Kassandra zu glauben, deren Unkenrufen dazu dienen, ihren eigenen Umsatz zu verteidigen, noch dazu, wenn sie zugleich und blindlings nach neuen Absätzmärkten greift. Erinnern wir uns: es war ein Druckerzeugnis, die *Bild*-Zeitung, ein prophetisches Produkt, mit dem bewiesen worden ist, daß man die Abschaffung der Lektüre als Lektüre verkaufen und ein Print-Medium für sekundäre Analphabeten herstellen kann. Und natürlich sind es Verleger, die sich darum reißen, die Nation zu verkabeln, Satellitenkeulen zu schwingen und den Kontinent mit Programmen zu überziehen, aus denen jede Spur von Programm getilgt ist. Genau wie vor hundert Jahren, als es um die Alphabetisierung der Bevölkerung ging, können sie sich auch heute, wo es sich darum handelt, diese rückgängig zu machen, auf die Unterstützung des Staates verlassen. Dabei entspricht das Projekt der Zwangsverkabelung exakt dem »Schulzwang«, von dem damals die einschlägigen Gesetze sprachen. Es trifft sich gut, daß der Industrie als Gesprächspartner ein Minister zur Verfügung steht, der den Typus des sekundären Analphabeten selbst in wünschenswerter Deutlichkeit verkörpert.

Auch die staatliche Bildungspolitik wird sich auf die neuen Prioritäten einrichten müssen. Mit der Kürzung der Bibliotheksetats ist bereits ein erster Schritt getan worden. Auch im Schulwesen sind Neuerungen zu verzeichnen. Bekanntlich kann man heute acht Jahre lang in die Schule gehen, ohne Deutsch zu lernen, und auch an den Universitäten wird dieser germanische Dialekt allmählich zu einer nur mangelhaft beherrschten Fremdsprache.

Bitte glauben Sie nicht, daß mir daran gelegen wäre, gegen einen Zustand zu polemisieren, dessen Unvermeidlichkeit mir einleuchtet; ich gedenke ihn auch nicht zu bejammern; ich möchte ihn nur darstellen und, soweit mir das vergönnt ist, erklären. Die *raison d'être* des sekundären Analphabeten zu bestreiten wäre töricht, und es liegt mir fern, ihm seinen Platz an der Sonne und seine Belustigungen zu mißgönnen.

Dagegen ist es wohl erlaubt festzustellen, daß das historische Projekt der Aufklärung in dieser Hinsicht gescheitert ist. Was die Losung »Kultur für alle« betrifft, so nimmt sie sich nachgerade komisch aus. Noch weniger ist eine klassenlose Kultur in Sicht. Ganz im Gegenteil ist ein Zustand absehbar, in dem sich immer schärfer voneinander abgegrenzte kulturelle Milieus ausbilden, die keine gemeinsame Öffentlichkeit mehr kennen. Ich möchte sogar die Behauptung riskieren, daß sich die Bevölkerung immer deutlicher in kulturelle Kasten aufspalten wird. (Natürlich verwende ich diesen Terminus in deskriptiver Absicht, ohne systematischen Anspruch.) Diese Kasten lassen sich nicht mehr mit Hilfe des überlieferten marxistischen Modells beschreiben, demzufolge die herrschende Kultur die Kultur der Herrschenden ist. Ökonomische Klassenlage und Bewußtsein treten immer mehr auseinander.

Dabei wird es in der Regel so sein, daß sekundäre Analphabeten die Spitzenpositionen in Politik und Wirtschaft besetzen. Es genügt in diesem Zusammenhang, auf den amtierenden Präsidenten der Vereinigten Staaten und auf den amtierenden Bundeskanzler zu verweisen. Umgekehrt kann man hierzulande, ebenso wie in den USA, mühelos ganze Scharen von Taxifahrern, Hilfsarbeitern, Zeitungsverkäufern und Sozialhilfeempfängern finden, die es mit ihrem überlegenen Problembewußtsein, ihren kulturellen Standards und ihren weitreichenden Kenntnissen in jeder anderen Gesellschaft weit gebracht hätten. Aber selbst eine solche Gegenüberstellung verfehlt noch den wirklichen Sachverhalt, der keine eindeutigen Zuordnungen mehr erlaubt; denn auch unter arbeitslosen Lehrern kann man Zombies, auch im Bundespräsidialamt Leute treffen, die nicht nur lesen und schreiben, sondern sogar produktiv denken können.

Das heißt aber auch, daß der soziale Determinismus in Fragen der Kultur ausgedient hat. Das sogenannte Bildungsprivileg hat seinen Schrecken verloren. Wenn die Eltern in beiden Fällen sekundäre Analphabeten sind, hat das Prominentenkind dem Arbeitersohn nichts mehr voraus. Welcher kulturellen Kaste einer angehört, hängt fortan eher von der eigenen Option als von der Herkunft ab.

Ich schließe aus alledem, daß sich die Kultur in unserem Land in einer völlig neuen Lage befindet. Den Anspruch auf Allgemeinverbindlichkeiten, den sie stets erhoben, aber nie eingelöst hat, können wir vergessen. Die Herrschenden, in ihrer Mehrheit sekundäre Analphabeten, haben jedes Interesse an ihr verloren. Das hat zur Folge, daß sie keinem herrschenden Interesse mehr dienen muß und dienen kann. Die Kultur legitimiert nichts mehr. Sie ist vogelfrei, das ist immerhin auch eine Art von Freiheit. Eine solche Kultur ist auf ihre eigenen Kräfte angewiesen, und je eher sie das einsieht, desto besser.

Ach ja, die Frage, ob Sie einen Anachronismus ausgezeichnet haben – fast hätten wir sie vergessen! Nun, was die Literatur angeht, so ist sie, glaube ich, von den Veränderungen, die ich angedeutet habe, weniger betroffen, als es scheinen könnte. Sie war im Grunde immer eine minoritäre Angelegenheit. Wahrscheinlich ist sich die Zahl derjenigen, die mit ihr leben, im Lauf der letzten zwei Jahrhunderte relativ gleich geblieben. Nur ihre Zusammensetzung hat sich verändert. Es ist längst kein Standesprivileg, aber auch kein Standeszwang mehr, sich mit ihr zu befassen. Der Sieg des sekundären Analphabetismus kann die Literatur nur radikalisieren: er führt einen Zustand herbei, in dem nur noch freiwillig gelesen wird. Wenn sie aufgehört hat, als Statussymbol, als sozialer Code, als Erziehungsprogramm zu gelten, dann werden nur noch diejenigen die Literatur zur Kenntnis nehmen, die es nicht lassen können. Das mag beklagen, wer will. Ich habe keine Lust dazu. Auch das Unkraut ist schließlich eine Minderheit, und jeder Stadtgärtner weiß, wie schwer es auszurotten ist. Die Literatur wird weiterwuchern, solange sie über eine gewisse Zähigkeit, eine gewisse List, die Fähigkeit, sich zu konzentrieren, einen gewissen Eigensinn und ein gutes Gedächtnis verfügt. Sie erinnern sich: Es sind dies die Eigenschaften des wahren Analphabeten. Vielleicht ist er es, der das letzte Wort behalten wird, denn er braucht kein anderes Medium als eine Stimme und ein Ohr.

Anmerkungen

1 Ignaz Heinrich von Wessenberg, *Die Elementarbildung des Volks im Achtzehnten Jahrhundert.* Zürich: Orell, Füßli 1814. Zitiert nach: Rudolf Schenda, *Volk ohne Buch. Studien zur Sozialgeschichte der populären Lesestoffe 1770–1910.* Frankfurt am Main: Klostermann 1970. (Dieser ausgezeichneten Untersuchung verdanke ich auch die folgenden Funde.)

2 Johann Rudolph Gottlieb Beyer, *Über das Bücherlesen, insofern es zum Luxus unsrer Zeiten gehört.* Erfurt: Acta Academiae 1796.

3 Johann Georg Heinzmann, *Appell an meine Nation über Aufklärung und Aufklärer.* Bern 1795.

4 Johann Adam Bergk, *Die Kunst Bücher zu lesen.* Jena: Hempel 1799.

5 *Lieder, welche am Tage des Schul-Jugend-Festes in Ravensburg gesungen werden.* Ravensburg: Gradmann 1811.

6 *Berlinische Wochenschrift* VI, 1785.

7 *Meyers Großes Konversations-Lexikon.* Sechste Auflage. Leipzig und Wien: Bibliographisches Institut 1905, und *Brockhaus' Konversations-Lexikon.* Vierzehnte Auflage. Leipzig: Brockhaus 1894. Artikel *Analphabeten.*

8 Neil Postmann, *Wir amüsieren uns zu Tode. Urteilsbildung im Zeitalter der Unterhaltungsindustrie.* Frankfurt am Main: Fischer 1985.

Der Triumph der Bild-Zeitung oder Die Katastrophe der Pressefreiheit

»Gott im Himmel weiß: Blutdurst ist meiner Seele fremd, und die Vorstellung, daß ich mich vor Gott verantworten muß, glaube ich in furchtbarem Grade zu haben; aber dennoch, dennoch wollte ich in Gottes Namen die Verantwortung auf mich nehmen, *Feuer!* zu kommandieren, wenn ich mich nur zuvor mit der ängstlichsten, gewissenhaftesten Sorgfalt davon überzeugt hätte, daß die Gewehrläufe auf keinen andern Menschen, ja auf kein anderes lebendes Wesen gerichtet wären als auf – Journalisten.«

Weiter als Sören Kierkegaard, der diese Sätze anno 1848 in sein Tagebuch schrieb, kann man die Kritik an der Presse kaum treiben. Der Philosoph hatte nicht die *Bild*-Zeitung vor Augen, sondern ein satirisches Wochenblättchen, das damals unter dem Titel *Corsaren* in Kopenhagen erschien, und das auf den heutigen, durch Mordhetze, Pornographie und Paranoia geschulten Leser einen geradezu idyllischen Eindruck macht. Kierkegaard sah sich als Opfer einer Pressekampagne, die ihn der Lächerlichkeit preisgab. Die Karikaturen und Klatschgeschichten des *Corsaren*, die uns eher kindisch als bedrohlich vorkommen, trieben ihn in eine tiefe existentielle Krise. Der common sense war nicht seine Stärke, und daß der Weg zur Hölle mit ausgewogenen Urteilen gepflastert war, schien ihm eine ausgemachte Sache. Kierkegaard lief dem Journalismus ins Messer. Das war geradezu seine Methode. Auf diese Weise gewann er noch dem nichtigsten Anlaß eine radikale Einsicht ab: »Wahrhaftig, wenn die Tagespresse, wie andere Gewerbetreibende, verpflichtet wäre, ein Schild auszuhängen, so müßte darauf stehen: Hier werden Menschen demoralisiert, in der kürzesten Zeit, im größten Maßstab, zum billigsten Preis.«

Kierkegaard war der erste, der, ein gutes Jahrhundert, ehe die Massenmedien zu ihrer vollen Entfaltung gelangt waren, die Kehrseite der Pressefreiheit mit voller Schärfe ins Auge gefaßt hat: »Solange die Tagespresse besteht«, schrieb er, »ist das Christentum eine Unmöglichkeit.« Wenn man diesen Satz aus der Sprache der Religion in die säkularisierte Terminologie der Verfassungen übersetzt, so besagt er nicht mehr und nicht weniger, als daß die Pressefreiheit, zu Ende gedacht, mit der Menschenwürde unvereinbar ist. Die *Bild*-Zeitung ist der nackteste Ausdruck dieses Zielkonflikts.

Jede zehnte deutsche Frau hat Sexualprobleme. Marianne Strauß im Dirndl prüft die Flieger-Uniform ihres Sohnes Franz-Georg (21), der die Eltern in München besucht. Das Training ist lebensgefährlich. Hinter jeder Ecke kann es krachen. Die tote Millionärin war auch Fotomodell: Sinnlicher Blick, das lange blonde Haar umspielt die Schultern. Dieses süße Kätzchen hat sich verlaufen, wartet jetzt im Tierheim auf Herrchen oder Frauchen. Sie strampelte mit den Beinen, sie röchelte. Kabel wurden mit Saugnäpfen an den Innenseiten ihrer Oberschenkel festgemacht. Ihr Frauchen hatte sie samt Familie schon in die Wäschetrommel gesteckt. »Gut schaut er aus, unser Bub«, fand auch der Vater, Ministerpräsident Strauß (67). »Ich dachte, ich hätte einen Starkstrom-Schlag gekriegt«, sagte er. Es war eine Cognac-Flasche. Kompliment! Da ist gute Arbeit geleistet worden.

Sören Kierkegaard war kein Demokrat. Schon die beschränkte Öffentlichkeit der bürgerlichen Epoche erfüllte ihn mit Schrekken: »Die vollkommene Publizität macht das Regieren zu einer absoluten Unmöglichkeit. Denn alle Regierung beruht auf dem Gedanken, daß es ein paar Einzelne gibt, die einsichtiger als die andern sind, und die dadurch um so viel weiter blicken, daß sie steuern können; vollkommene Öffentlichkeit dagegen beruht auf dem Gedanken, daß alle regieren sollen.« Dieser Gedanke erscheint dem »Reaktionär« Kierkegaard absurd. Insofern existiert für ihn eigentlich auch kein Dilemma der Pressefreiheit; er hält sie nicht nur für schädlich, sondern für überflüssig. Da sie in seinen Augen nichts leistet, kann er die Frage, ob ihr »Preis«, die moralische Verschmutzung, die sie zur Folge hat, gerechtfertigt sei, gar nicht aufwerfen. Er plädiert umstandslos für die Zensur; sein Rezept lautet: Verbieten und Strafen. »Die Regierung kann nicht die Mitteilung der Rede verbieten, sie ist Gottes Gabe; aber sie könnte sehr wohl die Tagespresse verbieten, weil sie ein allzu ungeheures Mitteilungsmedium ist. Man könnte ihr erlauben, Inserate zu drucken, aber keinesfalls Raisonnements.«

Es ist charakteristisch für diesen Denker, daß er nicht nur in seiner Analyse, sondern auch in seinen Handlungsanweisungen über die autoritäre Praxis eines Metternich hinausgeht. Seine Zensur-Phantasien beschränken sich nicht auf Verleger, Journalisten und Redakteure; sie schließen, durchaus logisch, die Leser ein: »Sollte ich ein Pressegesetz schreiben, ich wüßte schon, was ich tun würde. In bezug auf die Tageszeitungen hätten die Käufer unbedingt einen großen Teil der Verantwortung zu tragen. Der Käufer eines Blattes ist wesentlich mitschuldig... Also müßten, zugleich mit dem Verfasser, auch die Leser mit Geldstrafen belegt werden. Denn das Verbrechen besteht nicht so sehr darin, daß einer eine Lüge ausspricht und sie drucken läßt, sondern das eigentliche Verbrechen besteht in ihrer Ausbreitung; es nimmt also mit der Zahl der Käufer zu. Es dürfte von nun an keine anonyme Bestellung mehr geduldet werden. Die Namen der Bezieher eines jeden Blattes müßten öffentlich gedruckt werden, und je mehr Käufer, desto größer die Geldstrafe.«

Es ist eine Sache – und zwar die leichteste von der Welt –, die Freiheit der öffentlichen Meinungsäußerung gegen den blinden Eifer des Philosophen zu verteidigen, ihre vitale politische

Funktion zu beschwören, sich gegen jeden Eingriff irgendwelcher Obrigkeiten zur Wehr zu setzen; es ist eine andre, über Kierkegaards Einsichten mit einem Achselzucken zur Tagesordnung überzugehen. Denn der rücksichtslose Reaktionär hat einen prophetischen Blick auf die Nachtseite einer Freiheit getan, die den liberalen Fortschrittsmännern allzulang als kostenlose Errungenschaft galt. Nicht von der Freiheit der Medien gilt es sich zu verabschieden, sondern von dem Heiligenschein, den ihr das neunzehnte Jahrhundert aufgesetzt hat. Denn sie ist nicht nur eine Wohltat, sondern auch eine Zumutung, und wir müssen sie nicht nur verteidigen, wir müssen sie auch ertragen, und das ist ziemlich viel verlangt.

Die Matratze – eine Sonderanfertigung für den rückenkranken Karajan (75) – wird jetzt nach Amerika geflogen. Frau Dudka war nackt unter dem Hausmantel. Sie wurde in München zur »Miß Po« gewählt. »Arbeit macht frei« stand über dem KZ Auschwitz. Da hörte Frauchen zum Glück ein leises Wimmern. Fremde Männer. Sie standen an seinem Bett. Der mit der Strumpfmaske überm Gesicht holte nochmals aus. »Wie trinkt Ihr Kleiner seinen Kakao am liebsten?« – »Halb und halb.« – »Versteh ich nicht.« – »Halb in den Mund und halb in die Hose.« 30 Minuten lang leichte Stöße, kaum zu spüren. Im Schambereich wird ein Magnetfeld aufgebaut. Fröhlich spielte Amerikas First Lady, Nancy Reagan, mit der Quaste ihres Doktorhutes. Alles über Geld, Sex und den furchtbaren Tod der Millionärin auf Seite 9.

Der Erfolg der *Bild*-Zeitung ist beispiellos. In der westlichen Welt existiert keine Tageszeitung mit vergleichbarer Auflage. (Nur die sowjetische und die chinesische Parteipresse kann mit höheren Zahlen aufwarten.) Mit 5,5 Millionen Exemplaren triumphiert das Monster aus dem Hause Springer alltäglich über seine Widersacher. Ein Ende dieser Karriere ist nicht abzusehen. Das Blatt ist eine Tatsache, mit der die Bundesrepublik leben muß; unter den Institutionen dieses Landes ist es womöglich diejenige, die sich der Zustimmung der Bevölkerung im höchsten Grade erfreuen darf. Ja, man wird sich fragen müssen, ob es eine Stimme gibt, die das Bewußtsein und die Bewußtlosigkeit der westdeutschen Gesellschaft reiner ausdrückt. Insofern ist es nur folgerichtig, daß ein ehemaliger Chefredakteur dieses Blattes als Regierungssprecher fungiert hat. Der Ausdruck »repräsentative Demokratie« nimmt unter diesen Umständen einen fatalen Sinn an: Das Volk hat seine Stimme abgegeben – an *Bild*.

An Gegnern hat es dieser Zeitung nie gefehlt. In den fünfziger Jahren sind es die Kulturkritiker gewesen, die, mit dünner Stimme, ihre Einwände und Bedenken gegen das neue Medium vorbrachten. Sie hingen der irrigen Vorstellung an, als ließe sich der Leichnam des Konservativismus in Deutschland nach dem Zweiten Weltkrieg wiederbeleben. Nun hatte die deutsche Rechte zwar nichts dagegen, sich ein paar wohlbestallte Verteidiger abendländischer Werte zu halten; doch konnte sie den Ausverkauf ihrer älteren Ideologien an die Nazis um so leichteren Herzens verschmerzen, da sich ihr ein weit zeitgemäßeres und gewinnträchtigeres Projekt anbot, bei dem konservative Restbestände nur störend gewirkt hätten: die restlose Planierung des Landes durch das Wirtschaftswunder. So erschöpfte sich die rechte Kritik an *Bild* in einem gewissen hüstelnden Degout, in einem leichten Verziehen der Mundwinkel. In ihren Augen war *Bild* kein Verbrechen, sondern lediglich eine Geschmacklosigkeit.

So ist, von der Mitte der sechziger Jahre an, die Verteidigung der Menschenwürde gegen die Pressefreiheit zu einer Domäne der Linken geworden. Die antiautoritäre Bewegung hat versucht, dieses Ziel auf den politischen Begriff zu bringen:

»Wir Studenten fordern die Enteignung Springers«, hieß es in einer Rede zum Beginn der »Springer-Kampagne«. »Wir haben mit dieser Forderung einen gewissen Erfolg gehabt. Der Fall Springer ist zu dem Prüfstein geworden, durch den sich die Demokraten von den Antidemokraten unterscheiden lassen ... Die Springer-Presse praktiziert den autoritären Staat schon vor seiner institutionellen Verwirklichung. Springers wirtschaftliche Macht kann nicht gebrochen werden, wenn seine politische Macht nicht gebrochen wird. Springers politische Macht ist Teil eines Herrschaftssystems, das die Herrschaft über die Massen nur durch die ständige Drohung mit dem Weltbrand aufrechterhält. Die Enteignung Springers kann also nicht das Werk des Herrschaftssystems sein. Sie muß eingeleitet werden durch politische Aktionen, die die Forderung nach der Enteignung Springers mehr und mehr zur Forderung derer machen, die er heute noch entmündigt ... Wenn das Feuer, das Springer an allen Ecken und Enden schürt, eines Tages auf sein Hochhaus übergreift, dann soll er nicht uns anklagen, daß wir es gelegt hätten.«

Ich zitiere diese Sätze mit einem gewissen Neid. Daß heute irgend jemand in einer deutschen Universität solche Töne anschlüge, ist unvorstellbar. Das liegt nicht an der ideologischen Fixierung jener Rede, sondern an ihrem Mangel an Zynismus. Hier liegt allerdings auch der Grund dafür, daß sie ihrem Gegenstand nicht gewachsen war. Im Laufe des Jahres 1968 stießen die Organisatoren der Springer-Kampagne im SDS auf eine »qualitative Analyse der *Bild*-Zeitung«, die der Konzern bereits 1965 in Auftrag gegeben hatte, und die von den Marktforschungsinstituten Infratest, Contest und Divo unter Mitwirkung eines Diplom-Psychologen namens Günther Knuth, damals Marketing-Direktor bei Springer, ausgearbeitet worden war. (Die wichtigsten Passagen aus dieser Arbeit, unter der Überschrift »Die Psychoanalyse der *Bild*-Zeitung«, hat der SDS in der Broschüre *Der Untergang der* Bild-*Zeitung* 1968 veröffentlicht.)

Konsterniert stellten die militanten Kritiker des Springer-

Konzerns fest, daß dessen »wissenschaftliche Methoden und Ergebnisse sich von den unsrigen nicht mehr – oder allein der moralischen Tendenz nach – unterscheiden... Gewohnt, gegen die bürgerliche Nationalökonomie mit Marx, gegen eine behavioristische Psychologie mit Freud, Adorno oder Marcuse zu operieren, sind wir überrumpelt von der Erfahrung, daß uns der Klassenfeind selbst mit unseren eigenen Waffen schlägt... Unsere Überlegungen und Erkenntnisse sind, noch bevor wir sie richtig ausgesprochen haben, schon nicht mehr unsere eigenen. Springer den wir enteignen wollen, hat uns zuerst enteignet.«

An den manipulativen Techniken der Zeitung gab es nichts zu »entlarven«. Einer psychoanalytisch fundierten Kritik, die auf die angemaßte Über-Ich-Funktion von *Bild*, auf die Ausbeutung und Entmündigung der Leser, auf die Ersatzbefriedigung ihrer Triebansprüche hinwies, schallte es durch den Türspalt der hauseigenen Theorie entgegen: Eben! und: Ick bün all hier! Zum Beispiel: »Einfluß und Macht der Zeitung, ... die teilweise als rücksichtslos und brutal erlebte Härte und Durchschlagskraft, geben dem Leser die Möglichkeit, sich mit diesem überlegenen Angreifer zu identifizieren, in *Bild* die Realisierung dessen zu erleben, was ihm selbst immer unmöglich sein wird zu verwirklichen.« Oder: »In diesem Zusammenhang ist auch der Mechanismus von provozierter und zugleich aufgefangener Angst einzuordnen... *Bild* schafft damit durch das Wechselspiel und die Regulierung der Ansprüche von Ich- und Es-Bereichen eine Anpassung und Konditionierung ihrer Leser.«

Lief somit die theoretische Kritik an der *Bild*-Zeitung offene Türen ein, so trug die praktische Kritik durch Demonstrationen und Blockaden, Brandsätze und Molotow-Cocktails dazu bei, das Blatt von den politischen Eierschalen seiner frühen Jahre zu befreien. Zu diesem Lernprozeß hat die Kampagne der Studentenbewegung entscheidend beigetragen. Der SDS hat die *Bild*-

Zeitung letzten Endes als faschistisches Kampfblatt mißverstanden. Man braucht nur die berühmten Aufforderungen zur Menschenjagd (und zur Nächstenliebe), zur Lynchjustiz (und zum Tierschutz) nachzulesen, um diese Fehleinschätzung zu begreifen. Erst heute, wo *Bild* sich von allen partikularen Zielen emanzipiert hat und gewissermaßen zu sich selbst gekommen ist, stellt sich heraus, daß die Pogromhetze für *Bild* immer nur Mittel zum Zweck, beliebiges Moment unter anderen Momenten war. Die Zeitung ist nicht faschistisch, weil sie nicht angetreten ist, um die Massen zu mobilisieren, sondern im Gegenteil, ihnen jede Regung abzugewöhnen. Sie ist deshalb als politisches Kampfblatt im herkömmlichen Sinn untauglich. Mit ihr verglichen, wirken Zeitungen wie der *Völkische Beobachter*, der *Bayern-Kurier* und die *Deutsche National-Zeitung* wie Fossilien. Was sie von *Bild* unterscheidet, ist die Tatsache, daß sie eine (wenn auch niederträchtige) Botschaft zu verkünden haben, daß es ihnen um einen (wenn auch widerwärtigen) politischen Inhalt geht. Die Botschaft von *Bild* lautet dagegen, daß es keine denkbare Botschaft mehr gibt; sein einziger Inhalt ist die Liquidierung aller Inhalte.

Der Siegeszug des Blattes beruht darauf, daß es im Lauf der Jahre gelernt hat, diese Bestimmung in immer reinerer Form zu verwirklichen. In den Analysen der sechziger Jahre, die auf das Modell des Klassenkampfes fixiert waren, wurden stets die plebejischen und proletarischen Elemente der Zeitung hervorgehoben. Heute hat *Bild* diese Zielgruppe, wie jede andere, hinter sich gelassen. Da die »herrschende Klasse« seit langem keine eigene Kultur mehr hervorbringt und auch keinerlei Bedürfnis nach etwas Derartigem zu erkennen gibt; da der funktionelle Analphabetismus als Privileg der Unterdrückten nicht mehr gelten kann, sondern zur normalen Ausstattung auch der Unterdrücker gehört, kann es nicht wundernehmen, daß man der *Bild*-Zeitung heute ebensooft in den Intercity-Zügen, in den Lobbys der Luxus-Hotels und in der Ersten

Klasse der Lufthansa-Flüge begegnet wie in Arbeiterkneipen und S-Bahn-Abteilen. So, nämlich in Gestalt einer höhnischen Fratze, hat *Bild* die längst preisgegebene Utopie der klassenlosen Gesellschaft eingelöst, als ein Blatt, das nicht jedem etwas bietet, sondern allen nichts.

Die nackte Millionärin Erika Dudka (40) starb gestern im Münchener Schwurgericht noch einmal. Was passiert im Körper? Das Lustgefühl und die Fähigkeit zu lieben werden erhöht. Jede Sitzung kostet Margit 20 Mark. Nach der 10. rief ihr Ehemann an: »Bremsen Sie meine Frau ...« Mit schmerzverzerrtem Gesicht wälzte sich Hachings Richard Stöckle am Boden. Hollywood-Star George Segal (49) nahm aus dem Berliner Hotel »Kempinski« die Matratze aus seinem Bett mit (Wert: 2300 Mark). Terror und Zynismus: Das paßt immer zusammen. Zu dem verspielt-romantischen Kleid trägt die Braut einen sechs bis sieben Meter langen Tüllschleier, der mit Perlenkränzchen im Haar festgesteckt wird. Einer der beiden Mordangeklagten berichtete, wie sie die Blondine nachts in ihrer Villa gewürgt und im Swimmingpool ertränkt haben. Sedlmayr starrte voller Schrecken in zwei vermummte Gesichter. »Ich habe unter einer schwarzen Perücke mit falschem Namen in einer Peep-Show am Bahnhof gearbeitet!« Herr Weber war sprachlos. Sie röchelte. Da hörte Frauchen zum Glück ein leises Wimmern.

Die Kritik an der *Bild*-Zeitung ist nach 1968 nicht verstummt. Heinrich Böll hat 1974 versucht, die Fragestellung Kierkegaards mit den Mitteln der melodramatischen Erzählung wieder aufzugreifen, und Günter Wallraff hat sogar einen heroischen Selbstversuch unternommen, um dem monströsen Phänomen von der Produktionsseite her beizukommen. Diese Vorstöße waren moralisch und politisch aller Ehren wert; die Bücher, Filme und Reportagen, die aus ihnen hervorgingen, haben weite Verbreitung gefunden, und es wäre hämisch, den Autoren entgegenzuhalten, daß sie den Vormarsch der *Bild*-Zeitung nicht haben aufhalten können. Dennoch ist die Ohnmacht der Kritik eine massive Tatsache, und ihr Grund liegt auf der Hand. Jede Aufklärung über die *Bild*-Zeitung ist vergeblich, weil es nichts über sie zu sagen gibt, was nicht alle schon wüßten. Das gilt nicht nur für diejenigen, die die Zeitung machen. Es gilt vor allem für ihre Leser, deren Zynismus hinter dem der Macher nicht zurücksteht. Ihre selbstverschuldete Unmündigkeit erwartet keinen Befreier. Sie ist sich ihrer durchaus selbst bewußt. An diesem Schuldbewußtsein scheitert alle Aufklärung, weil es bereits aufgeklärt ist.

Bild wird gelesen nicht obwohl, sondern weil das Blatt von nichts handelt, jeden Inhalt liquidiert, weder Vergangenheit noch Zukunft kennt, alle historischen, moralischen, politischen Kategorien zertrümmert; nicht obwohl, sondern weil es droht, quatscht, ängstigt, schweinigelt, hetzt, leeres Stroh drischt, geifert, tröstet, manipuliert, verklärt, lügt, blödelt, vernichtet. Gerade dieser unveränderliche, alltägliche Terror verschafft dem Leser den paradoxen Genuß, den er mit jedem Süchtigen teilt, und der sich von der bewußt erlebten Erniedrigung, die mit ihm verbunden ist, gar nicht trennen läßt. Die Tatsache, daß *Bild* prinzipiell nicht datierbar ist, daß es sich selbst permanent wiederholt, führt nicht zur Langeweile, sondern zur Beruhigung. Bei seinem jahrzehntelangen Frühstück mit *Bild* wiegt sich der Leser in der Gewißheit, daß alles so weitergeht, daß *nichts etwas macht*, oder, was auf dasselbe hinausläuft, daß das Nichts nichts macht.

Man kann in diesem Sinn behaupten, daß die *Bild*-Zeitung radikaler als ihre Kritiker ist. Das gilt auch für ihre ästhetische Form. Es ist die des anonymen Gesamtkunstwerks. Als Repräsentation der westdeutschen Gesellschaft kennt die *Bild*-Zeitung, soweit ich weiß, nur einen einzigen Rivalen: den Quelle-

Katalog. Ein Vergleich dieser beiden Chef d'œuvres wäre aufschlußreich. Auch der Versandhaus-Katalog ist in der Bundesrepublik ubiquitär verbreitet; seine Auflage übertrifft sogar noch die der *Bild*-Zeitung. Er ist ebenfalls plebiszitär angelegt, ebenfalls von hohem propagandistischem Stellenwert, ebenfalls dem perversen Genuß des Wiederholungszwangs geweiht, und ebenso für den seiner selbst bewußten Idioten (in diesem Fall den »Konsumidioten«) bestimmt.

Aber hier hören die Gemeinsamkeiten zwischen den beiden Standardwerken des westdeutschen Bewußtseins auch schon auf. Der Quelle-Katalog ist der Katechismus der Verdinglichung. Er ordnet das Chaos der Waren, schafft Übersichtlichkeit und Orientierung und liefert Handlungsanweisungen (die im Bestellschein lokalisierbar sind). Er geht didaktisch, systematisch, man ist versucht zu sagen: aufklärend vor, und in der Tat stammt sein Modell aus dem achtzehnten Jahrhundert; der Quelle-Katalog ist die letzte historische Variante der Enzyklopädie.

Das formale Modell der *Bild*-Zeitung ist dagegen radikal modern. Dieses Modell ist das Kunstwerk der Avantgarde. Nicht nur die emanzipatorischen Wissenschaften, von der Psychoanalyse bis zur Kritischen Theorie, hat *Bild* enteignet, sondern auch die Künste des zwanzigsten Jahrhunderts. *Bild* ist der alltäglich gewordene Bruch mit jeder tradierten Sprache und mit jeder tradierten Form, es ist Collage, Montage, Assemblage, es ist das *objet trouvé* und die *écriture automatique*, Bewußtseins- und Bewußtlosigkeitsstrom, Poesie ohne Poesie, es ist die ästhetische Zertrümmerung des Ästhetischen, die Aufhebung der Kunst, die ästhetische Summa unserer Zivilisation.

Schon vor zwanzig Jahren haben drei Avantgarde-Künstler diesen Zusammenhang gesehen und dargestellt: Bazon Brock, Bernhard Jäger und Thomas Bayerle. Sie sind die einzigen geblieben, die der Erscheinung, die sie kritisierten, nicht ins

Messer liefen. Diesen Triumph verdanken sie allerdings ihrem Verzicht auf jedes Raisonnement. Sie haben die *Bild*-Zeitung nicht angegriffen, sie haben sie wiederholt. Es ist kein Zufall, daß ihr Kommentar die Form des Faksimiles wählte: ihre *Bloom*-Zeitung, datiert auf den 8. April 1963, ist eine fotomechanische Wiedergabe der *Bild*-Zeitung vom selben Tag, nur daß das Wort *Bild*, ebenso wie sämtliche Personennamen, Markenbezeichnungen und Ortsangaben durch das Wort »Bloom« ersetzt sind.

Ein 82jähriger Bloom hat sein Leben lang hart gearbeitet. Als Bloom. Er gewann nie im Lotto. Er machte nie eine Erbschaft. Und dennoch: Er verschenkte 122 500 Mark! Zweimal innerhalb von 12 Stunden ist der 50jährige Arthur Bloom aus Mülhausen (Elsaß) gestorben. Während die Blooms und Spaziergänger in Norddeutschland noch etwas bibberten, war es südlich des Blooms bereits angenehm warm. Bloom schickte einen ihrer Hofbeamten nach Deutschland, damit er ihr ein solches Pferd aussuche. Besser in Form mit Bloom 3-Orange. Sein einziger Sohn Bloom (51) war an Krebs gestorben. Während er die Tochter noch retten konnte, versank das Auto mit den beiden Blooms im Wasser. Schein-Bloom erwacht im Leichenhaus. Bloom will Kanzler bleiben! Bloom-Angst: Kinder laufen weg. Bloom versunken. Sonder-Blooms! Blooms im Großeinsatz! Bloom fürchtet abstrakte Kunst!

Das kann man von *Bild* nicht sagen. Das Massenblatt, erklärter Feind all dessen, was an Intelligenz auch nur von fern erinnert, Schwarzes Loch der Kultur, ist zugleich der ästhetische Gesamtarbeiter, und seine Redaktion ist der James Joyce der Millionen. Die Zeitung ist das totale Kunstwerk, das alle Träume der Avantgarde-Bewegungen, von der Aufhebung der Differenz zwischen Kunst und Leben bis zur kollektiven Produktion, liquidiert, indem es sie erfüllt.

Die Illusion, als wäre, wenn von der *Bild*-Zeitung die Rede ist, nur von der *Bild*-Zeitung die Rede, gehört zu den Lieblings-Illusionen ihrer Kritiker. Solche Ausgrenzungsversuche beweisen nur, daß das Pharisäertum und das Behagen an der eigenen Scheiße kein Privileg des einen oder anderen Mediums sind. Insbesondere gehört es zur Lebenslüge der »besseren« Presse und ihres Publikums, auf *Bild* zu zeigen und zu rufen: Haltet den Dieb! So leichten Kaufes aber kommt niemand davon, der sich in den öffentlichen Medien dieses Landes äußert. Denn *Bild* ist überhaupt nur deshalb von Interesse, weil es das Projekt des Journalismus schrankenloser, erfolgreicher, radikaler verwirklicht als alle anderen Zeitungen, Zeitschriften und Sender. In diesem Blatt hat sich der Journalismus von seinen älteren Resten, von seinen bürgerlichen Ursprüngen und Maskeraden befreit; er hat Kategorien wie Information, Verantwortung, Gesittung, Kultur abgeworfen und ist zu sich selbst gekommen.

Aber jedes andere Medium, das auf diesem Markte konkurriert, teilt mit *Bild* alle wesentlichen Bestimmungen, denen die Organisation von Öffentlichkeit heute unterliegt, und diese Bestimmungen sind durch keinerlei »gute« (bürgerliche oder »linke«) Absicht aufzuheben. Dies begreifen heißt keineswegs, alles in einen Topf werfen; nach wie vor existieren wesentliche Unterschiede im Informations- und Gebrauchswert journalistischer Medien. Gemeinsam ist ihnen jedoch das Gesetz, nach dem sie antreten: ihr objektiver Zynismus; und wer diese Gemeinsamkeit leugnet, ist ein Heuchler.

Das beginnt bereits damit, daß keine Zeitung, kein Magazin, kein Fernsehprogramm denkbar ist, das sich nicht der Forderung der Aktualität blindlings unterwürfe. Das hat zur Folge, daß wir uns Tag für Tag mit Nullereignissen konfrontiert sehen. Die sogenannten Hitler-Tagebücher sind dafür nur ein besonders sichtbares Beispiel. Auch die sogenannten seriösen Blätter berichten überwiegend von Vorgängen, die buchstäblich nichts bedeuten. Ob es sich um Olympische Spiele, Papstbesuche oder Mordprozesse handelt, ist dabei im wahrsten Sinn des Wortes gleichgültig. Nullbotschaften von der Form, daß der Politiker X. für den Frieden oder für »menschliche Erleichterungen« eintritt (also nicht den sofortigen Atomkrieg oder die Folter für alle fordert), oder Unisono-Würdigungen des Komponisten Y zu seinem 100. Todes- oder Geburtstag in sämtlichen Feuilletons wandeln die immergleiche Nichtigkeit der *Bild*-Zeitung nur in ambitionierter und womöglich langweiligerer Form ab. Vollends evident wird die strukturelle Ähnlichkeit aller journalistischen Medien aber erst, wenn der Blick des Lesers die Seiten des Blattes streift, als hätte ihm niemand die fromme Fiktion eingebleut, der redaktionelle Teil sei eine, der Anzeigenteil aber eine andere Sache: wenn er also seinen *Spiegel*, seine *F. A. Z.* ebenso wie seine *Bild*-Zeitung als ein Kontinuum liest.

Spätestens dann zeigt sich, daß Sklaverei und Herrenkosmetik, Kriegshetze und Intimspray, Atombombe und Babywindel, Massenmord und Katzenfutter zu Äquivalenten geworden sind, von denen eines das andere bedeutet, also alles nichts.

Die *Bild*-Zeitung ist somit keine bedauerliche Entgleisung, keine vermeidbare Verirrung, sondern ein ebenso logischer Ausdruck unserer Freiheit wie die Bombe. Kierkegaards Traum ihrer Abschaffung ist so utopisch wie der vom ewigen Frieden. Wie alle anderen Fortschritte, so hat uns auch der der Medien vor ein Dilemma gestellt, das wir nicht lösen können. Unterdessen werden wir uns an die Komödie halten müssen: »Natürlich bin ich für die Pressefreiheit«, sagt der englische Dramatiker Tom Stoppard in einem seiner Stücke. »Nur die Zeitungen kann ich nicht ausstehen.«

Das Nullmedium oder Warum alle Klagen über das Fernsehen gegenstandslos sind

Fernsehen verblödet: Auf diese schlichte These laufen so gut wie alle landläufigen Medientheorien hinaus, gleichgültig, wie fein gesponnen oder grob gewirkt sie daherkommen. Der Befund wird in der Regel mit einem gramvollen Unterton vorgetragen. Vier hauptsächliche Varianten lassen sich unterscheiden.

Die Manipulationsthese zielt auf die ideologische Dimension, die den Medien zugeschrieben wird. Sie sieht in ihnen vor allem Instrumente politischer Herrschaft und ist von ehrwürdigem Alter. Ursprünglich tief in den Traditionen der Linken verwurzelt, aber bei Bedarf auch von der Rechten genießerisch adaptiert, hat sie es ganz auf die Inhalte abgesehen, die vermeintlich das Programm der großen Medien bestimmen. Ihrer Kritik liegen Vorstellungen von Propaganda und Agitation zugrunde, wie sie aus früheren Zeiten überliefert sind. Das Medium wird als ein indifferentes Gefäß verstanden, das über ein passiv gedachtes Publikum Meinungen ausgießt. Je nach dem Standpunkt des Kritikers gelten diese Meinungen als falsch; sie müssen nach einem derartigen Wirkungsmodell notwendig falsches Bewußtsein erzeugen. Verfeinerte Methoden der Ideologiekritik erweitern diesen »Verblendungszusammenhang«, indem sie den Gegner mit immer subtileren und heimtückischeren Absichten ausstatten. An die Stelle der direkten Agitation tritt dann die schwer durchschaubare Verführung; der ahnungslose Konsument wird von den Drahtziehern überredet, ohne daß er wüßte, wie ihm geschieht.

Die Nachahmungsthese dagegen argumentiert vor allem moralisch. In ihren Augen bringt der Medienkonsum vor allem sittliche Gefahren mit sich. Wer sich ihm aussetzt, wird an

Libertinage, Verantwortungslosigkeit, Verbrechen und Gewalt gewöhnt. Die subjektiven Folgen sind abgestumpfte, verhärtete und verstockte Individuen, die objektiven der Verlust sozialer Tugenden und der allgemeine Sittenverfall. Diese Form der Medienkritik speist sich, auf den ersten Blick erkennbar, aus bürgerlichen Quellen. Die Motive, die in ihr wiederkehren, lassen sich schon im 18. Jahrhundert nachweisen, in den vergeblichen Warnungen, welche die frühe Kulturkritik vor den Gefahren der Romanlektüre erschallen ließ.

Neueren Datums ist die Simulationsthese, die von einem erkenntnistheoretischen Verdacht beseelt ist. Sie ist auch insofern moderner, als sie auf die technische Entfaltung der Medien eingeht, also auch die Existenz des Fernsehens ernstnimmt, was man von ihren Vorgängern nicht behaupten kann. Ihr zufolge wird der Zuschauer durch das Medium außerstande gesetzt, zwischen Wirklichkeit und Fiktion zu unterscheiden. Die erste Realität werde also durch eine zweite, phantomhafte unkenntlich gemacht oder ersetzt. Eine weitergehende Version der These, die gelegentlich sogar affirmativ auftritt, kehrt dieses Verhältnis um und behauptet, die Unterscheidung zwischen Wirklichkeit und Simulation sei unter den gegebenen gesellschaftlichen Verhältnissen sinnlos geworden.

Alle bisherigen konvergieren in der vierten, der Verblödungsthese, die sich zu einer anthropologischen Aussage verdichtet. Die Medien greifen, wenn man ihr folgt, nicht nur das Kritik- und Unterscheidungsvermögen, nicht nur die moralische und politische Substanz ihrer Nutzer an, sondern auch ihr Wahrnehmungsvermögen, ja ihre psychische Identität. Sie produzieren somit, wenn man sie gewähren läßt, einen Neuen Menschen, den man sich, je nach Belieben, als Zombie oder Mutanten vorstellen kann.

Alle diese Theorien sind schwach auf der Brust. Beweise halten ihre Urheber für entbehrlich. Selbst das Minimalkriterium der

Plausibilität macht ihnen keinerlei Kopfzerbrechen. So ist es, um nur ein Beispiel zu nennen, bisher niemandem gelungen, uns außerhalb der psychiatrischen Klinik auch nur einen »Fernsehteilnehmer« vorzuführen, der außerstande wäre, zwischen einem Ehekrach in der laufenden Serie und an seinem Frühstückstisch zu unterscheiden. Die Verfechter der Simulationsthese scheint das nicht zu stören.

Ebenso kurios, vielleicht aber noch folgenschwerer ist eine andere Gemeinsamkeit der genannten Theorien. Der Nutzer der Medien erscheint in ihnen grundsätzlich als wehrloses Opfer, der Veranstalter dagegen als durchtriebener Täter. Diese Opposition wird mit tiefem Ernst und beachtlicher Gründlichkeit durchgehalten: Manipulatoren und Manipulierte, Vorahmer und Nachahmer, Simulanten und Simulierte, Verblöder und Verblödete stehen einander in schöner Symmetrie gegenüber.

Offen muß dabei die Frage bleiben, auf welcher Seite der jeweilige Theoretiker zu suchen ist. Entweder er macht von den Medien keinerlei Gebrauch, dann weiß er nicht, wovon er spricht; oder aber er setzt sich ihnen aus, dann stellt sich die Frage, durch welches Wunder er ihrer Wirkung entgangen ist; denn im Gegensatz zu allen andern ist er moralisch völlig intakt geblieben, kann souverän zwischen Blendwerk und Realität unterscheiden und erfreut sich völliger Immunität gegenüber der Idiotie, die er bei jenen kummervoll konstatiert. Oder sollten – fataler Ausweg aus dem Dilemma – seine Theorien ihrerseits Symptome einer universellen Verblödung sein?

Wie dem auch sei, daß sie ihre Wirkung verfehlt hätten, kann man kaum behaupten. Zwar hält sich ihr Einfluß auf das, was gesendet wird, in engen Grenzen, was man je nach Laune betrüblich finden oder dankbar vermerken, aber kaum bestreiten kann. Hingegen haben sie in der sogenannten Medienpolitik offene Ohren gefunden. Das ist auch nicht verwunderlich; denn die Überzeugung, daß er es »draußen im Lande« mit

Millionen von Idioten zu tun hat, gehört zur psychischen Grundausstattung des Berufspolitikers. Der umgekehrte Eindruck festigt sich, wenn man verfolgt, wie die Veteranen des Faches untereinander und mit den Funktionären der Medien um jede Minute kämpfen, wenn es darum geht, ihre Limousine, ihren historischen Auftritt vor der Ehrenkompanie, ihre Frisur hinter dem Blumentopf und vor allem ihre Sprechwerkzeuge vorzuzeigen. Rührender Eifer, mit dem die Zahl der Sendeminuten, der Kamerawinkel, der Grad von Devotion auf seiten des Reporters, der Pegel des rauschenden Beifalls registriert werden! Die gute alte Manipulationsthese hat es ihnen ganz besonders angetan. Das erklärt den zähen Hader um die »Gremien«, die nie erlahmende Ämterpatronage und den heißen Wunsch, sich ein für alle Male die Kontrolle über den ganzen Laden zu verschaffen.

Die Industrie teilt weder dieses leidenschaftliche Verlangen noch jene dürren Theorien. Ihre Überlegungen sind von asketischer Nüchternheit. Sie kreisen einerseits um Frequenzen, Kanäle, Normen, Kabel, Keulen, Parabolantennen; andererseits um Investitionen, Beteiligungen, Verteilungsschlüssel, Kosten, Quoten, Werbeaufkommen. Aus dieser Perspektive erscheint als das eigentlich Neue an den Neuen Medien die Tatsache, daß keiner ihrer Veranstalter jemals auch nur einen Gedanken an irgendwelche Inhalte verschwendet hat. Jeder wirtschaftliche, technische, rechtliche und administrative Aspekt ihres Vorgehens wird eingehend analysiert und erbittert umkämpft. Nur ein Faktor spielt im Sinnen und Trachten der Industrie keine Rolle: das Programm. Zur Debatte steht, wer zahlt und wer kassiert, wann, wo, wie, von wem, aber nie und nimmer, was gesendet wird. Eine solche Haltung wäre bei keinem früheren Medium denkbar gewesen.

Sie könnte sonderbar, ja verwegen scheinen. Es werden Milliarden aufgewendet, um Satelliten in den Weltraum zu schießen und ganz Mitteleuropa mit einem Kabelnetz zu durchziehen; eine beispiellose Aufrüstung von »Kommunikationsmitteln« findet statt, ohne daß irgend jemand die Frage aufwürfe, was da eigentlich mitgeteilt werden soll. Die Lösung dieses Rätsels liegt jedoch auf der Hand. Die Industrie nämlich weiß sich mit der entscheidenden gesellschaftlichen Figur in ihrem Spiel einverstanden: mit der des »Fernsehteilnehmers«. Dieser, keineswegs willenlos, steuert energisch einen Zustand an, den man nur als Programmlosigkeit bezeichnen kann. Um diesem Ziel näherzukommen, benutzt er virtuos alle verfügbaren Knöpfe seiner Fernbedienung.

Gegen diese innige Allianz von Kunden und Lieferanten ist kein Kraut gewachsen. Die verbitterte Minderheit der Kritiker tut sich schwer, ein so massives Einverständnis zu erklären, weil es ihrem Selbstverständnis widerspricht.

Wie wäre es, wenn die Majorität ihre Gründe hätte, Gründe, die sich womöglich aus der Blödigkeit, die man ihr zuschreibt, nicht ohne weiteres ableiten ließen? Wie wäre es, wenn Programme in der Tat entbehrlich wären, und wenn sich der Begriff des Mediums selbst als untauglich, als bloße Mystifikation erwiese? Vielleicht lohnt es sich, solchen Vermutungen ein Stück weit nachzugehen.

Der Begriff des Mediums ist alt; gemeint ist zunächst einfach etwas Mittleres, Vermittelndes; ein Mittel; in der griechischen Grammatik ein eigenes Genus des Verbums, das sich dazu eignet, »das Interesse des tätigen Subjekts oder sein Betroffensein durch eine Handlung« hervorzuheben; ferner »in der spiritistischen Weltanschauung jemand, der den Verkehr mit der Geisterwelt vermittelt« (!); schließlich im physikalischen Sinn ein Träger wie die Luft, in dem sich Licht- oder Schallwellen fortpflanzen können; von daher, auf die gesellschaftliche Kommunikation übertragen, deren technische Mittel, beispielsweise der Buchdruck.

Auch der Begriff des Programms orientiert sich an der Schrift. Das Wort bezeichnet ja ursprünglich nichts anderes als das Vorgeschriebene oder vorher Geschriebene; »eigentlich öffentliche schriftliche Bekanntmachung, öffentlicher Anschlag, jetzt (1895) besonders eine Ankündigungs- oder Einladungsschrift, die von Universitäten und anderen höheren Bildungsanstalten erlassen wird. Im öffentlichen Leben spricht man vom Programm einer Partei, einer Zeitung, einer zu bestimmten Zwecken gegründeten Gesellschaft, auch einer Regierung, wenn in mehr oder weniger bindender Gestalt die Grundsätze des beabsichtigten Handelns im voraus verkündet werden.«

Was dagegen die führenden Fernsehveranstalter im voraus verkünden, liest sich so: »Budenzauber. Mini-ZiB. Ei elei, Kuck elei. Du schon wieder (8). Wenn abends die Heide träumt. Almerisch g'sunga und g'schpuit. Weltcup-Super G der Herren. Helmi. X-Large. Die Goldene Eins. Betthupferl. Bis die Falle zuschnappt. Einfach tierisch. Wetten, daß . . . ? Es lebe die Liebe. Ohne Krimi geht die Mimi nie ins Bett. Just another pretty face. Tintifax und Max. Ich will, daß du mich liebst. Also ääährlich. Hulk (31). Musi mit Metty. Heute mit uns. Hart wie Diamant. Am, dam, des. Barbapapa. Texas Jack (12). Schau hin und gewinn. Superflip. Sie – er – es. Liebe international. Hart aber herzlich. 1–2–X. Wer bietet mehr?«

Daß man derartige Erscheinungen mit anachronistischen Begriffen wie »Medium« oder »Programm« nicht mehr fassen kann, bedarf wohl keiner weiteren Erläuterung. Neu an den Neuen Medien ist die Tatsache, daß sie auf Programme nicht mehr angewiesen sind. Zu ihrer wahren Bestimmung kommen sie in dem Maß, in dem sie sich dem Zustand des Nullmediums nähern. Diese Neigung war, wie sich im Rückblick zeigt, schon den alten Medien nicht fremd. Auch der Buchdruck hat es nicht an Versuchen fehlen lassen, sich der immer lästiger werdenden Inhalte zu entledigen. Die ersten Pionierleistungen auf diesem mühevollen Weg wurden im Trivialroman erzielt. Weitere Marksteine haben Boulevard-Presse, »Heftchenliteratur« und Illustrierte gesetzt. Einen triumphalen Rekord, der in der Druckindustrie bis heute unübertroffen blieb, hat, bis an die Traumgrenze des Analphabetentums gehend, die *Bild*-Zeitung aufgestellt.

Den entscheidenden Fortschritt haben jedoch erst die elektronischen Medien gebracht. Es hat sich nämlich herausgestellt, daß dem Versuch, ein gedrucktes Nullmedium zu schaffen, unüberwindliche Hindernisse im Wege stehen. Wer die Schrift von jeder Bedeutung befreien will, muß zu extremen Lösungen greifen. Die heroischen Vorschläge der Avantgarde (Dada, Lettrismus, visuelle Poesie) haben bei der Industrie kein Gehör gefunden. Das liegt vermutlich daran, daß die Idee der Null-Lektüre selbstwidersprüchlich ist. Der Leser, jeder Leser, hat nämlich den fatalen Hang, Zusammenhänge herzustellen und noch in der trübsten Buchstabensuppe nach so etwas wie einem Sinn herumzustochern.

Von einem jüngeren Medium wie dem Radio durfte man sich da schon weniger, und das heißt in diesem Zusammenhang: mehr versprechen. Die Emanzipation von der Schrift eröffnete zumindest neue Perspektiven. In der Praxis zeigte sich allerdings, daß im Rundfunk ziemlich viel vorgelesen wurde. Doch auch dort, wo die freie Rede sich Bahn brach, in Ansprachen und Diskussionen, ja sogar im schieren Gequassel, stifteten die Wörter immer wieder so etwas wie Bedeutungen. Es ist bekanntlich recht schwierig und erfordert Übung und Konzentration, über längere Strecken hinweg absolute Nonsense-Sätze zu produzieren, denen keine wie auch immer geartete Deutung unterlegt werden kann. Es ist die Sprache selbst, die hier so etwas wie ein Minimalprogramm produziert. Um diesen Störfaktor loszuwerden, haben die Neuerer, die seit geraumer Zeit im Rundfunk am Werk sind, die Wortsendungen konsequent reduziert. Ein gewisser Brabbelrest ist jedoch geblieben: zumindest die Namen von Idolen und anderen Markenartikeln müssen, aus ökonomischen Gründen, in regelmäßigen Abständen hervorgestoßen werden.

Erst die visuellen Techniken, allen voran das Fernsehen, sind in der Lage, die Last der Sprache wirklich abzuwerfen und alles, was einst Programm, Bedeutung, »Inhalt« hieß, zu liquidieren. Den Beweis für die ungeahnten Möglichkeiten des Nullmediums erbringt ein einfaches Experiment. Man setze ein sechs Monate altes Kind vor ein laufendes Videogerät. Der Säugling ist schon aus hirnphysiologischen Gründen unfähig, die Bilder aufzulösen und zu decodieren, so daß sich die Frage, ob sie irgend etwas »bedeuten«, gar nicht stellen kann. Dennoch rufen, ganz unabhängig davon, was auf dem Schirm erscheint, die bunten, flackernden, leuchtenden Flecke unfehlbar und dauerhaft ein inniges, man möchte sagen, ein wollüstiges Interesse aus. Der Wahrnehmungsapparat des Kindes ist wunderbar beschäftigt. Die Wirkung ist hypnotisch. Unmöglich zu sagen, was in ihm vorgeht; doch die Augen des Säuglings, in denen sich das Fernsehbild spiegelt, nehmen einen derart hingerissenen, selbstvergessenen Ausdruck an, daß wir versucht sind, ihn glücklich zu preisen.

Es wird den Menschenfreund wenig Überwindung kosten, eine solche Versuchsanordnung als barbarischen Frevel zu verurteilen. Er sollte nicht nur bedenken, daß das Experiment zur millionenfachen Alltagsroutine gehört; er täte gut daran, sich zu fragen, inwiefern sein Urteil eine Kultur mitbetrifft, die er vielleicht zu schätzen weiß. Ohne die heroischen Pionierleistungen der modernen Kunst wären die Nullmedien unvorstellbar. Die farbigen Flecken und Konfigurationen, an denen sich unsere sechs Monate alte Versuchsperson ergötzt, erinnern nicht von ungefähr an die abstrakte Malerei. Von Kandinsky bis zum action painting, vom Konstruktivismus bis zu den Niederungen der Op Art und der Computergraphik haben die Künstler getan, was sie konnten, um ihre Werke von jeder »Bedeutung« zu reinigen. Soweit ihnen diese Minimalisierung gelungen ist, können sie durchaus als Wegbereiter der Nullmedien gelten. Unmittelbar faßbar wird diese Rolle in der Videokunst, auf deren avancierteren Produktionen so gut wie nichts mehr zu erkennen ist.

Natürlich sind die Urheber und die Apologeten dieser Künste weit davon entfernt, sich als Zuarbeiter der Industrie zu sehen. Um ihren Status und vermutlich auch, um ihre Preise zu behaupten, haben sie eine eigene »Philosophie« entwickelt, die sich allerdings eher auf schamanenhafte Beschwörungen als auf Argumente stützt, und an die sie vermutlich selber glauben. Diese verspätete Avantgarde wähnt sich hartnäckig in der Minderheit und will nicht wahrhaben, daß sie, in Gestalt des Nullmediums, längst ein Massenpublikum erobert hat.

Allerdings ist die Annäherung an das Vollkommene stets ein mühsamer, langwieriger Prozeß. Das gilt auch für das Fernsehen. Erschwerend kommt hinzu, daß sich das Nullmedium gegen kleine, aber einflußreiche Minderheiten durchsetzen muß, die darauf bedacht sind, entweder historische Restbestände oder liebgewordene Zukunftshoffnungen zu verteidigen. Auf der einen Seite halten parteipolitische Interessen und Medienfunktionäre zäh an dem Glauben fest, das Fernsehen ließe sich zur Stabilisierung ihrer Machtpositionen einspannen; auf der anderen Seite fehlt es nicht an Pädagogen und an kritischen Theoretikern, die in den elektronischen Medien nach wie vor Produktivkräfte wittern, die es nur zu entfesseln gelte, um ungeahnte gesellschaftliche Lernprozesse in Gang zu setzen (eine frohe Botschaft, die man sich aus manchem alten Medien-Baukasten zusammenklauben kann).

Um solche Vorstellungen herum hat sich im Lauf der Zeit eine höchst eigentümliche Koalition von feindlichen Brüdern gebildet, denen nur eines gemeinsam ist, nämlich das, was man die Programm-Illusion nennen könnte.

In der Bundesrepublik hat diese Illusion sogar Gesetzeskraft; sie ist in Staatsverträgen, Abkommen, Rundfunkgesetzen, Statuten und Richtlinien verankert und wird, dem Augenschein zum Hohn, von allen Verantwortlichen gehätschelt. Die Sendungen, so liest man da, »müssen von demokratischer Gesinnung und Treue zum Grundgesetz . . ., von kulturellem Verantwortungsbewußtsein und vom Willen zur Sachlichkeit getragen sein. Sie sollen für Freiheit, Gerechtigkeit und Wahrheit wirken«, »zum Frieden und zur sozialen Gerechtigkeit mahnen«, »der Wiedervereinigung Deutschlands in Frieden und Freiheit und der Verständigung unter den Völkern dienen«. Man greift sich an den Kopf. Die Hersteller von Shows und Schockern, Clips und Spots sollen nicht nur »Bildung, Unterrichtung und Unterhaltung« liefern, sondern auch »Menschlichkeit« und »Objektitivät«, »Informationsvielfalt«, »umfassende und unparteiische Berichterstattung« und natürlich immer wieder ein breites »kulturelles Angebot«.

Diese phantastischen Auflagen des Gesetzgebers hängen mit der Gründungsgeschichte der Anstalten zusammen. Sie stammen aus einer Zeit, zu der noch nicht abzusehen war, wozu ein voll entwickeltes Nullmedium fähig ist. Die »Programmgestalter«, die, ebenso ohnmächtig wie verbissen, an dem »Auftrag« festhalten, den sie von ihren Vätern ererbt haben, bieten einen melancholischen Anblick. Die Planstelle ist ihr verlorener Posten, von dem aus sie um das Fernsehen als pädagogische Provinz, als moralische Anstalt ringen.

Die Programm-Illusion verdankt sich nicht nur juristischen und institutionellen Gründen; sie geht direkt aus der Phylogenese der Medien hervor. In deren Evolution gilt der Satz, daß jedes neue Medium sich zunächst an einem älteren orientiert, bevor es seine eigenen Möglichkeiten entdeckt und gewissermaßen zu sich selber kommt. Diese Fremdbestimmung ist auch beim Fernsehen zu beobachten. Die Vorstellung, es sei dazu bestimmt, Formen und Inhalte, also »Programme« zu transportieren, wie frühere Medien sie hervorgebracht haben, ist deshalb nur schwer auszurotten. Technisch ist das keineswegs ausgeschlossen. Es ist ja kein Ding der Unmöglichkeit, mit einem Teelöffel eine Baugrube auszuheben oder die Bibel per Telex zu übertragen; nur daß die Bestimmung von Teelöffeln oder Fernschreibern nicht in solchen Unternehmungen liegt.

Die evolutionären Eierschalen, die das Fernsehen mit sich schleppt, fallen besonders an gewissen Gattungen auf, die sich wie Fossilien in seinem Sendeschema behauptet haben. So geistern zweckentfremdete Formen wie die Predigt, die Oper, das Kammerkonzert, die Gesellschaftskomödie und der Leitartikel durch das Nullmedium, wo sie nichts zu suchen haben. Konserviert werden auch Radioformen wie das Nachrichtenbulletin, die Diskussion und das Hörspiel, bei denen die Anwesenheit der Kamera als überflüssiger Luxus erscheint.

Manche Fernsehveteranen, die die Zeichen der Zeit nicht erkannt haben, leiden auch unter der Vorstellung, es könnte ihnen der Stoff ausgehen. Die fixe Idee, es müsse etwas und nicht vielmehr nichts gesendet werden, verleitet sie zur Kannibalisierung der Alten Medien. Das führt vor allem zur Ausschlachtung eines Mediums, von dem man glauben mochte, es sei dem Fernsehen verwandt, nämlich des Films. Natürlich hat sich bald herausgestellt, daß hier eine Verwechslung vorliegt. Die ästhetische Faszination des Kinos ist auf dem Bildschirm nicht wiederholbar; sie wird durch das lächerliche Format, die Unterbrechung durch Werbespots und das indifferente, endlose Abspielen zerstört; die Geheimwaffe des Zuschauers, das gefürchtete Zapping, gibt dem Film den Rest.

Überhaupt der Zuschauer! Er weiß genau, womit er es zu tun hat. Vor jeder Programm-Illusion ist er gefeit. Die Richtlinien des Gesetzgebers zerplatzen vor seiner Praxis wie Seifenblasen. Weit davon entfernt, sich manipulieren (erziehen, informieren, bilden, aufklären, mahnen) zu lassen, manipuliert er das

Medium, um seine Wünsche durchzusetzen. Wer sich ihnen nicht fügt, wird per Tastendruck mit Liebesentzug bestraft, wer sie erfüllt, durch herrliche Quoten belohnt. Der Zuschauer ist sich völlig darüber im klaren, daß er es nicht mit einem Kommunikationsmittel zu tun hat, sondern mit einem Mittel zur Verweigerung von Kommunikation, und in dieser Überzeugung läßt er sich nicht erschüttern. Gerade das, was ihm vorgeworfen wird, macht in seinen Augen den Charme des Nullmediums aus.

So erklärt sich auch eine Eigenschaft des Fernsehens, die unter jeder anderen Prämisse rätselhaft wäre: seine transkulturelle Reichweite. Ein und dieselbe Serie, ein und derselbe Video-Clip, ein und dieselbe Show entfaltet, unabhängig von allen gesellschaftlichen Voraussetzungen, die gleiche Anziehungskraft in Lüdenscheid, Hongkong und Mogadishu. So unabhängig von jedem Kontext, so unwiderstehlich, so universell kann kein Inhalt sein.

In der Nullstellung liegt also nicht die Schwäche, sondern die Stärke des Fernsehens. Sie macht seinen Gebrauchswert aus. Man schaltet das Gerät ein, um abzuschalten. (Aus diesem Grund ist übrigens das, was Politiker für Politik halten, absolut fernsehtauglich. Während der bedauernswerte Minister sich einbildet, die Ansichten und Handlungen des Zuschauers zu beeinflussen, befriedigt die seimige Leere seiner Äußerungen nur das Bedürfnis des Publikums, von Bedeutungen verschont zu bleiben.)

Dagegen ereignet sich so etwas wie eine Bildstörung, sobald im Sendefluß ein Inhalt auftaucht, eine echte Nachricht oder gar ein Argument, das an die Außenwelt erinnert. Man stutzt, reibt sich die Augen, ist verstimmt und greift zur Fernbedienung.

Diese äußerst zielbewußte Nutzung verdient endlich ernstgenommen zu werden. Das Fernsehen wird primär als eine wohldefinierte Methode zur genußreichen Gehirnwäsche eingesetzt; es dient der individuellen Hygiene, der Selbstmedikation. Das Nullmedium ist die einzige universelle und massenhaft verbreitete Form der Psychotherapie. Insofern wäre es absurd, seine gesellschaftliche Notwendigkeit in Frage zu stellen. Wer es abschaffen möchte, sollte die Alternativen ins Auge fassen, die zur Verfügung stehen. Hier ist in erster Linie an den Drogenkonsum zu denken, von der Schlaftablette bis zum Koks, vom Alkohol bis zum Betablocker, vom Tranquillizer bis zum Heroin. Fernsehen statt Chemie ist sicherlich die elegantere Lösung. Wenn man an die sozialen Kosten und an die sogenannten Nebenwirkungen denkt, wird man einräumen müssen, daß der Nutzer des Nullmediums eine weise Wahl getroffen hat – ganz zu schweigen von anderen Lösungsmöglichkeiten wie die Flucht in den Autowahn, die Gewaltkriminalität, die Psychose, den Amoklauf und den Selbstmord.

Wem diese Argumentation *ex negativo* zu düster ist, dem kann geholfen werden. Er braucht seinen Blick nur von den unangenehmen Tatsachen fort in höhere Sphären zu richten und die derzeit wieder einmal so beliebten ältesten Weisheitslehren der Menschheit zu Rate zu ziehen. Wenn nämlich unsere Konzentration ihr Maximum erreicht – das geht aus jedem esoterischen Taschenbuch einwandfrei hervor –, ist sie von Geistesabwesenheit nicht mehr zu unterscheiden, und umgekehrt: die extremste Zerstreuung schlägt in hypnotische Versenkung um. Insofern kommt der Wattebausch vor den Augen der Transzendentalen Meditation recht nahe. So ließe sich auch die quasi-religiöse Verehrung, die das Nullmedium genießt, zwangslos erklären: es stellt die technische Annäherung an das Nirwana dar. Der Fernseher ist die buddhistische Maschine.

Zugegeben: es handelt sich hier um ein utopisches Projekt, das, wie alle Utopien, kaum ohne einen Erdenrest zu verwirklichen ist. Was dem Säugling vergönnt ist, der Zustand völliger Selbstvergessenheit, das wird der Erwachsene nur schwer erreichen. Er hat es verlernt, seinen Wahrnehmungsapparat zu beschäftigen, ohne das, was er sieht, zu interpretieren. Ob er will oder nicht, er neigt dazu, auch dort so etwas wie Sinn herzustellen, wo gar keiner zu finden ist. Diese unwillkürliche Fokussierung wirkt sich beim Gebrauch des Nullmediums immer wieder störend aus. Ich kann im Zweifelsfall stets behaupten, ich sei schließlich kein Zombie, und es gebe dort, wo ich hinblicke, doch immerhin *etwas* zu sehen, dieses oder jenes Bestimmte, so etwas wie den glimmenden Rest eines Inhalts. Deshalb ist es unvermeidlich, daß auch der geübte Fernseher hin und wieder einer solchen Mystifikation erliegt.

Der Idealfall ist also unerreichbar. Man kann sich der Vollkommenen Leere, wie dem absoluten Nullpunkt, nur asymptotisch nähern. Diese Schwierigkeit ist jedem Mystiker vertraut: die Meditation führt nicht ins Nirwana, die Versenkung gelingt allenfalls punktuell, aber nicht endgültig, der kleine Tod ist nicht der große. Immer moduliert ein minimales Signal, das Rauschen der Realität, die »Erfahrung der reinen Gegenstandslosigkeit« (Kasimir Malewitsch).

Dennoch – die Errungenschaften der letzten Jahrzehnte sind und bleiben denkwürdig, auch wenn der Bildschirm sein großes Vorbild nie einholen wird: jenes *Schwarze Quadrat* aus dem Jahre 1915, das, streng genommen, alle Sendungen des Nullmediums überflüssig macht.

II

Kassensturz
Ein Bonner Memorandum

»Eine Republik ist in Partheyen getheilet, wenn es mehrere Haufen widrig gesinnter Personen in derselben gibt.«
Adelung (1807)

»Streifende Parteien, umherstreifende Haufen von Soldaten, um etwas zu erbeuten, zu plündern etc. Daher, auf Partei ausgehen, auf Beute ausgehen.«
Campe (1809)

»Die ganze Partei erquickte sich mit demjenigen, das sie gestolen hatten.«
Grimmelshausen (1668)

1. Tatort

Außen. Tag. Vor dem langgestreckten Bürohaus in Düsseldorf-Oberkassel, in einem alten Ford, in alten Klamotten, unser alter Freund, Kowalski, der Kommissar. Blick auf die Drehtür des Verwaltungsgebäudes. Neben Kowalski sein stets zu dümmlichen Sprüchen aufgelegter Assistent, der für seinen Chef, mit der linken Hand, verblüffend perfekt, die nächste Zigarette dreht. Zoom auf die Eingangshalle: der Chefbuchhalter, mit einem Aktenköfferchen, betritt eilig das Haus. Schnitt. Panzerschrank von innen. Die Hand des Buchhalters. Tausendmarkscheine. Schnellhefter. Schnitt. Vorzimmer. Kowalski im Nahkampf mit der Sekretärin; der flegelhafte Assistent bedient sich an der Kaffeemaschine. Musik: Trommelwirbel. Die Kamera folgt dem Kommissar, der die Tür aufreißt. Groß: die zwinkernden Augen des Chefbuchhalters hinter der Brille. Kowalski: »Reiner Zufall, Herr Diehl. Nun geben Sie mal schön die Schlüssel her.« – Diehl: »Das werden Sie noch bereuen!« – Der Kommissar: »Bereuen gehört zur Routine.« Schnitt. Im Auto. Der Buchhalter in Handschellen. Schnitt. Ein Gittertor fällt hinter Diehl ins Schloß. Der Assistent: »Immerhin, den hätten wir erst mal aus dem Verkehr gezogen.« Kowalski, bitter: »Und seine Auftraggeber?« Schnitt. Golfplatz. Die beiden Minister im Gespräch mit dem Konzernherrn. Musik: Jazzflöte. Der Golfball, groß, rollt langsam, aber sicher, genau in das letzte Loch. Auf dem Abspann erscheint der Titel des Films: »Schwarze Kassen.«

Der *Tatort* über die Affäre Flick wird in absehbarer Zeit nicht auf dem Bildschirm erscheinen, aus ganz verschiedenen Gründen. Zum ersten steht das deutsche Fernsehen bekanntlich unter der Kuratel eben jener »gesellschaftlichen Kräfte«, denen die bewußten Tausendmarkscheine aus dem Panzerschrank zugedacht waren. Erlaubt ist, was den Parteien gefällt. Wenn die Vormünder »Platz!« rufen, nimmt das Mündel am besten die Demutshaltung eines Dackels ein; diese Regel ist selbst dem beschränktesten Programmdirektor bekannt.

Aber offen gestanden: Ich bin gar nicht so erpicht darauf, daß der WDR die Flick-Geschichte verfilmt. Ich sehe da nämlich eine Reihe von Darstellungsproblemen, die mir unlösbar scheinen. Wehe dem, der es unternähme, diesen Stoff für den gemütlichen Sonntagabend des deutschen Publikums herzurichten! Zwar den Aufsichtsgremien würde die wüste Materie schlaflose Nächte bereiten; der Zuschauer jedoch würde vor Langeweile einnicken.

Wir haben es mit einem Krimi zu tun, der allen Gesetzen den Genres widerspricht. Im Gegensatz zu den Gummiparagraphen des Parteiengesetzes und zu den »Bewirtschaftungsgrundsätzen für Zuschüsse des Bundes zur gesellschaftspolitischen und demokratischen Bildungsarbeit« sind jedoch die Gesetze, nach denen sich ein Drehbuchautor zu richten hat, gußeisern und unzweideutig.

Höchstens drei Verdächtige, möglichst vertraute Gesichter, die man sich merken kann; hie und da eine Autojagd; ein einziger, schöner, roter oder meinetwegen auch schwarzer Faden, der im Zickzack durch die Sendung führt; das alles in drei Tagen, an drei Schauplätzen; die Handlung spannend, nett, ein bißchen penetrant, ein bißchen schmuddelig. Liebevolle Milieustudien, markige Charaktere, einleuchtende Motive: der eiskalte Bankrotteur, die anspruchsvolle *femme fatale*, der gefährdete Arbeitsplatz, die kaputte Ehe – mit einem Wort: Menschen wie du und ich, nur eine Spur böser, eine Spur cooler, eine Spur platter. Die strikte Einhaltung dieser Regeln garantiert, daß sich innerhalb von neunzig Minuten alles aufklärt, daß noch vor der Tagesschau das Gute, und sei's auch nur ein bißchen, siegt, und daß Kowalski, der einsame Jäger, mürrisch und zufrieden in seine schäbige, mit alten Flippern vollgestopfte Junggesellenwohnung zurückkehren kann.

Die öde Wirklichkeit der Korruption kann mit der prompten Dramaturgie eines *Tatorts* in keiner Weise konkurrieren. Dabei ist es nicht der Anfang, der unter dem Gesichtspunkt des Unterhaltungswertes Kopfzerbrechen macht. Im Gegenteil! Der Anfang ist, im Vergleich zu den Weiterungen, auf die wir uns gefaßt machen müssen, geradezu ein Hochgenuß. Wir denken uns z. B. eine Winterlandschaft am Rheinufer, schlittschuhlaufende Kinder, Krähen in den kahlen Bäumen. Ein Ortsschild: St. Augustin. Vor dem Gebäude der Steyler Mission, die sich Werken der Nächstenliebe hingibt, balanciert ein greiser Pater im Ordenshabit auf dem Glatteis. Gern zeigt er dem unauffälligen Besucher, Förster heißt er, von Beruf Steuerfahnder, den Weg zur Verwaltung. Dort, bei der Soverdia Gesellschaft für Gemeinwohl mit beschränkter Haftung, erkundigt sich Herr Förster, wo die Spenden aus dem Hause Flick, beiläufig zehn Millionen, geblieben seien; es gebe da ein paar Unstimmigkeiten. Der zuständige Pater Schröder wird kreidebleich, und das Verhängnis nimmt seinen Lauf. Jetzt noch die mysteriöse Telefonnummer aus Düsseldorf, und es sieht ganz so aus, als hätten wir den Faden in der Hand! Dann kommt es nur noch darauf an, vorsichtig zu ziehen, eine Aufgabe, die Herrn Förster, einem erfahrenen Angler, nicht schwerfallen dürfte.

Und tatsächlich! Er findet die Telefonnummer wieder, ausgerechnet unter der gläsernen Tischplatte beim Pförtner der Flick-Hauptverwaltung; es handelt sich um die Nebenstelle Diehl. Der Steuerfahnder ertappt den Buchhalter, wie es sich gehört, mit dem ominösen Ordner in der Hand; eine drehbuchreife Lösung scheint in Sicht. Flick hat der gemeinnützigen, förderungswürdigen Soverdia rund zehn Millionen gespendet. Die Patres gaben ihm eine Quittung und reichten acht Millionen an den Spender zurück. Eine Million behalten die Missionare, eine Million kassiert der Makler, der das Geschäft eingefädelt hat, für Flick fällt eine Steuerersparnis von fünf, und das heißt, ein Nettogewinn von drei Millionen ab. Alle Beteiligten sind zufrieden, wenigstens so lange, bis Herr Förster eingreift. Nun wären die Handschellen fällig.

Aber der Abspann ist keineswegs in Sicht. Der Krimi geht erst richtig an. Was den Drehbuchschreiber veranlaßt, endgültig das Handtuch zu werfen, das ist die Tatsache, daß jeder Schlag ins Kontor einen andern nach sich zieht. Es sind die »Zufallsfunde«. Es sind die Schnellhefter »mit den Abkürzungen der vier Parteien des Deutschen Bundestages«. Es sind »die in einem Panzerschrank aufbewahrten Ordner mit der Aufschrift ›Vertrauliche Tageskopien‹«, die nun gem. § 108 Strafprozeßordnung sichergestellt werden. Es sind die Aktenzeichen, die Ermittlungsverfahren, die Unterlagen, die Belege, die Protokolle, die Handakten, Presseerklärungen, Schutzschriften, Gegendarstellungen und Untersuchungsberichte: eine Lawine von Papier, die jede Aussicht auf einen schönen Schluß unter sich begräbt. Überfordert wäre mit alledem nicht nur die Dramaturgie, sondern auch das Besetzungsbüro. Für die Herren Lambsdorff und Matthöfer, Friderichs und Apel hätten sich ja noch Darsteller finden lassen; jugendliche Charakterspieler, schwere Helden und übertragene Bonvivants stünden in ausreichender Zahl zur Verfügung. Aber was machen wir mit Herrn Ministerialrat Wohlleben und Herrn Direktor Wacker, mit Ministerialrat Koch und mit Herrn Kanter vom Bonner Büro? Bei über tausend Ermittlungsverfahren und entsprechend vielen Zeugen nimmt die Liste der Darsteller, die da zu engagieren wären, leicht den Umfang eines Telefonbuchs an. Und wie sollten wir verhindern, daß der Zuschauer die Übersicht verliert, wo wir doch selber nicht mehr sicher sein können, wer das fatale Memorandum unterzeichnet hat und wer bei dem entscheidenden Abendessen dabei war, Herr Kreile oder Herr Mühl oder der Parlamentarische Staatssekretär, der mit der Brille, wie hieß er doch gleich?

Sie sind ja schwer voneinander zu unterscheiden, diese Herren; alle gleich angezogen, alle in den besten Jahren, kein Frosch mit der eisernen Maske dabei, ganz zu schweigen vom Geheimnis der gelben Narzissen; und was ihre Mimik angeht – da wäre der Ausdruck »Charaktermasken« schon eine Schmeichelei.

Nein, für den Bildschirm springt bei dieser Geschichte nichts heraus. Ich sehe, außer den beteiligten Staats- und Rechtsanwälten, überhaupt nur einen, der zäh genug wäre, sich auf die Wucherungen einer solchen Affäre einzulassen und ihren grauen Staub zu schlucken. Das ist der Redakteur Kowalski. Er hat mit dem gleichnamigen Kommissar manches gemeinsam. Einerseits abgebrüht, andererseits von einem hohen Berufsethos erfüllt, ist er, wie sein Kollege mit der Blechmarke, allemal unser moralischer Stellvertreter. Doch im Gegensatz zum Kommissar bleibt er unsichtbar und anonym. Vielleicht freut er sich sogar, als ein zweites Rumpelstilzchen, darüber, daß niemand seinen Namen kennt, obwohl demnächst die ganze Republik über seine Story sprechen wird. Er hat einen Tip bekommen, ein Dossier in der Hand, er wittert den ganz großen Coup, er recherchiert, sammelt, hakt nach, läßt nicht locker. Aber was da herauskommt, das ist kein adretter Film, das ist ein unendlich verfitztes, unappetitliches Knäuel, in dem die ganze politische Klasse des Landes »drinhängt«. Ihm, Kowalski, fällt die Aufgabe zu, das Ganze »nachzuchecken«, »durchzudoken«, »aufzubereiten«, und zwar sofort, noch heute abend, bevor die nächste Nummer »zu« ist. Dann erst, im Morgengrauen, während seine Geschichte »druckt«, kehrt er, vom Hauch der Einsamkeit umwittert, mürrisch und zufrieden in seine schicke, mit alten Flippern vollgestopfte Junggesellenwohnung zurück.

Noch ist das Blatt nicht am Kiosk, da hängen in den Bonner Bungalows die Herren bereits am Telefon, und wenn das Publikum sich am Montag die Augen reibt (man hat ja manches für möglich gehalten, aber das? Bananenrepublik!), sind die ersten Nebelwerfer schon in Position gebracht. Gewundene Stellungnahmen. Hinweise auf schwebende Verfahren. Schwaden von Schutzbehauptungen. Vage Drohungen mit Konsequenzen. Während Spender und Empfänger zunächst einträchtig, dann jeder auf eigene Rechnung mauern, fällt bei der Konkurrenz, in Presse, Funk und Fernsehen, ein kompaktes, stures, neidisches Schweigen auf. Die Kameras der deutschen Sender, die seinerzeit den Zement-Cäsaren der Neuen Heimat unerbittlich bis an die Garderobenständer ihrer Villen nachsetzten, wahren diesmal eine Diskretion, die zum Himmel schreit. Offensichtlich haben die Parteizentralen die Parole ausgegeben: Schnauze halten und Zeit gewinnen.

Aber die Redakteure, jetzt sitzen sie schon zu zweit, zu dritt, zu viert an der Geschichte, denken nicht daran, sich aushungern zu lassen. Pünktlich jede Woche liefern sie die neueste Fortsetzung mit immer unglaublicheren Zitaten, immer haarsträubenderen Schweinereien. An ein Totschweigen des Falles ist nicht mehr zu denken.

In diesem Stadium gehen die Leibwächter der Parteien zur Entlastungs-Offensive über. Ein gewisser Klein, Staatssekretär im Justizministerium, kommt zu der Erkenntnis, daß es sich hier um »Hintertreppen-Journalismus« handelt, und das Frankfurter Allgemeine Gezeter verlangt eine »harte Reaktion«, natürlich nicht auf die Geschäfte der Bakschisch-Politiker (denen die Zeitung vielmehr »eine richtige Amnestie« wünscht), sondern auf die gewissenhafte Arbeit des Redakteurs Kowalski, den sie am liebsten hinter Gittern sähe. Die *F. A. Z.* ist die einzige Zeitung des Landes, die die Kunst des Händeringens wirklich beherrscht. »Ein Ärgernis, ein Rechtsbruch«, jammert sie, und damit sind nicht die Parteien gemeint, die mit der Verfassung Fußball spielen, sondern jene »illustrierten Zeitschriften, die da wöchentlich ein mit Häme über den Parteienstaat angefülltes Publikum verwöhnen«.

Nun ist es wahrhaftig kein Vergnügen, eine doppelte Moral »anzuprangern«, die seit den Tagen Metternichs nichts dazugelernt hat. Der erste Dieb, der »Haltet den Dieb!« rief, muß ein brillanter Kopf gewesen sein, und man kann ihm eine gewisse Bewunderung kaum versagen; eine Presse jedoch, die ihren täglichen Leitartikel nach diesem Schema produziert, ödet nur noch an.

Zu diesem Schluß müssen auch die militanten Fachleute des Spendengeschäfts gekommen sein. Sie konstatieren ungerührt, daß das Kind in den Brunnen gefallen ist, und fallen der Frankfurter Betschwester mit rüden Erklärungen in den Rükken: »Ich halte auf diesem Sektor alles für möglich« (Halstenberg, SPD). »Wir haben nie verschwiegen, daß uns nichts Menschliches fremd ist« (Glos, CSU). »Nachdem alle das Sudeln im Sumpf geduldet haben, kann man keinen hängen lassen, sondern muß ihn raushauen« (Lahmann, FDP). Heuchelei wird man diesen Herrn nicht nachsagen können. Sie setzen auf Zeit, und sie richten sich auf einen langen Zermürbungskrieg ein. Sie rechnen mit dem Zynismus des Publikums, und es ist nicht ausgeschlossen, daß ihre Rechnung aufgeht.

Denn von Woche zu Woche hat unser Stellvertreter, der Redakteur Kowalski, einen schwereren Stand. Der Reiz der Neuheit ist verschwunden. Der Krimi zieht zwar von einem Artikel zum andern immer weitere Kreise, wird aber immer monotoner. Auflage ist mit der fünften, siebten, neunten Folge der Geschichte nicht mehr zu machen. Die Stimmung des Lesers droht umzuschlagen. Er winkt ab, er stöhnt: Schon wieder! Im Gegensatz zu den Parteien, denen es nichts ausmacht, jahrzehntelang weiterzusudeln, hat der Leser ja auch noch andere Interessen. Deshalb wird er früher oder später die Geduld verlieren. Er schaltet ab. Darauf richtet sich die Hoffnung der Parteistrategen.

Wenn die Sudler überhaupt einen Richter finden, dann kann es auch zehn Jahre bis zu einem rechtskräftigen Urteil dauern. So lange möchten wir uns, offen gestanden, nicht gedulden. Lieber riskieren wir den Versuch, auf die Gefahr hin, daß uns einiges entgeht, ein paar vorläufige Schlüsse aus dem zu ziehen, was Kowalski, der Unermüdliche, bisher zutage gefördert hat.

2. *Traditionspflege*

In der Bibliothek meines Vaters standen ein paar großformatige, mit dunklen Fotos reich verzierte Bände über die »Sitten und Gebräuche der Naturvölker«. Seit den Tagen dieser unvergeßlichen Kindheitslektüre habe ich mir gewünscht, ein wohltrainiertes Forscherteam möge ein analoges Standardwerk über Deutschland vorlegen. Das Instrumentarium der Ethnologen hat sich seit Lettow-Vorbecks Tagen stark verfeinert, doch ist mein Wunsch bisher nicht in Erfüllung gegangen. Das große Sittengemälde der Bundesrepublik ist offenbar eine Aufgabe, die unsere Literatur und unsere Wissenschaft überfordert. Die Papiere aus dem Hause Flick können diesen Mangel nicht ausgleichen, aber sie verschaffen uns immerhin gewisse Einblicke in ein Milieu, das nicht weniger merkwürdig anmutet als das der Kopfjäger von Papua-Neuguinea.

Das Stammesleben, das sich in den Aufzeichnungen offenbart, fällt durch eine reiche hierarchische Differenzierung auf, doch entscheidender als diese vertikale Gliederung ist der Kastenunterschied zwischen der Gruppe der Zahlenden und der Gruppe der Bezahlten, die auch in verschiedenen »Häusern« arbeiten. Die wichtigste Gegenleistung, die der Geber- vom Empfänger-Clan erwartet, und die dieser auch regelmäßig erbringt, ist eine servile Haltung. Durch lange Übung bilden die Bezahlten den spezifischen Sozialcharakter einer Beflissenheit aus, wie sie früher von Kellnern erwartet wurde, inzwischen aber in mitteleuropäischen Gesellschaften so gut wie ausgestorben ist. Sie äußert sich in Äußerungen der folgenden Art, von denen wir leider nur eine kleine Auswahl wiedergeben können:

»Lahnstein steht uns jederzeit gern zur Verfügung, um uns zu helfen.« – »Der Minister und seine Versicherungsabteilung machen alles mit.« – »Matthöfer hat zugesagt, ›Druck zu machen‹, damit wir weiterkommen.« – »Genscher ist bereit zu helfen.« – Matthöfer ist »bemüht, die negative Einstellung seines Hauses zu überspielen.« – »Karry bemüht sich dann auch um unverzügliche, positive Erledigung.« – »Kiep kümmert sich in gleicher Weise wie die anderen Herren um den Vorgang.« – »Lambsdorff ist bereit, uns im Nachbarhaus die Türen zu öffnen.« Es wird nach seiner »Ansicht in diesem Fall darauf ankommen, ob es ihm gelingt, Herrn Matthöfer . . . zu einer Sachentscheidung zu bewegen, die sich über die rechtlichen Bedenken hinwegsetzt«. Er bietet an, »bei der taktischen Behandlung zur Ausräumung von Hindernissen in jedem Ministerium zu gegebener Zeit zur Verfügung zu stehen«. – »Friderichs hat mir abschließend gesagt, er stünde uns zu jeder Tages- und Nachtzeit zur Verfügung.«

Der Eindruck der Harmonie, den solche Beteuerungen erwekken, ist allerdings trügerisch. Nach allem, was wir hören, ist auf seiten des Empfänger-Clans der Geist zwar willig, das Fleisch jedoch schwach, ein Umstand, der die Geber zu Äußerungen des Unmuts und der Verachtung provoziert; sie ärgern sich darüber, daß der eine unter »kalten Füßen«, der andere an »unverändert starken Bauchschmerzen« leidet, und von einem dritten heißt es, »daß er – wenn er allein konfrontiert wird – etwas befangen ist und Schiß hat«. Unter solchen Umständen können die Beweise der Ergebenheit nicht befriedigen: »Da ist das Ding. Von der Sache her nicht schlecht. Aber das Hosenflattern von M. gefällt mir nicht.«

Was den Geber-Clan jedoch noch mehr erbittert als solche Anzeichen von Schlappheit sind sporadische Hinweise der Empfänger auf die Tatsache, daß es Gesetze gibt. Das Recht ist offenbar für die Zahlenden ein rotes Tuch, und wer mit ihm argumentiert, gilt als »juristischer Erbsenzähler« oder »puristischer Gerechtigkeitsfanatiker« und wird aus der Stammesgemeinschaft ausgestoßen.

Wenn auch diese Maßregel nicht zu dem gewünschten Erfolg führt, werden von seiten der Geber herbere Töne laut. Auch die Nehmer müssen, so heißt es dann, schließlich daran interessiert sein, »die Angelegenheit sang- und klanglos über die Bühne zu ziehen«. Die Minister werden daran erinnert, daß sie den Spendern gegenüber »im Obligo« seien. Zeigt dieser Hinweis immer noch keine Wirkung, so muß man andere Leute, möglicherweise die Stammeskrieger, »in Richtung Minister in Marsch setzen«, in der Hoffnung, daß »dem Ministerium Beine gemacht werden«. Schließlich, als *ultima ratio*, werden den Nehmern die Instrumente gezeigt: »Auf keinen Fall soll . . . dem Herrn N. irgendeine Zusage gegeben werden, man muß ihm klar sagen, daß wir zu nichts mehr bereit sind, bevor nicht endlich der Steuerentscheid da ist.« Diese Drohung muß die Kaste der Empfänger in Angst und Schrecken versetzen, da sie für ein Leben ohne Douceurs offenbar nicht geschaffen sind.

Die Ausdrücke »Geben« und »Nehmen« mögen dem Laien leicht verständlich vorkommen; sie bezeichnen aber im Milieu des Stammes eine zentrale Transaktion, die sich nach geheimnisvollen, rituellen Regeln abspielt. Selbst der Ethnologe wird sich nicht immer leicht dabei tun, zwischen »Sonderkasse« und »Schwarzer Kasse«, »inoffiziellen Zahlungen« und »Umschlägen« mit der gebotenen Sorgfalt zu unterscheiden.

Zum Beispiel geben die folgenden Ausführungen, die von einem Abgesandten des Geber-Clans stammen, auch dem Kenner manches Rätsel auf: »Das Thema ›Lambsdorff spezial‹(?) darf also nicht in einen gedanklichen Zusammenhang gebracht werden mit der ›höchstpersönlichen Erfindung‹ von Herrn Kanter, dem ›Spezialbrief‹. Mein Mandant . . . bezeichnete . . . Briefumschläge, die Geld enthielten, stets nur als ›Couverts‹.« Eine solche Passage wirft für den Forscher die Frage auf, wie sich die Angehörigen des Geber-Clans überhaupt miteinander verständigt haben, wenn schon über die Bedeutung so einfacher Ausdrücke wie *Brief, Couvert* und *Umschlag* innerhalb des »Hauses« keine Einigkeit zu erzielen war. Wurde dort überhaupt Deutsch gesprochen?

Daran werden Zweifel wach, wenn man die sieben Seiten liest, auf denen die Sendboten des Clans erläutern, was das Wort *wegen* in Düsseldorf-Oberkassel alles bedeuten kann. 80 Millionen Deutsche scheinen in diesem Punkt zu irren. Zumindest ist ihnen die »schillernde Vieldeutigkeit des Begriffsinhaltes des Wortes ›wegen‹« bisher entgangen. Wir werden darauf aufmerksam gemacht, daß der Gebrauch dieser Präposition bei Flick, dem Häuptling des Clans, »eine lange Tradition« hat, ebenso wie die Abkürzung »wg.«. Nach dieser Stammesüberlieferung bedeutet das Wort nicht nur das, was es bedeutet, sondern auch das Gegenteil davon. Vermutlich haben wir es mit einem bisher unbekannten Soziolekt zu tun. Wer ihn entziffern will, tut gut daran, die Arbeiten des englischen Linguisten Lewis Carroll zu Rate zu ziehen, insbesondere dessen Standardwerk *Alice hinter den Spiegeln*, aus dem ich eine einschlägige Stelle zitieren möchte:

»Aber ›Glocke‹ heißt doch gar nicht ›einmalig schlagender Beweis‹«, wandte Alice ein.

»Wenn *ich* ein Wort gebrauche«, sagte Goggenmoggel in recht hochmütigem Ton, »dann heißt es genau, was ich für richtig halte – nicht mehr und nicht weniger.«

»Es fragt sich nur«, sagte Alice, »ob man Wörter einfach etwas anderes heißen lassen kann.«

»Es fragt sich nur«, sagte Goggelmoggel, »wer der Stärkere ist, weiter nichts.«

Nein, es hilft alles nichts. Wir haben uns bemüht, mit der Methode der Ethnologen auszukommen, weil sie schön unvoreingenommen ist; aber wir müssen uns eingestehen, daß sie nicht ausreicht. Vielleicht sollten wir lieber den wiederholten Hinweisen auf die »jahrzehntelange Tradition« des Hauses nachgehen. Sie geben uns zu verstehen, daß die Verwaltungsgesellschaft für industrielle Unternehmungen Friedrich Flick Gesellschaft mit beschränkter Haftung bzw. die Industrieverwaltung Friedrich Flick Kommanditgesellschaft auf Aktien von der historischen Unschuld eines melanesischen Kopfjäger-Stammes weit entfernt ist.

Vor dem eigentümlichen Stallgeruch, den die Dokumente verströmen, versagt die strukturalistische Einfalt; nur die geschichtliche Erfahrung kann ihn identifizieren. Er erinnert an altdeutsche Herrenzimmer, kalten Zigarrenrauch und gepolsterte Türen. In diesem Dunstkreis gibt es keine Frauen. Die einzige Phantasie, die hier entwickelt wird, ist eine militärische. Man bringt Geleitzüge auf den Weg, die »voll durchlaufen«, und gibt einander »Rauchzeichen« und »Flankenschutz«. Die Nuancen des Kasino-Tons reichen vom Stabsoffizier bis zum Frontschwein. Die Stelle des Untertans wird von der zivilen Obrigkeit eingenommen, der man nötigenfalls die Hammelbeine schon langziehen wird, wenn sie nicht alles mitmacht, stets beflissen die Türen öffnet und zu jeder Tages- und Nachtzeit zur Verfügung steht. Stramm gestanden wird nur vor dem Oberbefehlshaber, der von seinen Untergebenen, nach den Einlassungen ihrer Rechtsvertreter, »Hofberichterstattung im Sinne längst vergangener Zeiten« erwartet. Die Anwälte schildern die wilhelminischen Verhältnisse, die auf den Kommandohöhen der deutschen Wirtschaft herrschen, mit folgenden Worten:

»Alle Berichterstatter haben es sich angelegen sein lassen, die Tendenz ihrer Berichte nach Möglichkeit auszurichten an dem Erwartungshorizont, der psychischen Disposition und den Empfindlichkeiten der Adressaten unter Vorwegnahme möglicher Reaktionen und der Gegenreaktion hierauf, stets eingedenk der bestehenden Machtstruktur.«

Anders ausgedrückt: »Bei der Mentalität Flicks mußte man Stunden um einen Brief herumreden. Die Verantwortung draußen sollte man ihm abnehmen, und doch war man dabei an ihn gebunden ... Das ist wie eine Ehe ... Aus dem ganzen Zusammenhang ergab sich, daß wir ausgabenmäßig viel zu scharf erzogen waren. Flick dachte sehr stark an Geld ... Kasse war für ihn das Wesentliche ... Es war bei Flick so, das Unangenehme konnte er nicht leiden ... Das störte seine ganze Atmosphäre.«

Hier ist allerdings von Herrn Friedrich Flick senior die Rede, und die Auskunft stammt von einem früheren Handlanger der Firma, dem Vorgänger des Herrn von Brauchitsch, SS-Brigadeführer Generaldirektor Otto Steinbrinck. Schon in jenen Tagen gab es übrigens Erbsenzähler und Herren, die Bauchschmerzen, kalte Füße oder Schiß hatten: »Es wurde ganz offen ausgesprochen, daß im Finanzministerium und Reichswirtschaftsministerium die Auffassung vertreten sei, daß hier die Flick-Gruppe ein besonders gutes Geschäft zum Nachteil des Reiches machen wolle. Insbesondere das Reichsfinanzministerium hat große Bedenken, die Tauschoperation in der vorliegenden Form dem Minister vorzutragen.«

Überflüssig zu sagen, daß puristische Gerechtigkeitsfanatiker auch im Jahre 1939 keine Chance hatten, und daß der Geleitzug auch damals voll durchgelaufen ist. Hermann Göring war durchaus zu einer Sachentscheidung zu bewegen, die sich über rechtliche Bedenken hinwegsetzte. Schließlich legte das Dritte Reich, im Gegensatz zur Bundesrepublik, auch keinen Wert darauf, als Rechtsstaat zu gelten.

Und daß Heinrich Himmler, von Beruf Reichsführer SS, im Februar 1933 im Berliner Büro der Flick-Gruppe erschienen ist, um dort, der Tradition des Hauses entsprechend, 120 000 (nach anderen Quellen 200 000) Mark in bar abzuholen, die Flick gespendet hatte, muß wohl als ein zufälliges Zusammentreffen gelten. Auch daß Flick, als zahlendes Mitglied des Freundeskreises Reichsführer SS, alljährlich 100 000 Mark auf das »bekannte Sonderkonto S.« überweisen ließ, erklärt sich zwanglos aus der Ansicht des Spenders, »daß mir auch eine politische Abstützung nicht schaden könnte«.

»Wie das verbucht worden ist«, sagte Steinbrinck vor dem Nürnberger Militärtribunal, »weiß ich nicht.« Das Geld der Himmler-Freunde, insgesamt 7,65 Millionen Mark, war bestimmt »für gewisse Aufgaben, beispielsweise Restschulden aus der Tibet-Expedition, Ausbau Wevelsburg, für Töpferei, Weberei und Holzschnitzarbeiten, Ausgrabungen und Dinge, die später im Ahnenerbe verankert worden sind.« Himmler soll dabei »großen Wert auf eine gute Harmonie und wirklich menschlichen Ausgleich der Männer untereinander« gelegt haben.

Mit diesen Bemerkungen zur Traditionspflege wollen wir natürlich nicht die hirnrissige Vermutung stützen, Flick sei ein Nazi gewesen. Mit Recht haben die Anwälte des Herrn von Brauchitsch auf die »jahrzehntealte, von Friedrich Flick begründete Spendenpraxis« hingewiesen, die nicht erst in den Tagen Himmlers aufgekommen ist. Die Bücher der Firma weisen schließlich auch Posten wie die folgenden aus: wg. Brüning 150 000, wg. Hindenburg 950 000, wg. Schleicher 100 000, wg. Papen 100 000 und wg. Stresemann eine Summe, die leider nicht aktenkundig ist.

Das hat auch das Nürnberger Tribunal der Alliierten eingesehen. Es hat Flick 1947 als Kriegsverbrecher zu sieben Jahren Gefängnis verurteilt und ihn im August 1950 vorzeitig wieder laufen lassen, genau einen Tag bevor Bundeskanzler Adenauer von den Hohen Kommissaren der Besatzungsmächte in aller Form um die Aufstellung einer westdeutschen Armee nachsuchte. Das Rüstungsgeschäft konnte wieder beginnen.

Die Sitten und Werke dieser deutschen Unternehmer-Familie zeigen also eine eindrucksvolle Kontinuität, und an ihren Bilanzen ist keineswegs die Wirkung des oft bejammerten

Flick-Malus abzulesen, sondern die Richtigkeit einer Berufsauffassung, derzufolge es Herrn Flick senior oder junior wurscht zu sein hat, ob es Sozis oder Nazis, Schwarze oder Grüne sind, die das Land regieren, solange sie ihm nur zu jeder Tages- und Nachtzeit zur Verfügung stehen.

Bundeskanzler Dr. Konrad Adenauer hat seinem warmen Verständnis für diese Art der Traditionspflege in einem Glückwunschtelegramm an Friedrich Flick mit bewegenden Worten Ausdruck verliehen: »Sie haben in langer und entsagungsreicher Arbeit, unbeirrt von allen Schicksalsschlägen, die unser Volk und Sie persönlich getroffen haben, ein großes und staunenswertes Lebenswerk aufgebaut. Mögen Ihnen Kraft und Gesundheit noch lange Jahre vergönnt sein, um sich Ihrer Erfolge und Ihres Werkes zu erfreuen.«

3. *Aus dem Vereinsleben*

Die politische Macht wird in der Bundesrepublik Deutschland bekanntlich von vier nicht eingetragenen, nicht rechtsfähigen Vereinen ausgeübt. Eine Erklärung hierfür findet nicht statt. In der Verfassung jedenfalls ist eine solche Herrschaft nicht vorgesehen. Im Gegenteil. Das Grundgesetz hat für diese Vereine nur einen einzigen Satz übrig: »Die Parteien wirken bei der politischen Willensbildung des Volkes mit.« Bescheidener kann man es kaum ausdrücken. In Wirklichkeit sind die sogenannten »Parteispitzen« zu einer Oligarchie geworden, die ihre Entscheidungen außerhalb des Parlaments trifft; der Bundestag registriert lediglich die Beschlüsse, zu denen die Präsidien, Vorstände, Fraktionen und Ausschüsse der Parteien gekommen sind.

Der Artikel 38 der Verfassung bestimmt, daß die Abgeordneten, und nicht irgendwelche Vereine, »in allgemeiner, unmittelbarer, freier, gleicher und geheimer Wahl« zu wählen sind; sie seien »Vertreter des ganzen Volkes, an Aufträge und Weisungen nicht gebunden und nur ihrem Gewissen unterworfen«. Die Parteien haben diese Bestimmung durch die Institute der Listenwahl und des Fraktionszwangs praktisch abgeschafft. Die Hälfte aller Abgeordneten wird nicht vom Volk gewählt, sondern längst vor dem Wahltermin durch Funktionäre ernannt, die darüber bestimmen, wer einen garantierten Sitz im Bundestag bekommt und wer nicht.

Die etablierten Parteien haben ferner darüber zu verfügen, wer Autobahnen, Panzer, Telefone bauen und wer Bademeister oder Bundesbahn-Chef, Programmdirektor oder Pförtner werden soll. Auch diese Zuständigkeit entbehrt einer verfassungsrechtlichen Grundlage. Die Väter des Grundgesetzes haben sich darüber ausgeschwiegen, wer Pfründen und Sinekuren zu verteilen hat.

Es erhebt sich nun die Frage, ob den vier Vereinen für die genannten Leistungen eine Vergütung zustehen soll, und falls ja, von wem, in welcher Höhe und auf welche Weise ein solcher Tribut erhoben werden soll. An und für sich sollte man annehmen, daß die Aufwendungen eines Vereins durch die Beiträge seiner Mitglieder gedeckt werden sollten. Eine solche Auffassung weisen die Parteivorstände jedoch wie aus einem Munde zurück. Sie fordern, daß ihre Vereine von allen Einwohnern des Landes alimentiert werden. »Vom Bürger wird hier nur verlangt«, so äußerte sich schon 1965 der Schatzmeister der CDU, ein Professor namens Fritz Burgbacher, »daß er die Politik mitfinanziert, deren Früchte er genießt; denn nur dank der Politik dieser Parteien kann er überhaupt die Steuern bezahlen, aus denen auch das finanziert wird.«

Undankbare Leute gibt es überall, und so konnte es nicht ausbleiben, daß in der Bundesrepublik hie und da Stimmen laut wurden, die sich gegen derartige Schutzgeld-Zahlungen wandten. Daß der Steuerzahler verpflichtet sei, für die landläufige

Ämterpatronage und für seine politische Enteignung selber aufzukommen, mochte nicht jedermann auf Anhieb einsehen.

Um solche Nörgler eines Besseren zu belehren, haben sich die Vereinsvorstände eine neue und höchst orginelle Begründung für ihre Forderungen ausgedacht. Es liege den Parteien im Grunde gar nichts an der Macht; sie hätten es vielmehr darauf abgesehen, das deutsche Volk zu bilden; die parteipolitische Tätigkeit sei eine Art akademischer Veranstaltung, für die jedermann entsprechende Hörgelder zu zahlen habe. In diesem Sinn erklärte der Schatzmeister der SPD, der Bürger müsse den Parteien »einen Teil der ihn aufklärenden Arbeit finanzieren«. Für diese Nachhilfestunden haben sich die Vereine seit 1959 »Globalzuschüsse«, »Zuwendungen« und »Sondermittel« in Millionenhöhe bewilligt. Nach den Zuwachsraten dieser Mittel zu urteilen, muß sich die politische Bildung der Deutschen zwischen 1968 und 1980 verneunfacht haben, und ein Ende dieser gigantischen geistigen Anstrengung ist gar nicht abzusehen.

Bei der Eintreibung dieser und anderer Subsidien befinden sich die vier Vereine in der angenehmen Lage, daß sie sich die Gesetze, nach denen sie begünstigt werden, selber schreiben können. Störend wirkt sich dabei allerdings immer wieder die Existenz einer Verfassung aus, die das Prinzip der Gewaltenteilung vorsieht. Besonders irritierend für die Parteien sind die Artikel 92 und 93 des Grundgesetzes, die ihre Praktiken der Überprüfung durch das Bundesverfassungsgericht aussetzen.

Wenigstens siebenmal hat dieses Gericht sich veranlaßt gesehen, über die Finanzierung der Parteien zu urteilen. Jedesmal war das Resultat eine energische Ohrfeige, und jedesmal haben die zurechtgewiesenen Vorstände, um es milde auszudrücken, »flexibel reagiert«:

1958 entschied das BVG, Parteispenden dürften nicht in beliebiger Höhe von der Steuer abgesetzt werden; die zehn

Jahre lang geübte Praxis der Vereine sei verfassungswidrig. Daraufhin gründeten die Parteien »staatsbürgerliche Vereinigungen«, um das Verbot zu umgehen.

1965 lehnte es das BVG ab, die dauernde finanzielle Fürsorge für die Parteien zu einer Staatsaufgabe zu machen. Daraufhin erfanden die Vereine Stiftungen, denen sie die bewußten »Globalzuschüsse für die gesellschaftspolitische und demokratische Bildungsarbeit« aus dem Staatshaushalt zuschanzten.

1966 erklärte es das BVG für unzulässig, »daß den politischen Parteien von Staats wegen laufende Zuschüsse zu ihrer gesamten politischen Tätigkeit gewährt werden.« Daraufhin erhöhten die Parteien den Anteil der Steuergelder an ihrem Aufwand, bis 1979 die folgenden Subventionsquoten erreicht waren: CSU 76 %, FDP 65 %, SPD 64 %, CDU 62 %.

1968 ordnete das BVG an, daß Parteispenden über 20 000 Mark öffentlich ausgewiesen werden müßten. Daraufhin kassierten die vier Vereine anonyme Spenden, nahmen Kredite auf und beschlossen ein Parteiengesetz, das keinerlei Sanktionen für Verstöße enthielt.

1975 verbot das BVG den Parteien, den Abgeordneten einen Teil ihrer Diäten abzuverlangen. Daraufhin wurde einfach weitergezahlt; die Schutzgelder der Parlamentarier an die Vereinskassen machten 1978 bereits über 20 Millionen Mark aus; »wenn einer nicht zahlt«, so hieß es aus berufenem Munde, »dann wird er eben nicht mehr aufgestellt.«

1978 entschied das BVG, die Parteien seien keine gemeinnützigen Organisationen. Daraufhin erwogen die Vereinsvorstände, die Verfassung zu ihren Gunsten zu ändern.

1979 lehnte das BVG einen Antrag der CDU ab, höhere Steuervergünstigungen für Parteispenden zuzulassen. Daraus zogen die vier Vereine den Schluß, daß es an der Zeit sei, die Steuergesetze zu ändern.

Zusammenfassend kann man feststellen, daß die Urteile des höchsten Gerichts die Oligarchie in keinem einzigen Fall dazu veranlaßt haben, in sich zu gehen. Ihre kriminelle Energie ist ungebrochen. Offenbar ist der Versuch, den Parteispitzen auch nur ein minimales Unrechtsbewußtsein einzubleuen, aussichtslos. Es handelt sich um Wiederholungstäter, die auf ihre eigene Unbelehrbarkeit stolz sind. Wenn die Vereine natürliche Personen wären, so hätten die Gerichte unter diesen Umständen vermutlich keine andere Wahl, als die Untersagung der Berufsausübung (nach § 70) und die Sicherheitsverwahrung (nach § 66 StGB) anzuordnen. (Durch die Neufassung des § 129 haben die Parteien dafür gesorgt, daß sie nicht als kriminelle Vereinigungen verfolgt werden können.)

Eine kardinale Rätselfrage allerdings, die sich doch jedem Denkenden stellen muß, ist den Kritikern dieser Zustände, vielleicht, weil sie an ihrem stillen Ekel und an ihrer lauten Wut zu viel zu würgen hatten, im Halse stecken geblieben: Wie ist die rattenhafte Geldgier der Parteien eigentlich zu erklären? Warum erscheinen ihren Schatzmeistern die 2400 Millionen Mark, die sie 1975–1981 offiziell eingenommen haben, wie ein Tropfen auf den heißen Stein? Woher die nackte Not, die sie dazu zwingt, darüber hinaus alle möglichen schwarzen Kassen anzuzapfen?

Die naheliegende Erklärung, daß »die Bonzen« »da oben« »unser Geld« »in Saus und Braus« »verjubeln«, mag zwar volkstümlich sein, ist aber keineswegs ausreichend. Gewiß, Empfänge, Charterflüge, Hotelsuiten, Fahrbereitschaften, das alles schlägt zu Buche, und wir wollen nicht so weltfremd sein zu bestreiten, daß mancher »Spitzenpolitiker« eine Lebenshaltung für unentbehrlich hält, die er sich bei seinen Duzfreunden aus der Industrie abgeguckt hat. Doch ein flüchtiger Blick auf unsere Vereinsvorstände dürfte auch dem Böswilligen genügen, um sie von jedem Verdacht des Sybaritentums freizusprechen. Nein – Genuß, Pracht, Wollust, Üppigkeit, Luxus, das sind Kategorien, zu denen sich diese älteren Herren kaum zu erheben vermöchten. Derartige Regungen der Sinnlichkeit und der Phantasie müssen einer Sphäre fern bleiben, der, wie Otto Schily sagt, »etwas Leichenhaftes« eignet.

Vergessen wir übrigens nicht, daß es, vor allem im Mittelbau der Vereine, nach wie vor den Typ des selbstlosen Parteiarbeiters gibt, dessen Unbestechlichkeit sich bis zur demonstrativen Askese steigern kann, auch wenn er im großen Saal, wo die Lobbyisten und Filz-Virtuosen das Bild beherrschen, etwas verloren dasteht. Er trauert immer noch der Baracke nach. Für die vollklimatisierten Betonburgen, in denen er sein Leben verbringen wird, kann er keine Begeisterung aufbringen. Vielleicht merkt er sogar, daß die ganze Parteienlandschaft eher einem Hochsicherheitstrakt gleicht, und daß die Vereine, mit all den Millionen, die sie aus dem Fenster werfen, keinen einzigen Bau hervorgebracht haben, der auch nur mit einer Grunewald-Villa konkurrieren könnte.

Ihre Repräsentation ist und bleibt vertreterhaft, der Prunk wirkt furniert, und zwar dünn furniert, überall herrscht der Plastikgeschmack der Credit Cards vor, und das Attaché-Case, an das man sich klammert, ist die hauptsächliche Stütze der Persönlichkeit. Letzten Endes geht es doch immer nur darum, Zettel zu sammeln, um Aufwandsentschädigungen und Spesenersatz. Im Dunstkreis der Parteien geht es zwar teuer, aber kleinkariert zu; das muß ihnen der Neid lassen. Und je weiter man in ihren Hierarchien absteigt, desto stumpfer und schäbiger wirken die Büros. Das Ausschweifendste, was im Lokal eines mittleren Kreisverbandes zu finden ist, dürfte eine Zimmerlinde sein.

Selbst die allerdings wäre entbehrlich, wenn sich die Parteien auf den realen Kern ihrer Tätigkeit, auf ihre Rolle als *powerbrokers,* d. h. als Schaltstellen zur Vermakelung von Macht beschränken würden. Dazu bräuchten sie nichts weiter als das eine oder ander Hinterzimmer und ein gutfunktionierendes Telefon. Ihren Verwaltungsaufwand könnten die Funktionäre in der Hosentasche mitführen: einen abgegriffenen Taschenkalender, in dem die entsprechenden Telefonnummern verzeichnet wären.

Warum also, frage ich mich, der manische Griff in die Kasse? Wozu das Ganze? Wohin mit dem Geld? Ich vermute, daß es sich hier um einen Fall von Potlatsch handelt, also um eine ritualisierte Form gesellschaftlicher Verschwendung. Dafür spricht, daß die Millionen-Etats der Parteien hauptsächlich zur Produktion von Müll erfordert werden. Die Vereine bringen jahraus, jahrein Selbstdarstellungen hervor, die Tausende von Tonnen wiegen; sie legen Broschüren von vollendeter Sprach- und Gegenstandslosigkeit auf; sie verschicken Millionen von Postwurfsendungen, die, da ihnen schlechterdings nichts zu entnehmen ist, ohne Umweg vom Briefkasten in den Papierkorb wandern; sie stellen Werbefilme von einer Banalität her, die selbst dem hartgeprüften Leser der *Bild*-Zeitung Tränen in die Augen treibt; sie drucken Plakate, denen man nicht einmal Verlogenheit vorwerfen kann, da eine Lüge, die frei von jedem Inhalt wäre, nicht denkbar ist; sie senden Fernsehspots, deren einzige Botschaft darin besteht, daß hier ein Fernsehspot gesendet wird; sie geben sich einer »politischen Aufklärungsarbeit« hin, die, da sie von niemandem zur Kenntnis genommen wird, nicht einmal als ihr eigenes Negativ, will sagen als Verblödung, funktioniert; sie betreiben, mit einem Wort, eine Vernichtung von Ressourcen, die prinzipiell uferlos ist, weil sich das Nichts beliebig vermehren läßt.

Die Beweggründe für dieses Verhalten liegen im Dunkeln. Ich maße mir nicht an, sie endgültig aufgeklärt zu haben, doch glaube ich nach längerem Grübeln, wenigstens einen nützlichen Hinweis liefern zu können. Die Bonner Parteiapparate befinden sich in einer eigentümlich isolierten Lage. Mehr oder weniger gilt das, je nach dem Abstraktionsgrad ihrer Tätigkeit, für alle Institutionen, die nichts produzieren; sie sind zu sehr damit beschäftigt, sich selbst zu administrieren, als daß es ihnen gelingen könnte, den Kontakt zur gesellschaftlichen Wirklichkeit aufrechtzuerhalten. Die Sprecher der Parteien sind sich dieser Abgeschiedenheit bewußt und drücken sie auf das Genaueste aus, wenn sie den Rest der Bevölkerung, also diejenigen, die sich nicht in Bonn aufhalten, als »die Menschen draußen im Lande« bezeichnen. Allerdings spricht sich in dieser Redensart eine gewisse Verkennung der Situation aus; denn von der Realität ausgeschlossen dürften wohl weniger die sechzig Millionen Bewohner des Landes sein, als die Insassen des Bonner Regierungsviertels.

Die soziale Lage der Parteiapparate tangiert aber ihre Beschaffenheit. Sie hat geradezu ontologische Weiterungen. Die vier Vereine machen auf den Außenstehenden einen gewissermaßen blasenhaften Eindruck. Im Vergleich zu ihnen wirken Institutionen wie ein Postamt oder ein Fußballclub, eine Stadtgärtnerei oder ein Altersheim geradezu prall und pausbäckig, als wäre jede von ihnen ein Ausbund an Lebenskraft und Produktivität. Daß die etablierten Parteien nur mit ihren Abkürzungen auftreten, ist kein Zufall, sondern ein Symptom für ihren minderen Realitätsgrad, für ihren Phantom-Charakter, für ihr schemenhaftes Wesen.

Meine Hypothese geht nun dahin, daß die Vereinsvorsteher selbst von diesem Sachverhalt eine (wenn auch naturgemäß blasse) Ahnung haben, daß im Herzen der Apparate ein existentieller Zweifel nistet, und daß der größte Teil ihrer Tätigkeit dazu bestimmt ist, gegen jene Ahnung, diesen Zweifel anzukämpfen. Das ist der Sinn ihrer Verschwendungsorgien und der einzige Inhalt ihrer Selbstdarstellungen: *Es gibt uns wirklich! Wir sind!*

Da solche Beteuerungen aber niemanden überzeugen, nicht einmal ihre Urheber; da sie das Publikum nur in seiner ruhigen, unerschütterlichen Gewißheit bestärken, das alles sei nur leeres Stroh und heiße Luft; und da der nagende Zweifel an der eigenen Realität um so schmerzhafter wiederkehrt, je lauter er niedergebrüllt wird, entsteht ein *circulus vitiosus*, und das klassische Suchtverhalten stellt sich ein. Die Steigerung der Dosis wird zur zentralen Obsession, die Leitlinien, Broschüren, Interviews müssen sich vermehren und damit auch der Aufwand. Es muß Geld her um jeden Preis, auch um den der Illegalität. So wie der Fixer keine Rücksicht auf die Gesetze nehmen kann, weil er seinen Flash braucht, müssen den Parteien alle Mittel recht sein bei ihrem unentwegten Versuch, einen ontologischen Mangel zu stopfen, der unstillbar ist. Wer nach der Maxime handelt: »Ich gebe Geld aus, also bin ich«, der wird nimmer satt. Das Potlatsch der Parteien ist ihr Existenzbeweis.

4. *Rechtsmittelbelehrung*

An den Bundestagswahlen von 1983 haben sich 89 von hundert wahlberechtigten Bürgern beteiligt. 94 % der Stimmen wurden für die Abgeordneten jener vier Parteien abgegeben, die bis dahin allein im Parlament vertreten waren. Diese Tatsachen verstehen sich nicht von selbst. Die herkömmliche Parlamentarismus-Kritik kann zu ihrem Verständnis wenig beitragen. Das gilt vor allem für die marxistische These, derzufolge die Leute nicht wüßten, mit wem sie es zu tun haben; es sei dem politischen System gelungen, die Wähler derart zu manipulieren, daß sie sich allen Ernstes von den Parteien vertreten fühlten. Infolgedessen seien sie nicht in der Lage, den Schein der parlamentarischen Repräsentation zu durchschauen; eben auf diese Illusion aber komme es an; sie sei eine gesellschaftliche Notwendigkeit; ihr allein verdanke das System seine Stabilität. (Johannes Agnoli hat diese Argumente in seinem Buch *Die Transformation der Demokratie* mit Gründlichkeit und Scharfsinn verfochten.)

Ich halte diese Verblödungstheorie, zu deren Anhängern,

wenn nicht alles täuscht, auch die Wahlkampf-Manager der Bonner Parteien gehören, für abwegig. Es gibt keine »staatsbürgerliche Bildungsarbeit«, die imstande wäre, den Leuten ihre schwer erworbenen Einsichten und Erfahrungen auszureden; wer sich etwas Derartiges einbildet, erliegt einer Selbsttäuschung. Ich möchte im Gegenteil behaupten, daß die Wähler ganz genau wissen, für wen sie ihr Kreuzchen machen; daß es mit ihren Illusionen nicht weit her ist; und daß sie durchaus in der Lage sind, die politische und moralische Integrität der Parteien richtig einzuschätzen.

Dafür spricht nicht zuletzt die bleierne Gelassenheit, mit der das Volk die Flick-Affäre und die zahllosen Parteifinanzierungs-Skandale aufgenommen hat, die ihr vorausgingen. Nicht weil die Bundesbürger einer Illusion aufgesessen wären und weil niemand sie aufgeklärt hätte, sondern umgekehrt, weil sie in einem trostlosen Grad bereits aufgeklärt sind, gehen sie mit ihrer Empörung sparsam um. Fortwährend werden sie in dem, was sie längst wissen, bestätigt. Das überfordert ihren Gefühlshaushalt. Sie lehnen es ab, ihre Emotionen, die sie für andere, wichtigere Zwecke brauchen, an die Bonner Abkürzungs-Phantome zu vergeuden.

Auf die Dauer wird es daher auch der Enthüllungs-Journalismus in der Bundesrepublik nicht leicht haben. Die ehrwürdige Tradition des *muckraking* in der Publizistik setzt nämlich einen Leser voraus, der enttäuschbar ist. Demaskieren kann man nur den, dessen Gesicht sich von seiner Maske unterscheidet. Dramaturgisch ausgedrückt fehlt es den vier Bonner Parteien an der moralischen Fallhöhe, die für einen Skandal unentbehrlich ist. (Den Gewerkschaften hingegen billigt die Bevölkerung offenbar immer noch eine gewisse Redlichkeit zu; von solchen Restbeständen zehrte die erregte öffentliche Reaktion auf die Korruptionsaffäre Neue Heimat.)

Unter diesen Umständen ist es nicht die vielbeschrieene

»Verdrossenheit« über die Parteien, die mich wundert und die mir zu denken gibt, sondern die uferlose Gutmütigkeit, die unerhörte Toleranz, mit der ihre Herrschaft hingenommen wird. Dieses halb verächtliche, halb großmütige Gewährenlassen hat eine lange Vorgeschichte und mannigfache Wurzeln.

»Politik is anners seggen as doun«; »die Politik verdirbt den Charakter«; »Politik ist ein schmutziges Geschäft«; solche Sätze haben in Deutschland den Status jahrhundertealter Sprichwörter. Ihre Geltung hat zweifellos etwas mit den demokratischen Defiziten unserer Geschichte zu tun. Sie kann sich aber auch auf die Erfahrung stützen, daß die Berufspolitiker wenig unterlassen und viel getan haben, um das zähe Vorurteil zur unbestrittenen Gewißheit werden zu lassen.

Diesem eher traditionellen Motiv hat sich jedoch in der Bundesrepublik ein anderes beigesellt, das historisch neu ist. Ich meine die jahrzehntelange, systematische Erziehung zur Schlaumeierei. Die aberwitzigen steuerlichen und sozialstaatlichen Regelungen, die wir den Bonner Parteien verdanken, haben die Deutschen zu einem Volk von Trickbetrügern gemacht. Wer sich nicht darauf versteht, nach Strich und Faden abzuschreiben, einzuklagen, rauszuholen, abzusetzen, der hat hier nichts zu lachen. Ob Sozialwohnung oder Schwarzbau, Krankenkasse oder Taxiquittung, Stipendium oder Stütze, überall gilt der Imperativ des Nassauerns, Durchmogelns und Absahnens, und es gibt eine wachsende Zahl von Mitbürgern, die ohne diese Fähigkeiten verloren wären.

Das Werfen des ersten Steins wird unter solchen Verhältnissen zu einer fragwürdigen und riskanten Operation. Deshalb hat diese Sportart, im Vergleich zu volkstümlichen Disziplinen wie Skifahren, Spesenrittertum, Jogging und Steuerhinterziehung, von ihrer früheren Beliebtheit viel eingebüßt.

So spricht auch aus dem Bericht der Bonner Staatsanwaltschaft in Sachen Flick nur die gewöhnliche Lebenserfahrung, wenn er feststellt: »Dabei ist die Frage, ob etwa gezahltes Geld über die Amtsträger an die Parteien weitergeleitet werden sollte, rechtlich ohne Belang. Zunächst spricht eine Zahlung in bar und ohne Quittung allerdings eher gegen als für eine solche Verwendung.«

Daß die Deutschen ihr Parteiwesen mit solcher Geduld ertragen, dafür ließe sich noch ein dritter Beweggrund anführen. Grob gerechnet liegt der Umsatz der vier Bonner Vereine im Jahr bei einer halben Milliarde, das macht pro Kopf der Bevölkerung zehn Mark. Ich könnte mir vorstellen, daß viele Bürger dieses Landes darüber erstaunt sind, wie klein das Trinkgeld ist, mit dem sich die Parteien zufriedengeben, und daß sie angesichts dieser Größenordnung den scheuen Blick, die verlegene Miene, die betuliche Augenwischerei des jeweiligen Vorstehers, wenn im Fernsehen die Rede auf seinen Selbstbedienungsladen kommt, eher entwaffnend finden. Im Vergleich zu einem Straßenräuber, der einen mit einem Gasrohr über den Kopf schlägt und bis aufs Hemd ausplündert, fällt hier ein gewisser Mangel an Entschlossenheit angenehm auf, und der Wähler, der gelernt hat, seine Ansprüche herabzuschrauben, faßt das Stottern des Heuchlers bereits als ungeschickte Huldigung auf. Der französische Schriftsteller Henry de Montherlant hat in einem ähnlichen Fall bemerkt: »Es ist ein großer Irrtum, unbegrenztes Vertrauen in die Gemeinheit der Menschen zu haben; nur selten tun sie uns all das Böse an, zu dem sie fähig wären.«

Alles in allem wird das Treiben der CCDDDFPPSSUU also eher resigniert und widerwillig hingenommen, als wäre diese Wolke von Abkürzungen ein Mückenschwarm, der sich schlechterdings nicht verscheuchen läßt. Immerhin handelt es sich nicht um ein Naturereignis, und so empfiehlt es sich vielleicht, zwei Erscheinungen aus dem Gemeinwesen zum Vergleich heranzuziehen, nämlich die Großbanken und die Mineralölkonzerne. Zwar liegt die Nützlichkeit dieser Einrichtungen auf der

Hand, und insofern hinkt der Vergleich; doch haben sie, wie die Parteien, schwer unter dem hartnäckigen Liebesentzug ihrer Klientel zu leiden. Dieses kränkende Mißtrauen können sie sich nur durch die mangelnde ökonomische Bildung der Bevölkerung erklären, einen Mißstand, dem sie, wie die Parteien, durch aufklärende Hochglanz-Broschüren abzuhelfen suchen.

Ich habe eine private Umfrage veranstaltet, um die wahren Gründe ihrer Unbeliebtheit zu erforschen. Da es aber, rein juristisch gesehen, keinen Ruf gibt, der so schlecht wäre, als daß er nicht noch weiter geschädigt werden könnte, wage ich es nicht, meine Ergebnisse im einzelnen zu referieren. »Mafia« und »Gangsterbande« waren noch die mildesten Ausdrücke, die ich selbst aus dem Munde ansonsten verständiger, ja sanftmütiger Mitbürger zu hören bekam.

Diese dämonisierenden Urteile haben die Befragten aber keineswegs dazu veranlaßt, von der Einrichtung eines Bankkontos und vom Erwerb eines Autos abzusehen. Im Gegenteil: 85 % aller Haushalte sind motorisiert. Fast jeder verfügt über eine Bankverbindung. Das sind Quoten, die der üblichen Wahlbeteiligung schon recht nahe kommen. Die Geldbeträge, die sie an Banken und Ölkonzerne abzuführen hat, versucht diese riesige Klientel zwar durch Preisvergleich und Boykottdrohung möglichst gering zu halten; sie ist sich aber darüber im klaren, daß niemand sich aus dem Netz von Filialen und Tankstellen befreien kann, und sie weiß, daß der täglich geforderte Tribut zu den *faux frais,* den toten Kosten ihres Alltags gehört.

Abschaffungs- und Enteignungsforderungen finden unter diesen Umständen wenig Widerhall. Die Bürger haben die anderswo gewonnenen Erfahrungen mit planwirtschaftlichen Systemen sorgfältig zur Kenntnis genommen. Sie ziehen deshalb private Oligopole dem staatlichen Monopol vor. Die Beobachtung, daß miteinander rivalisierende Banden zwar ihre gemeinsame Geschäftsgrundlage nach außen verteidigen, im Verhältnis zueinander aber nicht als Blutsbruder, sondern als Konkurrenten handeln, mag für diese Wahl den Ausschlag geben. Dies gilt erst recht für das Vereinswesen. Das Votum für unsere Abkürzungen ist also auch, und vielleicht in erster Linie, ein Votum gegen den Einparteienstaat.

Drückt sich hierin ein durchaus gesunder Antikommunismus aus, so sind auf der anderen Seite gewisse marxistische Erkenntnisse den Bürgern unseres Landes, ganz unabhängig von ihren ideologischen Neigungen, längst in Fleisch und Blut übergegangen. Es würde heute niemandem mehr einfallen, Politik und Wirtschaft für reinlich unterschiedene oder auch nur unterscheidbare Sphären zu halten. Jedermann weiß, warum eine Energiepolitik, die diesen Namen verdienen würde, in der Bundesrepublik Deutschland ausgeschlossen ist, warum der Umweltschutz eine makabre Farce bleiben muß, warum Waffenhandel, Straßenbau und Verkabelung sich nicht nach den Interessen der Bevölkerung, sondern nach denen der Großunternehmen zu richten haben. Um das zu begreifen, braucht keiner einen *Kapital*-Arbeitskreis zu besuchen; und es ist nur eine schöne Bestätigung dieser weitverbreiteten theoretischen Einsicht, wenn der Wirtschaftsminister dieser Republik seine Behörde als einen »Dienstleistungsbetrieb für seine Kundschaft« bezeichnet.

Allerdings sind unsere vulgärmaterialistischen Grundkenntnisse teuer erkauft. In ihnen triumphiert ein abgebrühter Wirklichkeitssinn, der stolz darauf ist, alles zu durchschauen, aber durchaus geneigt, es dabei zu belassen. Niemand, oder fast niemand, möchte hierzulande als verträumter Utopist und als blauäugiger Weltverbesserer gelten. In der Tat hätte es wenig Sinn, dem folgenlosen Achselzucken durch folgenlose Systemkritik zu begegnen.

Ich frage mich aber, wieviel Zukunft einem Gemeinwesen

noch beschieden sein kann, das von vornherein darauf verzichtet, sich einen anderen moralischen Aggregatzustand als das Püree auch nur vorzustellen. Ist es, streng genommen, unvermeidlich, daß die Entscheidungen eines Ministers für ein Couvert, einen Spezialbrief, einen Umschlag zu haben sind? Müssen demokratische Parteien korrupt sein, und wenn ja, durch und durch oder nur bis zu einem gewissen Grad? Ist ihr sinnloser Potlatsch eine unheilbare Deformation, oder könnten sie sich auch, wenn ihnen nichts anderes übrigbliebe, wenigstens bis zu einem gewissen Grad an die Gesetze halten?

Es werden nicht die vier Vereinsvorstände sein, die diese Fragen aufwerfen. Aber das macht nichts. Es gibt immer noch eine gewisse Anzahl von Leuten in diesem Land, die sich, aus den verschiedensten Gründen, ihrem wüsten Zirkus widersetzen. Freiheit der Meinungsäußerung und Teilung der Gewalten sind Hindernisse, die der Gemeinsamkeit der Kleptokraten im Wege stehen; sie kommen nicht nur in der Verfassung, sondern auch im Leben dieser Republik vor und werden sich schwerlich abschaffen lassen. Sie werden von vielen verteidigt, nicht nur von Grünen und von »Hintertreppen-Journalisten«, sondern gelegentlich auch von Richtern und von den »Erbsenzählern« und »Gerechtigkeitsfanatikern« in den Festungen der vielgescholtenen Bürokratie. Gebenedeit sei also der eigensinnige Steuerfahnder Förster, der sich seine Akten nicht aus der Hand winden läßt, und der Redakteur Kowalski, der auch angesichts eines gähnenden Publikums weiterrecherchiert.

Was sie dazu veranlaßt, mag der Teufel wissen; doch erfordern edle Taten nicht unbedingt edle Motive, und so kann es uns egal sein, ob sie aus Pflichtgefühl oder aus Rachsucht, aus Geltungsdrang oder aus Überzeugung handeln.

Allerdings ist es auf die Dauer nicht gut, wenn wir unsere moralischen Stellvertreter mit ihrer Sisyphus-Arbeit alleinlassen. Sie könnten übermütig werden oder, was näher läge, verzweifeln. Dies gilt sogar für das Bundesverfassungsgericht, das dankenswerterweise den Bonner Parteivorständen über die Jahre hinweg eine Ohrfeige nach der anderen versetzt hat. Es scheint mir ein Gebot nicht nur der Notwehr, sondern auch der politischen Moral, nicht nur der Verfassungstreue, sondern auch der Menschlichkeit, die erschöpften Richter bei dieser Handreichung gelegentlich abzulösen.

Ein Vergnügen ist es nicht. Niemand hält eine so undankbare Tätigkeit auf die Dauer aus. Auch der Arm des Finanzbeamten, des Staatsanwalts und des Journalisten erlahmt mit den Jahren, gar nicht zu reden von dem des Schriftstellers, der sich genötigt sieht, seine Kunst an einem so öden Gegenstand zu erproben, und der dabei am Ende noch riskiert, in der abgeschmackten Rolle des Sittenrichters dazustehen. Wir alle hätten Besseres zu tun, und so ist es nötig, für die Fortführung des guten Werkes immer neue Freiwillige zu finden.

Der einzige Lohn, der ihnen in Aussicht gestellt werden kann, ist das ungläubige Stutzen des gewatschten Oligarchen, der flüchtige Moment, in dem hinter seinen Brillengläsern eine ferne Ahnung von demokratischem Verständnis aufblitzt, bevor er sich wieder seinen Geschäften zuwendet. Und so liegt unsere gemeinsame Anstrengung letzten Endes auch in seinem Interesse. Vielleicht wird ihm im Augenblick der Wahrheit ein Anflug jener schmerzlichen Gewißheit zuteil, nach der er sich im Grunde immer gesehnt hat: der Gewißheit, daß er existiert. Ich werde geohrfeigt, mag er denken, also bin ich.

Milliarden aller Länder, vereinigt euch! Andeutungen über die Weltbank und den Internationalen Währungsfonds

I

Murrow Park, ein paar Minuten weit vom Weißen Haus in Washington, ist kein Park, sondern eine Verkehrsinsel, umrauscht von Limousinen, ein winziger Fleck verbrannten Grases, wo am hellen Mittag auf zerfetzten Kartons schwarze Fixer und weiße Wermutbrüder schlafen. Dahinter erheben sich zwei hohe Fassaden; Nervenzentren der Weltgesellschaft; riesige, kubische Gehirne, die in der Hitze brüten und jahraus, jahrein über eine unfaßbare Substanz nachdenken: das Geld.

Ihr Sinnen gilt nicht, wie das der profanen Menschheit, dem eigenen Geld; nicht jenen schmuddligen Zetteln, die das Bildnis eines Fugger, eines Lenin oder eines Washington tragen, sondern dem Geld als Wertsystem, dem Geld schlechthin und überhaupt: einem Thema also, derart allgemein und esoterisch, daß der tiefsinnigste Denker darüber ins Grübeln käme.

Es sind aber keine Scholastiker, die in jenen beiden Betongehäusen meditieren, auch keine Lamas, Gurus oder Hohepriester, sondern knapp achttausend Bürokraten der Sonderklasse, jeder mit einem Telefon versehen und gekühlt vom lautlosen Strom der Klimaanlage, ohne die im subtropischen Washington kein Gedanke möglich ist.

Auf der rechten Seite der 19. Straße hat die Weltbank ihr Domizil, genauer gesagt, die Internationale Bank für Wiederaufbau und Entwicklung (IBRD), in deren Schoß noch ein paar weitere Abkürzungen schlummern. Ihr gegenüber, auf der anderen Straßenseite, haust der Internationale Währungsfonds (IMF). Insider, die sich eine gewisse Vertraulichkeit erlauben können, nennen die beiden Institutionen einfach »den

Fonds« und »die Bank«. Von außen betrachtet nehmen sie sich eher wie zwei Ungeheuer aus. Der IMF gilt als das harte, die Weltbank als das weiche Monster.

II

Bevor wir uns in den labyrinthischen Korridoren dieser beiden Geschwister verirren, tun wir vielleicht gut daran, uns zu fragen, was ein Monster eigentlich sei. Wo der gemeine Menschenverstand nur ein Schimpfwort vermutet, helfen alte Lexika und solide Wörterbücher weiter; sie geben uns zu verstehen, daß wir es mit einer schier metaphysischen Erscheinung zu tun haben. »Etwas Wunderbares, Außerordentliches, das die Grenzen der Natur überschreitet«, heißt es dort; »eigentlich in der Religionssprache ein Wahrzeichen der Götter«; freilich auch »ein unerhörtes, entsetzliches Verfahren«, »ein Vorzeichen, ein böses Omen«.

Das Wort *Monstrum* leitet sich vermutlich von *monere* ab, einem lateinischen Verb, das soviel wie »warnen« bedeutet; und erst später hat man darunter verstanden »ein imaginäres Wesen, halb Tier, halb Mensch, zusammengesetzt wie eine Chimäre, wobei außerdem die Vorstellung enormer Größe und Wildheit eine Rolle spielt. Zusammensetzungen wie *a monster of perfection* zielen auf einen unglaublichen, unnatürlichen, ja sogar abstoßenden Grad von Vollkommenheit.«

III

Leichter dringt der zufällige Passant in das Weiße Haus, in den Vatikan, in den Kreml ein als in das Hauptquartier des Internationalen Währungsfonds. Nur wer dort offiziell zu tun hat – und welcher normale Passant könnte das von sich behaupten? –

wird von den uniformierten Wächtern und den eisig lächelnden Damen am Empfang vorgelassen. Er entdeckt, daß das halbe Volumen des Gebäudes aus Luft besteht: er betritt nämlich ein luxuriöses Vakuum, ein dreizehn Stockwerke hohes, mit Flaggen und tropischen Pflanzen geschmücktes Atrium aus hellem Marmor.

Er fragt sich, wo er gelandet ist – eine Frage, die ihm kein Mensch mit seinem Satz beantworten kann. Was soll das Ganze? Welches sind die Ziele und Aufgaben des Fonds? Der Artikel I des Gründungsabkommens über den IMF gewährt nur magere Auskünfte. Danach soll der Fonds

a) *fördern* (internationale Zusammenarbeit, Stabilität, Einhaltung korrekter Verhaltensregeln, hohen Beschäftigungsgrad, hohes Realeinkommen);
b) *erleichtern* (ausgewogenes Wachstum);
c) *stärken* (Vertrauen der Mitglieder);
d) *bereinigen* (Unausgeglichenheiten);
e) *gewähren* (technischen Beistand);
f) *vermindern* (Ungleichgewichte); und schließlich
g) *bereitstellen* (ein internationales Forum zur Lösung von Problemen).

Diese frommen Wünsche könnte jeder beliebige Rotary Club in seine Satzung schreiben. Die wattige Prosa, in der sie ausgedrückt sind, kehrt in all den zahllosen Broschüren, Berichten und Verlautbarungen wieder, die der Fonds herausgibt. Ihr stilistisches Prinzip ist der Euphemismus, ihr Effekt eine Art intellektueller Narkose.

Wer es aber gern genauer wüßte, der stößt sich bald die Stirn am Fachchinesisch der internationalen Finanz wund, einer Sprache, die der hauseigene Jargon des Fonds durch immer neue Erfindungen bereichert. Wehe dem, der zwischen einer Erweiterten und einer Bereitschaftskreditvereinbarung, zwischen einer Fazilität zur kompensierenden Finanzierung und einer zusätzlichen Finanzierungsfazilität nicht zu unterscheiden vermag, und Schande über jeden, der die Fünfer- mit der Sechser-, Siebener-, Zehner-, Zwanziger-Gruppe oder gar mit dem Pariser Club verwechselt!

IV

Also noch einmal zurück an den Anfang, wie es sich für ABC-Schützen gehört. Das Kleingeld in Ihrer Jackentasche ist eine Sache. Sollten Sie aber eine Gemüsegroßhandlung besitzen, so sind die Zahlen in Ihren Büchern bereits etwas ganz anderes, nämlich Kapital. Die nächste Stufe der Abstraktion erreicht Ihr Geld in der Sparkasse an der Ecke; es verwandelt sich in Kredit. Und so weiter in aufsteigender Linie über die Girozentrale und die Landeszentralbank bis zur Bundesbank. In diese stratosphärische Höhenlage aufgestiegen, hat sich Ihr handfester Groschen in ein Medium verwandelt und in ein schwer durchdringliches Geheimnis gehüllt. Hier werden keine Gurken verkauft; hier wird Liquidität »geschaffen«, Diskontsätze werden festgesetzt, Mindestreserven angelegt, Geldmengenziele anvisiert. Die Notenbank »schöpft« unser Geld und kontrolliert es zugleich.

V

Mitten im Zweiten Weltkrieg kamen einige Herren, die über das internationale Finanzsystem nachgedacht haben, auf die Idee, diese Hierarchie von Abstraktionen mit einer alles überwölbenden Zentralinstanz zu krönen. Die große Krise von 1929 hatte gezeigt, wie labil die Weltwirtschaft verfaßt war. Das berühmte »freie Spiel der Kräfte« konnte über Nacht zum Zusammenbruch führen. Die nationale Kontrolle der Notenbanken hatte sich, angesichts der globalen Integration des Kapitalverkehrs, als hilflos erwiesen. Amerikanische und britische Experten, unter ihnen Harry Dexter White vom Schatzamt der USA und John Maynard Keynes aus England, träumten von einem ultrastabilen Weltwährungssystem, in dem eine Wiederholung der Katastrophe ausgeschlossen wäre.

Sie schlugen vor, zwei Institutionen zu gründen, wie sie die Welt noch nicht gesehen hatte; erstens eine Zentralbank aller Nationen, die für feste Wechselkurse, freien Kapitalverkehr, stabilen Geldwert, ausgeglichene Zahlungsbilanzen und ausreichende Liquidität sorgen sollte; zweitens eine internationale Entwicklungsbank, deren Aufgabe es wäre, den vom Krieg verwüsteten und verarmten Ländern beizuspringen, damit sie den Anschluß an die Ökonomie der Reichen fänden. Denkbar war eine solche Gründung nur, wenn die Führungsmacht des Kapitalismus sie unter ihre Fittiche nahm. Präsident Roosevelt war dazu bereit. In einer Botschaft an den Kongreß forderte er, die stark entwickelte amerikanische Wirtschaft müsse der übrigen Welt zur Verfügung stehen; eine solche Haltung werde auch für die Vereinigten Staaten reiche Früchte tragen.

Der Fonds und die Bank, das harte und das weiche Monster, sind das Resultat dieser Planungen. Sie wurden im Juli 1944 in Bretton Woods, einem kleinen Erholungsort in Neu-England, gegründet und nahmen 1946/47 in Washington ihre Geschäfte auf. Fast alle Länder der Erde sind ihnen beigetreten, mit Ausnahme der Sowjetunion und ihrer Vasallen: der DDR, der Tschechoslowakei, Bulgariens, der Mongolei. Es fehlen ferner: Albanien, Angola, Nordkorea; Cuba hat sich 1960 verabschiedet. Eine seltsame Figur unter diesen Außenseitern macht die Schweiz, die keiner der beiden Institutionen angehört, vermutlich, weil sie selbst ein internationales Finanz-Monster ist. Allerdings kann man die Beziehungen zwischen der Schweizerischen Nationalbank und dem Fonds als geradezu herzlich bezeichnen.

VI

Jede menschliche Einrichtung hat ihr eigenes Milieu, ihre Physiognomie, ihr Aroma. In einer Bäckerei weht eine andere Luft als in einer Polizeiwache. Ein ganz bestimmter Habitus ist auch »dem Fonds« und »der Bank« anzumerken; doch sorgt die zusammengesetzte Natur der beiden Ungeheuer dafür, daß er sich schwer bestimmen läßt.

Der Fonds, könnte man sagen, ist die Bank der Banken der Banken. Tatsächlich dominiert in seinen Hallen die Andeutung, die Weihe, das vielseitige Lächeln. Eine geradezu viktorianische Diskretion ist hier die Regel. Wenn man neugierige Fragen überhaupt beantwortet – und welche Frage wäre da nicht »heikel«? –, dann »off the record« oder wenigstens »not for attribution«. Zitiert werden darf nur das Nichtssagende. (Deshalb müssen die Auskünfte, die in diesem Text wiedergegeben werden, anonym bleiben.) Auch der geschäftsmäßige, weltläufige, dynamische, aber immer gedämpfte Ton erinnert an die Manieren internationaler Banker. Auf den oberen Etagen trifft man fast ausschließlich Männer an, die in teuren und erbarmungslos korrekten Anzügen stecken. Andererseits bleibt hier, im Gegensatz zu den Schalterhallen der Chase Manhattan oder der Schweizerischen Kreditanstalt, die Kundschaft unsichtbar.

Oder befinden wir uns in der Zentrale eines multinationalen Konzerns? Für diese zweite Deutung könnte das kräftige Selbstbewußtsein der Top-Manager sprechen und die geballte Expertise von Fachleuten, die sich aus aller Welt rekrutieren und die keineswegs nur von Geld etwas verstehen, sondern auch von Öl und Sojabohnen, Straßenbau und Fischerei. Nur daß dieser Konzern kein einziges Produkt vorzeigen kann, und daß ihm das wichtigste aller Merkmale fehlt: der Reingewinn. Zwar erzielen sowohl der Fonds als auch die Bank Bilanzgewinne, doch spielt die Rendite keinerlei Rolle; sie wird kaum erwähnt, als wäre es unanständig, Profite zu machen. Tatsächlich werden die Gewinne nicht an die Mitgliedsländer ausgeschüttet, sondern thesauriert, also den Reserven zugeführt.

Drittens aber könnte man an ein Ministerium, eine Behörde denken. Etwas Offizielles liegt hier in der Luft. Ein Hauch von Unkündbarkeit weht durch die Korridore. Schließlich wird der Kenner einen gewissen exterritorialen Nimbus bemerken, eine Spur von Unwirklichkeit, eine sonderbare bürokratische Verdünnung, wie sie alle supranationalen Einrichtungen auszeichnet, beispielsweise die *Unesco* oder die Brüsseler Kommission. In der Tat sind Bank und Fonds, völkerrechtlich gesehen, Sonderorganisationen der Vereinten Nationen. Wer den Vertrag, der dieses Verhältnis regelt, genauer studiert, wird allerdings feststellen, daß darin vor allem eines festgeschrieben ist: die Tatsache nämlich, daß die Vereinten Nationen hier nichts zu melden haben.

Bei der Weltbank und beim Währungsfonds gilt nicht, wie im New Yorker Glaskasten, der hehre Grundsatz: ein Mitglied, eine Stimme. Hier verfährt man nach der Regel, die so alt ist wie die Welt: Wer zahlt, schafft an. Was den Mitgliedsstaaten Macht und Einfluß verleiht, ist die sorgfältig austarierte Quote, die sich nach dem eingebrachten Kapital und nach dem wirtschaftlichen Gewicht bestimmt, das sie in die Waagschale werfen können. So kommt es, daß die Vereinigten Staaten praktisch ein permanentes Vetorecht genießen. Ihre Quote liegt bei knapp 20 %. Ein Beschluß gegen ihre Stimme ist undenkbar. Es ist durchaus kein Zufall, daß die beiden Monster ihr Hauptquartier in der Hauptstadt des amerikanischen Imperiums aufgeschlagen haben.

Nicht alle Diplomaten drücken sich diplomatisch aus. Ein Deutscher im Auswärtigen Dienst, der sich in Washington auskennt, nimmt kein Blatt vor den Mund, wenn er die Weltbank und den Währungsfonds charakterisiert: »Das sind Frontorganisationen der USA. Wer sich mit den Amerikanern anlegt, ist selber schuld. Schließlich fange ich auch keinen Streit an, wenn ich Muhammed Ali in einer dunklen Ecke begegne.«

»Übertrieben«, erwidert ein hochgestellter Insider. »Maßlos übertrieben! Ihr Gewährsmann stellt sich das zu einfach vor. Überhaupt wird die Macht unserer Institutionen gewöhnlich überschätzt.

Lord Keynes' Blütenträume sind nicht gereift. Statt zum Fonds aller Fonds und zur Bank aller Banken zu werden, mußten sich IMF und IBRD an eine bescheidenere Rolle gewöhnen; als Reparaturbetriebe und Lückenbüßer eines höchst labilen, anfälligen Systems. Zu einer Neukonstruktion ist es nicht gekommen; vielmehr müssen wir alle Kräfte daran wenden, das Vorhandene zu flicken. Eine grundsätzliche Änderung der Verhältnisse würden die Regierungen, die auf ihre Souveränität bedacht sind, gar nicht zulassen – ganz abgesehen davon, daß die Politiker viel zu ignorant sind, um die Risiken, die auf die Weltwirtschaft zukommen, beizeiten zu erkennen.

Somit lassen sich die Funktionen des Fonds und der Bank, wie die einer Feuerwehr, nur negativ bestimmen. Sie sollen einfach das Schlimmste verhindern. Ihre großen Momente sind die Krisen: Währungsturbulenzen, Ölschocks, Entwicklungskatastrophen wie die in der Sahel-Zone, Schuldenlawinen, wie sie auf die Dritte Welt zukommen, verhelfen den beiden Schwestern zu neuem Einfluß, neuer Macht. In solchen Situationen sind wir unentbehrlich. Wir sind dazu da, Krisen aus der Welt zu schaffen, aber ohne Krisen würde kein Hahn nach uns krähen. Wenn es nicht allzu zynisch klänge, könnte man sagen: wir sind auf Katastrophen angewiesen, so wie die Geheimpolizei auf terroristische Aktionen. Ich glaube allerdings kaum, daß wir uns deshalb Sorgen machen müßten. Wer es mit dem Negativen zu tun hat, wird nicht arbeitslos.«

VII

Wenigstens einmal in ihrer Geschichte haben die beiden Monster eine positive Leistung erbracht. Im September 1967, auf einer gemeinsamen Sitzung des Währungsfonds und der Weltbank, wurde etwas absolut Neues aus der Taufe gehoben, eine ganz besondere »Fazilität«: das sogenannte Sonderziehungsrecht (SDR).

Es gibt nur einen einzigen Ort auf der Welt, wo man dieses Geschöpf besichtigen kann: das Besucherzentrum des IMF. Ja, der gleiche Fonds, der sich abriegelt wie ein Trappistenkloster, hat auch an den Touristen, den Steuerzahler, den Mann von der Straße gedacht.

Vor dem Hauptquartier an der 19. Straße steht, eine Treppe tief unter der Erde, eine Betongruft bereit, uns zu empfangen. Freilich ist dieser Raum hermetisch abgetrennt von den wattierten Korridoren des Hauptquartiers. Die blutigen Laien bleiben unter sich. Dementsprechend porös sind auch die Informationen, die das Besucherzentrum bietet. Niemand liest die erbaulichen Broschüren, die im Lesezimmer ausliegen, niemand betrachtet die Ausstellung japanischer Kalligraphie, die die Wände ziert. Auf einem Farbfoto ist der Executive Board des IMF zu sehen, 22 Mitglieder und 22 Stellvertreter, von denen jeder sich an einen riesigen Bürosessel klammert. Um einen unabsehbar großen ovalen Tisch geschart, lächeln die Herren, etwas verzerrt durch das Fischauge der Kamera, dem einsamen Gast entgegen.

In einer hell erleuchteten Vitrine ist das Sonderziehungsrecht ausgestellt. Der Künstler stand vor der schweren Aufgabe, uns ein körperloses Phänomen vor Augen zu führen. Sinnend betrachten wir einen blau-weißen Plastikchip, so groß wie eine Untertasse, mit der Aufschrift »1 SDR«. Davor liegen in einer kleinen Schale ein paar zerschnippelte Münzen: Groschen, Cents, Pence- und Yen-Stücke. Sie sollen verdeutlichen, was ein Sonderziehungsrecht wert ist. Das muß nämlich jeden Tag von neuem ausgerechnet werden, je nach dem Tageskurs von fünf Leitwährungen, die in einem bestimmten Verhältnis zueinander gewichtet sind. Die Schale mit den Groschen soll diesen »Währungskorb« veranschaulichen. Aber die Plastikscheibe, die in der Vitrine schwebt, verrät kaum etwas von der Kühnheit der Erfindung. Denn das Sonderziehungsrecht ist keinesfalls bare Münze.

Ist es überhaupt Geld? Seine Erfinder, die Herren vom IMF, lächeln ausweichend, wenn man sie danach fragt. Nein, eine Währung könne man das SDR nicht nennen. Ein gesetzliches Zahlungsmittel sei es auf keinen Fall. Eher schon eine Verrechnungseinheit. Aber nicht nur das! Immerhin werde durch das SDR Liquidität geschaffen. Es sei ein Geldsurrogat, halb Buchgeld, halb Kreditlinie. Ein Zwitter. Die Frage nach seiner Natur müsse offenbleiben. Ob Kredit oder Geld, ob das Zebra schwarz mit weißen oder weiß mit schwarzen Streifen sei, lasse sich nicht entscheiden. Am besten halte man sich an die offizielle Sprachregelung, die wie immer dunkel bleibt: danach handelt es sich um ein »internationales treuhänderisches Reservemedium«, das nach gewissen, höchst verwickelten Spielregeln zirkuliert.

Natürlich tritt das SDR nicht in Form von Münzen oder Noten auf. Es existiert überhaupt nur in den Computern der Zentralbanken. Darüber hinaus gibt es noch 22 andere Institutionen arkaner Natur, die es verwenden, zum Beispiel die Bank für Internationalen Zahlungsausgleich (BIZ) in Basel, eine Art diskreter Privatklinik der Notenbanken, in der nicht reiche Erbinnen, sondern notleidende Währungen geliftet oder operiert werden.

Mit einem Wort, das Sonderziehungsrecht ist ein »Medium«. Der spiritistische Nebensinn des Wortes kommt nicht ganz von ungefähr. Im Lauf der letzten zwanzig Jahre wurden rund 21,4 Milliarden SDR »geschaffen«, das entsprach seinerzeit, je nach dem Dollarkurs, einem Betrag von grob gerechnet 60 bis 70 Milliarden Mark.

Geschaffen? Ja. Es handelt sich tatsächlich um eine *creatio ex nihilo*, um ein Mirakel, das an die wunderbare Brotvermehrung erinnert. Wo vorher Ebbe war, fließt nun Kredit. Milliarden werden »bewilligt«, »zugeteilt«, »gezogen«. Sind die Herren in Washington Goldmacher, Alchemisten, die den Stein der Weisen entdeckt haben? Das ist eine beinah theologische Frage, die sich, wie alle theologischen Fragen, einer exakten Antwort entzieht.

Aber verhält es sich, letzten Endes, mit dem, was wir in der Brieftasche tragen, nicht genauso? Die Erfindung des Sonderziehungsrechts wirft ein eigentümliches Licht auf die Natur des Geldes überhaupt. Auch in Frankfurt am Main wird ja geschaffen und geschöpft, daß es eine Art hat! Und es ist keineswegs klar, wie es dabei zugeht und was dabei geschieht.

Auch die Deutsche Mark ist ja nicht nur das, was die Notenbank prägen und drucken läßt. Sie existiert darüber hinaus in der unsichtbaren und geisterhaften Gestalt von Krediten, Wechseln, Schecks, Forderungen. Und so nimmt es nicht wunder, daß die Gelehrten bis zu zwölf verschiedene Geldmengen unterscheiden: Notenumlauf und Zentralbankgeld, hartes und weiches Geld, M1, M2, M3 usw. Manche Statistiken schrecken nicht einmal vor dem Ausdruck »Quasi-Geld« zurück.

Die logische Folge ist, daß niemand, absolut niemand, kein Finanzminister und kein Notenbankchef, zu sagen wüßte, wieviel Geld es überhaupt gibt. Das ist eine Frage des Glaubens. Und bisher jedenfalls hat sich niemand gefunden, der bezweifelt hätte, daß das Sonderziehungsrecht, dieses rätselhafte Wesen, mindestens so gut wie der Dollar, wenn nicht so gut wie Gold ist.

VIII

Verschlüsselte Daten, statistische Kurven, esoterische Begriffe; ein fast jenseitiges Schweben, fern von den kruden Tatsachen; die beiden Monster, so scheint es, agieren in den höchsten Sphären der Abstraktion. Und doch hat alles, was hier an der 19. Straße in abgeschirmten Räumen beraten, erwogen, abgestimmt, beschlossen wird, höchst handgreifliche und höchst massive Folgen.

In Xian (China) werden auf der mongolischen Eisenbahn erstmals ferngesteuerte Stellwerke eingeführt. In Sambia steigt der Preis für Maismehl, ein Grundnahrungsmittel, um 120 Prozent, weil die staatlichen Subventionen gestrichen worden sind; bei den Unruhen, die diese Maßnahme auslöst, kommen fünfzehn Menschen ums Leben. Die Fertigstellung des Volta-Staudamms in Ghana hat Klimaveränderungen zur Folge: im Norden des Landes herrscht seitdem die Dürre. Die Stadt Pusan (Südkorea) bekommt einen neuen Containerhafen. Im Narmada-Tal (Indien) sollen mehr als zwei Millionen Bewohner vertrieben werden. Ein einziger Staudamm dieses gigantischen Projekts wird 350 000 Hektar Wald unter Wasser setzen. In Argentinien verdoppelt sich der Fahrpreis für Busse und Bahnen. 160 000 Menschen in Burundi werden endlich mit Leitungswasser versorgt. In São Paulo plündert eine aufgebrachte Menschenmenge die Supermärkte. Der Finanzminister muß zurücktreten. Die Elfenbeinküste folgt dem Rat der Experten und setzt alles auf eine Karte: die Steigerung der Agrarproduktion für den Export; der Weltmarktpreis für Kakao, Kaffee, Palmöl bricht zusammen; die Regierung ist zahlungsunfähig; Tausende von Staatsbediensteten müssen entlassen werden. In den Apotheken von Khartum gibt es keine ausländischen Medikamente mehr. In Jordanien werden Berufsschulen, in Zaire Straßen gebaut. Mehr als drei Millionen Menschen sollen in Indonesien umgesiedelt werden; dabei werden voraussichtlich zwei Millionen Hektar Regenwald vernichtet. Kredite an die bolivianische Regierung werden zu elf Prozent ihres Nennwerts gehandelt. Regierungen stürzen, Schwellenländer dringen auf dem Weltmarkt vor, ganze Nationen erklären ihren Bankrott, und dies alles wäre entweder nicht geschehen, oder es hätte sich anders abgespielt, wenn der Fonds und die Bank nicht ihre Hand dabei im Spiel gehabt hätten.

IX

Niemand wendet sich aus freien Stücken an sie. Wenn ein Land seine Zahlungsbilanz nicht mehr ausgleichen kann, hilft ihm der Fonds kurzfristig mit Milliardenbeträgen aus, zunächst nur auf ein paar Monate, im äußersten Fall auf ein paar Jahre. Dagegen vergibt die Weltbank, die größte Entwicklungshilfe-Agentur der Welt, langfristige Kredite für bestimmte, genau definierte Projekte und für »strukturelle Anpassungsmaßnahmen« an nahezu alle Entwicklungsländer.

Weder der Fonds noch die Bank hat etwas zu verschenken. Ihre Kredite müssen verzinst und bei Fälligkeit zurückbezahlt werden. Aus Gründen, von denen noch die Rede sein wird, ist die Zahlungsmoral der Schuldner über jeden Tadel erhaben. (Beim IMF lagen 1986 die Kapitalrückflüsse um gut vier Milliarden Mark höher als die Finanzhilfen, die neu vergeben wurden.)

Doch läßt sich der Preis, den die beiden Monster für ihre Hilfe fordern, nicht in Zahlen ausdrücken. Eine Geschäftsbank, die einen Kredit vergibt, will dafür Sicherheiten sehen. Staaten lassen sich jedoch nicht pfänden. Deshalb knüpfen die beiden Schwestern ihre Bereitschaft, einzuspringen, an Auflagen und Bedingungen, die massiv in die politische Ökonomie der Nehmer-Länder eingreifen. Der technische Terminus dafür ist die »Konditionalität«. In ihrer reinsten Form wird diese bittere

Medizin vom Währungsfonds verschrieben. Der Patient bezweifelt in der Regel, daß sie gut für ihn ist. Das ist kein Wunder, denn wenn man es aus der Geheimsprache der Auguren in den Dialekt des Alltags übersetzt, läuft das Rezept auf ein paar Gemeinplätze hinaus, die kein Betroffener gerne hört: »Niemand kann auf die Dauer über seine Verhältnisse leben! Ihr müßt den Gürtel enger schnallen!«

Wer genauer hinhört, kann im Hintergrund die Stimme der Orthodoxie, der reinen Lehre vernehmen. Sie predigt gegen den Protektionismus und für den freien Wettbewerb, gegen überhöhte Staatsausgaben und für die Stabilität des Geldwerts, gegen staatliche Interventionen und für die private Initiative. Kurzum, sie redet einem stubenreinen Kapitalismus das Wort, wie er bekanntlich nur in rosigen Traktaten aus dem 19. Jahrhundert, nicht aber in der Realität vorkommt.

Selbstverständlich kann sich die Praxis des Fonds nicht nach solchen Postulaten richten. Zum ersten muß der IMF mit einer Reihe von Mitgliedern leben, die seine Grundsätze scheuen wie der Teufel das Weihwasser: Vietnam und Rumänien, Polen und Äthiopien sind in ideologischer Hinsicht hoffnungslose Fälle. Zweitens gibt es Länder, in denen die reine Lehre mangels Masse scheitern muß: Mauretanien oder Moçambique etwa sind einfach zu arm, als daß sie auf dem Weltmarkt mithalten könnten. Drittens muß der Fonds auf politisch und strategisch besonders sensible Zonen achten, in denen die volle Wucht der Konditionalität zuviel Geschirr zerschlagen könnte; aus diesem Grund kann sich beispielsweise Ägypten einer besonders schonenden Behandlung erfreuen.

Viertens aber – und das ist die Hauptsache – scheitert die ökonomische Orthodoxie an den Reichen, die es gar nicht gerne sähen, wenn der Fonds sie beim Wort nähme. Das gilt vor allem für die USA. Die Führungsmacht des Westens leistet sich bekanntlich eine gehörige Portion Protektionismus, eine chronisch negative Handelsbilanz, eine enorme Auslandsverschuldung und ein riesiges Haushaltsdefizit. Nach dem Katechismus des IMF sind das alles ökonomische Todsünden, die nur zu einem Ende mit Schrecken führen können. Statt aber dem Verstockten, zu seinem eigenen Besten, die üblichen Daumenschrauben anzulegen, begnügt sich der Fonds damit, in seinem jährlichen Bericht (dem *World Economic Outlook)* ein paar schüchterne Nebensätze zu murmeln.

X

Es ist die zusammengesetzte Natur des Ungeheuers, die sich in solchen Widersprüchen äußert. Ihr moralischer Ausdruck ist die Heuchelei. Doch diese Heuchelei ist keine Abweichung von der Regel, kein vermeidbarer Fehler, sondern eine systematische Notwendigkeit; sie täuscht niemanden und sie verschleiert nichts. Sie drückt nur das objektive Dilemma zwischen puren Prinzipien und brutalen Machtrelationen aus.

Ihre sprachliche Form ist der Eiertanz. Wenn in den Drucksachen des IMF von Südafrika die Rede ist, wird man den Begriff der Apartheid vergebens suchen. Der Fonds spricht stattdessen sibyllinisch von »Arbeitsmarkt-Rigiditäten, die mit Ausbildungsproblemen zusammenhängen«. Und wie beurteilt man die Entwicklung in Chile? »Sehr zufriedenstellend. Natürlich verbinden wir mit dieser Einschätzung kein Urteil über die politischen Verhältnisse.«

Als in Lateinamerika Hunderttausende auf die Straße gingen, um gegen den Internationalen Währungsfonds zu demonstrieren, ließ Jacques de Larosière, der damalige Direktor, eine Broschüre erscheinen: »Verordnet der IMF Austerität?« Er beantwortete diese selbstgestellte Frage mit einem schallenden Nein. Zwar seien die Maßnahmen, die der Fonds fordere, »mit sozialen Kosten verbunden, doch ist es nicht Aufgabe des Fonds, darüber zu befinden, wie diese Kosten innerhalb der

Bevölkerung aufgeteilt werden«. Merkwürdige Enthaltsamkeit! Die Auflagen des IMF, die in vertragsförmigen Absichtserklärungen *(letters of intent)* festgeschrieben werden, sind äußerst detailliert; es geht dabei um Preise, Steuern, Arbeitsplätze. Einschränkungen aller Art werden gefordert. Dagegen ist bisher kein Fall bekannt geworden, in dem der Fonds ein Land der Dritten Welt aufgefordert hätte, mit seinen sinnlosen Waffenkäufen Schluß zu machen. In dieser Hinsicht, und nur in dieser Hinsicht, ist Verlaß auf das, was de Larosière mit züchtigem Augenaufschlag verkündet: »Eine internationale Institution wie der Fonds kann sich nicht anmaßen, souveränen Regierungen soziale und politische Zielsetzungen vorzuschreiben.«

»Wir haben keine Maschinenpistolen«, sagen die Mitarbeiter des Fonds jedem, der es hören will. »Wir können nur Überzeugungsarbeit leisten, Empfehlungen geben, technische Ratschläge.« Aber was ist eine Maschinenpistole, verglichen mit der Hand, die den Geldhahn auf- oder zudreht? Und wo liegt die Grenze zwischen einer Empfehlung und einer Erpressung?

Die politische Neutralität, die der Fonds für sich in Anspruch nimmt, ist jedenfalls reine Augenwischerei. Der IWF verlangt nicht mehr und nicht weniger, als daß die Forderungen ausländischer Gläubiger Vorrang vor den Bedürfnissen der Bevölkerung haben sollen. Das ist eine eminent politische Forderung.

Die Mitarbeiter des Fonds müssen sie durchsetzen, dürfen sie aber nicht beim Namen nennen. Es bleibt ihnen nur die Flucht in die Fiktion. Fast können sie einem leid tun. Eigentlich wollen sie doch nur das Beste. Eigentlich haben sie nur eines im Sinn, nämlich »den Weg für ein kräftigeres und anhaltenderes Wachstum freizumachen«. Aber statt diese gute Absicht mit Tränen der Dankbarkeit zu vergelten, »läßt man es zu, daß der Fonds unter Beschuß gerät«: so die bewegte Klage des Herrn de

Larosière. Der gekränkte Unterton ist nicht zu überhören. Es ist das traurige Los eines Monsters, daß niemand es von Herzen liebhat.

XI

Nur daß die Heuchelei keinen festen Wohnsitz hat; sie läßt sich nicht dingfest machen, auch nicht in den beiden Milliarden-Hochburgen an der 19th Street zu Washington. Sie kontaminiert alle Kontinente, und nirgends äußert sie sich so dickfellig und brutal wie in den Ländern der Dritten und Vierten Welt, die sich, nicht ohne gute historische Gründe, als Opfer kolonialer Herrschaft darstellen. Das Wort »Elite« hat immer einen fatalen Beigeschmack, aber in den ärmsten Ländern Afrikas, Lateinamerikas und Asiens klingt es wie der blanke Hohn. Auch wenn es nicht zum guten Ton der Entwicklungspolitik gehört, offen darüber zu sprechen – diese einheimischen Eliten bestehen ganz überwiegend aus Kriminellen, die ihre wüste Unfähigkeit und ihre mörderische Gier mit anti-imperialistischen Phrasen zu verdecken suchen, eine Tarnung, die von Jahr zu Jahr fadenscheiniger wird. Diese parasitären Herrschaftsapparate mit ihren Sinekuren, ihren Fluchtgeldern, ihrer endemischen Korruption sind nicht nur Komplizen, sondern Protagonisten der Ausbeutung.

Es wäre naiv, die lautstarke Auseinandersetzung zwischen solchen »Eliten« und dem Internationalen Währungsfonds für bare Münze zu nehmen. Hinter ihrem ritualen Schattenboxen verbirgt sich oft genug ein abgründiges Einverständnis.

»Es ist unser Los, daß wir in den Problemländern gewöhnlich eine Schurkenrolle zu spielen haben. Im Grunde ist das ein Teil jener Dienstleistungen, die der Fonds anzubieten hat. Wenn eine Regierung etwas Vernünftiges machen will, ihr Programm aber politisch nicht durchsetzen kann, sind wir bis zu einem gewissen Grad bereit, den Part des Sündenbocks zu übernehmen. Es trifft sich gut, daß wir in Washington sitzen. Dieses Domizil hat in vielen Regionen der Welt einen negativen Symbolwert. Die Verantwortung für unpopuläre Maßnahmen wird auf diese Weise internationalisiert. Die Politiker brauchen nicht selbst dafür zu haften. Schuld ist der Fonds, eine Abkürzung, eine anonyme Größe.« Der deutsche Sozialdemokrat Gustav Noske, der nach dem Ersten Weltkrieg den Spartakus-Aufstand niederwarf, hat sich weniger umsichtig, aber deutlicher ausgedrückt: »Einer muß der Bluthund sein.«

»Inzwischen«, heißt es in Washington, »ist dieses Spiel mit verteilten Rollen allerdings außer Kontrolle geraten. Es hat seine Nützlichkeit für beide Seiten eingebüßt, weil die Politiker in der Dritten Welt es zu weit getrieben haben. Daß der Fonds dabei allzusehr in die Schußlinie geraten ist, könnten wir vielleicht noch verkraften. Aber die Wortführer der armen Länder sind zu Gefangenen ihrer eigenen Demagogie geworden. Sie haben sich in eine Sackgasse manövriert. Wer den Fonds zum Buhmann macht, der an allen Übeln der Welt schuld ist, kann sich selbst dann nicht mehr mit ihm arrangieren, wenn er keinen andern Ausweg mehr sieht. Die beste Taktik kann konterproduktiv werden, wenn man sich allzusehr auf sie verläßt. Glücklicherweise beginnt sich das bei unsern Mitgliedern herumzusprechen.«

XII

Trost und Entschädigung für die Widrigkeiten, denen er heute ausgesetzt ist, findet der Fonds in den heroischen Augenblicken seiner vierzigjährigen Geschichte. Der 16. November 1982 war ein solcher legendärer Tag. Die internationale Finanzwelt war im August von einem neuen Alptraum heimgesucht worden: der Schuldenkrise. Was heute zur normalen Frühstückslektüre des Zeitungslesers gehört, erschien in jenem Herbst als unvorstellbare Bedrohung.

México, einer der größten Kreditoren der Welt, stand unmittelbar vor dem Bankrott. Die Verpflichtungen des Landes beliefen sich auf 87 Milliarden Dollar. Allein die Forderungen der ausländischen Geschäftsbanken hatten die schwindelnde Höhe von 67,5 Milliarden Dollar erreicht; davon waren 28 Milliarden innerhalb eines Jahres fällig. Falls México seine Zahlungen einstellen mußte, drohte eine Kettenreaktion. Die größten Banken der USA wären zusammengebrochen und hätten das gesamte Finanzsystem mit in den Strudel gerissen. Dieser Situation war weder das amerikanische Schatzamt noch die Notenbank gewachsen. Die Gläubigerbanken waren nicht bereit, ja sie schienen nicht einmal in der Lage zu sein, dem Geld, das sie verloren, aber nicht abgeschrieben hatten, neue Überbrückungskredite hinterherzuwerfen. Um das Desaster abzuwenden, mußte eine Finanzierungslücke von über acht Milliarden Dollar geschlossen werden. Die amerikanische Regierung und ihre Verbündeten wollten höchstens zwei Milliarden bereitstellen. Der Internationale Währungsfonds erklärte, daß er, unter den üblichen Auflagen, 1,3 Milliarden zur Verfügung stellen könne. Die Mexikaner wiederum hatten keine andere Wahl, als die geforderte Absichtserklärung zu unterschreiben. Sie machten sich, wenn auch zähneknirschend, darauf gefaßt, die Reallöhne zu senken, die Subventionen zu kürzen und höhere Steuern zu beschließen.

Seinen großen Coup landete der Direktor des IMF am Nachmittag des 16. November im Sitzungssaal der Federal Reserve Bank in New York. Eingeladen waren die Vertreter der größten Gläubigerbanken, darunter die Citibank von New York, für die allein 3,3 Milliarden Dollar auf dem Spiel standen; aber auch das englische, französische, japanische, schweizerische und deutsche Bankkapital war mit seinen führenden Exponenten vertreten. Zuerst sprach der mexikanische Finanzminister Jesús Silva Herzog, dann ergriff Jacques de Larosière das Wort. Die Regierungen seien bereit zu helfen, auch der Fonds werde einspringen. »Allerdings«, so fuhr de Larosière fort, »fehlen zur Bereinigung der Situation fünf Milliarden Dollar. Dieses Geld, meine Herren, kann nur von Ihnen kommen. Ich erwarte von Ihnen, je nach Ihrem Anteil an der Masse der Forderungen, innerhalb von vier Wochen entsprechende Zusagen, genau gesagt, bis zum 15. Dezember. Sollten Ihre Zusagen bis zu diesem Tag nicht eingegangen sein, so zieht der Fonds sein México-Programm zurück. Die Folgen brauche ich Ihnen nicht zu erläutern. Das ist alles. Guten Tag, meine Herren.«

Die versammelten Bankiers sollen sprachlos gewesen sein. Sie waren eine solche Sprache nicht gewohnt. Nachdem sie sich von ihrem Schock erholt hatten, dämmerte ihnen allerdings, daß sie keine Wahl hatten. Die Zusagen gingen rechtzeitig ein. Die Katastrophe war vorläufig abgewendet. Heute ist diese Form des Krisen-Managements bereits zur Routine geworden. Der Fonds hat ähnliche Umschuldungsabkommen mit Dutzenden von Ländern unter Dach und Fach gebracht. Man kann sagen, daß er zum größten Konkursverwalter der Welt geworden ist.

Diese neue Rolle brachte auch neue Techniken mit sich. Der Fonds mußte von nun an nicht nur den Schuldnern, sondern auch den Gläubigern die Daumenschrauben anlegen. Und das waren die Großbanken, die besinnungslos wie die Lemminge in das Kreditgeschäft mit der Dritten Welt eingestiegen und Risiken eingegangen waren, die in keinem Verhältnis mehr zur Leistungsfähigkeit der Schuldner standen.

In São Paulo und Manila, Belgrad und Lagos hatten sich die Bankiers jahrelang die Klinke in die Hand gegeben, um den Verwaltern notleidender Staatskassen ihre Kredite aufzudrängen. Sie waren nur von einem Wunsch beseelt (falls »beseelt« hier der richtige Ausdruck ist): die überschüssigen Petrodollars der Ölländer lukrativ anzulegen. Dabei erlagen sie dem Wahn, daß ein souveräner Staat nicht pleite gehen kann. Der Geldsegen, der auf die Schuldnerländer niederging, hat aber auch eine andere Spielregel des internationalen Kreditgeschäfts ins Licht gerückt. Es ist ein offenes Geheimnis, daß die Ausleihungen der Banken ihr Vermögen um das Zwanzig- bis Fünfundzwanzigfache übersteigen. Man nennt das *leverage* oder Hebelwirkung. Dieser Aspekt der wunderbaren Geldvermehrung macht die Banken mächtig, aber auch außerordentlich verwundbar. Eine Großbank, die ihre Risiken konzentriert, statt sie zu streuen, wie die Bank of America, die mehr als die Hälfte ihres Eigenkapitals an México verliehen hatte, ist am Ende, wenn ihr Hauptgläubiger seine Zahlungen einstellt.

Es gehört zu den Stärken des Internationalen Währungsfonds, daß ihm nichts dergleichen passieren kann. Er ist nämlich gehalten, nur mit seinen eigenen Ressourcen zu operieren, das heißt mit den Quoten der Mitgliedsländer und mit Sondermitteln, die diese bewilligen; er ist somit zwangsläufig »solider« als jede Bank. Seine Bilanzsumme bewegt sich um 140 Milliarden Dollar herum. Dagegen wird die Schuldenlast der sogenannten »Problemländer« auf über 1200 Milliarden Dollar geschätzt, ein Betrag, der die Ressourcen des Fonds um das Neunfache überschreitet. Der Fonds ist reich, aber bei weitem nicht reich genug, um globale Krisen aus eigener Kraft zu bewältigen. Seine Macht beruht nicht auf seinen eigenen Mitteln, sondern darauf, daß er zwar nicht *de jure*, aber *de facto* über den Zugang zu den internationalen Kapitalmärkten entscheidet. In seiner Eigenschaft als Türhüter kann er sowohl Schuldnern wie auch Gläubigern Bedingungen stellen. Wer es mit ihm verdirbt, ist ein finanzieller Paria. Insofern, und nur insofern, ist der Fonds tatsächlich das, was man im internationalen Jargon der Banker den *lender of last resort* nennt: der Garant, an den man sich hält, wenn alle Stricke reißen, die letzte Zuflucht, das Rettungsboot des Systems.

XIII

Im Jahr des Herrn 1462 gründete in Perugia ein Franziskanermönch namens Barnaba, um den Armen der Stadt zu helfen, eine Bank besonderer Art, den *mons pietatis*, zu deutsch: den Berg der Frömmigkeit. Das Anfangskapital wurde durch milde Zuwendungen aufgebracht. Fra Barnabas Idee erwies sich als außerordentlich erfolgreich. Der Berg, ursprünglich nur ein Häuflein barer Münze, wuchs und wuchs, und die Institution, halb Sparkasse, halb Leihhaus, entwickelte sich bald zu einem Geschäftsunternehmen mit riesigen Umsätzen. Im Lauf der Zeit fand sie in allen großen Städten Italiens, Spaniens und Lateinamerikas Nachahmer. Ihre karitative Seite hat dabei gelitten, aber ihr frommer Name blieb erhalten, und so florieren die *montes de piedad* bis auf den heutigen Tag.

Das weiche Monster von Washington, die Weltbank, zeichnet sich durch ein ähnliches Selbstverständnis aus. Während der Fonds »kurzfristige Ungleichgewichte« mit technischen und politischen Eingriffen zu kurieren versucht, hat es die Weltbank auf langfristige Entwicklungshilfe abgesehen. Doch so wenig wie ihr frommer Vorgänger in Perugia hat sie etwas zu verschenken. Sie gewährt zweckgebundene Kredite, die zurückgezahlt werden müssen, damit das Kapital revolviert und nicht versickert. Außerdem fordert die Bank ganz normale Zinsen; denn das nötige Geld beschafft sie sich auf den internationalen Finanzmärkten, die nicht als Wohltäter bekannt sind. Sie legt Anleihen mit einem jährlichen Volumen von etwa 12 Milliarden Dollar auf, und sie gilt bei ihren Anlegern nicht ohne Grund als allererste Adresse, denn im Gegensatz zu den Usancen anderer Gläubiger sind die Fremdmittel, die sie aufnimmt, durch die Mitgliedsländer zu hundert Prozent gedeckt.

Auch für die Weltbank gilt, daß ihr Einfluß über ihre eigenen finanziellen Möglichkeiten weit hinausreicht. Sie nimmt, ebenso wie der Fonds, eine Schlüsselposition ein, und zwar durch die virtuos gehandhabte Methode der Kofinanzierung. Sie beteiligt an ihren Projekten und Programmen die Regierungen von Geber- und Nehmerländern, internationale Organisationen, Entwicklungshilfe-Agenturen und Privatbanken aus aller Welt. Unter ihrer Federführung und Kontrolle entstehen auf diese Weise Helfer-Kartelle und Konsortien, was die Finanzkraft der Weltbank mindestens verdreifacht und ihren politischen Einfluß steigert.

Mit finanziellen Operationen ist es dabei natürlich nicht getan. Man kann sogar behaupten, daß es schwieriger ist, die Mittel auszugeben als sie aufzubringen. Ein riesiger Expertenapparat untersucht jedes Projekt auf seine technischen, sozialen und neuerdings auch ökologischen Risiken hin. Natürlich verlangt die Bank, daß sich jedes einzelne Vorhaben rechnen muß. Eine langfristige Rentabilität von mindestens 10 % gilt dabei als Maßstab. Aber im Gegensatz zum Fonds haben bei der Weltbank nicht die Banker allein das Sagen. Hier haben auch Agrarexperten, Hydrologen, Energiefachleute, Geologen, Ingenieure, Erziehungsplaner und Mediziner ein Wörtchen mitzureden. Und so trifft man in der Weltbank, die fast sechstausend Mitarbeiter aus aller Welt beschäftigt und von Rwanda bis Bolivien 42 Außenbüros unterhält, ein unabsehbares Gemenge von Qualifikationen an. Diese Leute beackern ein tückisches Terrain. Die Aporien der Entwicklungshilfe sind bekannt. Schon an der Frage, wer definieren soll, was als sinnvoll zu gelten hat, der Geber oder der Nehmer, scheiden sich die Geister. Die Liste der objektiven Schwierigkeiten ist endlos: sie reicht von den tödlichen Launen des Weltmarktes bis zur Übervölkerung, vom chronischen Kapitalmangel bis zu dem ständigen politischen Druck, den die Exportinteressen der reichen Länder ausüben, ganz zu schweigen von transkulturellen Problemen, Ausbildungsmängeln, Militärputschen, von Kapitalflucht und Korruption. Und während niemand die »richtige Lösung« kennt, sind die Fehlerquellen zahllos.

Dazu kommt die Langfristigkeit aller Entwicklungsvorhaben. Was bei der Verabschiedung eines Projekts noch sinnvoll erscheinen mochte, kann sich zehn Jahre später, wenn es vor dem Abschluß steht, als reiner Wahnwitz erweisen – so die Forcierung der Rinderzucht in Botswana oder das gigantische Polonoroeste-Projekt im Regenwald des Amazonas.

Das Dilemma der Weltbank drückt sich auch im Wandel ihrer Ideologie aus: Sie hat sich immer viel darauf zugute getan, daß sie über eine eigene »Philosophie« verfügt. In ihren Anfangszeiten war damit die klassische Entwicklungsdoktrin gemeint, wie sie beim Wiederaufbau Europas Pate gestanden hat. Diese Lehre spiegelte die Euphorie der fünfziger und sechziger Jahre wieder, und der Aufstieg der sogenannten »Schwellenländer« schien ihr eine Zeitlang rechtzugeben. Das Problem der Armut würde sich, bei satten Wachstumsraten, gleichsam von selbst erledigen, nämlich durch einen sozialen Sickereffekt. Ende der sechziger Jahre allerdings fiel selbst den Professoren auf, daß die Realität der Dritten Welt keine Neigung zeigte, der *trickle-down-theory* zu folgen. Die Armen ewiesen sich als harthörig; sie wurden mit jedem Tag ärmer.

Als Robert McNamara 1968 die Präsidentschaft der Weltbank übernahm, wollte er sie, wie einst Bruder Barnaba in Perugia, in ein Instrument zur Bekämpfung der »absoluten Armut« verwandeln. Er trat für eine neue Weltwirtschaftsordnung, für faire *terms of trade,* für die Unterstützung von Kleinbauern und Handwerkern und für die Priorität der Selbstversorgung ein. Dieser »intellektuelle Durchbruch« war vermutlich aufrichtig gemeint. McNamara ist ein Mann mit einem starken religiösen Hintergrund. Daß er seinen Feldzug gegen die Armut auf die gleiche Art managen wollte wie zuvor die Ford Motor Company und das Pentagon, kann nur Europäer überraschen. Sein besonderes Augenmerk galt der International Development Association (IDA), einer formal eigenständigen Einrichtung, die aber faktisch ein Ableger der Weltbank ist. Die IDA gilt als Anlaufstelle für die hoffnungslos armen Länder. Sie leistet das, wozu weder der Fonds noch die Bank in der Lage sind, nämlich Hilfe ohne Gegenleistungen, und vergibt, aus einem Topf, der von den reichen Mitgliedsländern aufgefüllt wird, zinslose Kredite mit einer Laufzeit von fünfzig Jahren. Unter McNamara hat das Volumen dieser Hilfe zugenommen. Besonders die Sahel-Länder haben von ihr profitiert. Doch ist die IDA, gemesssen an ihren Aufgaben, ein Zwerg, und das, was sie leisten kann, ist ein Tropfen auf den heißen Stein.

Nach seinem Rücktritt im Jahre 1981 mußte sich McNamara eingestehen, daß seine »Philosophie« gescheitert war. Nur seine Rhetorik hat bleibende Spuren hinterlassen: noch heute herrscht in den Publikationen der Weltbank, im Gegensatz zu denen des IMF, ein eigentümlich salbungsvoller Ton.

Und so stellt sich das weiche Ungeheuer als ein vollendetes Paradox dar. Wo sonst gäbe es einen Exekutivausschuß des internationalen Kapitals, der als Freund und Helfer der Armen auftritt, eine Bank, welche die Fahne der Philanthropie aufpflanzt, ein Monster, das sich dem Postulat der Selbstlosigkeit verschrieben hat?

Ein so zwiespältiges Unternehmen ist schwer einzuschätzen. Die Weltbank kann auf eine lange Reihe von erfolgreichen Projekten hinweisen. Ihre Kritiker machen sie für den Bau einer ebenso langen Reihe von Entwicklungsruinen verantwortlich. Wie sich der Nutzen, den sie stiftet, und der Schaden, den sie anrichtet, zueinander verhalten, ist nicht nur strittig, es läßt sich letzten Endes gar nicht entscheiden. Das liegt an der von Grund auf widersprüchlichen Natur der Institution.

Diese Doppelnatur prägt auch die Personen, die in der Weltbank arbeiten. Wand an Wand mit dem knallharten Manager, der den Verdacht, er ließe sich von sentimentalen Anwandlungen heimsuchen, entrüstet von sich weisen würde, und der eher einem stillen Zynismus huldigt, findet man den engagierten Entwicklungshelfer, der seine Rolle bis zur Selbstquälerei problematisiert. Mehr oder weniger heimlich identifiziert er sich mit seinem »Zielland«, das er aus eigener Anschauung kennt und mit dem ihn vieles verbindet. Wer so denkt und fühlt, der setzt sich einem inneren Spaltprozeß aus und verwikkelt sich in einen aussichtslosen Kampf gegen die Logik des Ganzen, der er sich verschrieben hat. Seine Siege sind geringfügig und provisorisch, seine Niederlagen normal, und einen Beichtvater, der ihm Absolution erteilen könnte, gibt es nicht.

XIV

Nach seinem Wahlsieg im Sommer 1985 löste der neue Präsident von Perú, Alan García, das Versprechen ein, mit dem er den wirtschaftspolitischen Teil seiner Kampagne bestritten hatte und ohne das er vielleicht nie an die Macht gekommen wäre: Er brach die Beziehungen zum Internationalen Währungsfonds ab und kündigte alle Kreditvereinbarungen, die seine Vorgänger mit den internationalen Großbanken getroffen hatten. Perú werde eine »automatische Umschuldung« nach eigenen Kriterien vornehmen und seinen Schuldendienst künftig einseitig auf 10 % seiner Exporterlöse begrenzen.

Zu diesem Zeitpunkt beliefen sich die Auslandsschulden des Landes auf 14,3 Milliarden Dollar. (Davon entfielen etwa 650 Millionen auf Kredite des IMF.) Das Pro-Kopf-Einkommen der Peruaner war innerhalb von drei Jahren um ein Drittel gesunken. Die Zinsen und Kapitalrückflüsse drohten die Wirtschaft völlig auszubluten.

Der ökonomische Niedergang kam nicht aus heiterem Himmel. Er war das Resultat einer langfristigen Fehlentwicklung, deren Wurzeln bis ins 19. Jahrhundert, ja bis in die Zeiten der spanischen Herrschaft zurückreichen. Die ungünstige Ausgangslage wurde durch zahlreiche akute Ursachen verschärft:

Verfall der Rohstoffpreise, Rückgang des Fischfangs, Naturkatastrophen, hohe Inflation, Guerillakrieg, bürgerkriegsähnliche Strategien des Militärs, Unfähigkeit, Korruption und Verschwendung früherer Administrationen, schließlich der Weg in die »Schuldenfalle« als falsche Problemlösung. Alles in allem befand sich das Land beim Amtsantritt Alan Garcías in einer typischen Verarmungsspirale.

In den kühlen Konferenzräumen des Internationalen Währungsfonds hielt sich die Aufregung über den Konflikt mit Perú in Grenzen.

»Wir arbeiten seit vierzig Jahren mit den Peruanern eng zusammen und haben in dieser Zeit manches Auf und Ab erlebt. Unsere Missionen haben regelmäßig mit der Regierung in Lima verhandelt. Wir unterhielten sogar eine ständige Repräsentanz in der peruanischen Hauptstadt. Die Zusammenarbeit verlief nicht immer reibungslos, aber im Großen und Ganzen waren wir zufrieden. Wissen Sie, die Peruaner leiden unter einer nationalen Idiosynkrasie, was äußere Einflüsse angeht. Das hat gelegentlich zu Implementierungsproblemen geführt.«

»Sie meinen Sabotage?«

»Wir ziehen es vor, von technischen Schwierigkeiten zu sprechen. Was aber die heutigen Probleme angeht, so haben wir sie natürlich kommen sehen. Eigentlich war schon 1984 Schluß. Die Geschäftsbanken hatten erkannt, daß das Land am Ende war, und weigerten sich, die fälligen Zinsen und Tilgungen durch neue Kredite zu finanzieren. Zugleich verschlechterte sich die Zahlungsbilanz rapide, die Inflation geriet außer Kontrolle, eine Abwertung jagte die andere, der Lebensstandard sank dramatisch, und wer war der Schurke in diesem Trauerspiel? Das waren wir. Es wurde für die peruanischen Politiker immer kostspieliger, mit uns zusammenzuarbeiten. In dieser Zwangslage lag eine innenpolitische Chance, und Alan García hat sie ergriffen.«

»Wie hat der Fonds darauf reagiert?«

»Perú hat im September 1985 seine Zahlungen an den IMF eingestellt. Für solche Fälle gibt es eine genau festgelegte Prozedur. Es dauerte fast ein Jahr, bis nach den vorgeschriebenen Warnungen und Mahnungen, nach dem Ablauf der üblichen Fristen, den Peruanern ›die Berechtigung zur Inanspruchnahme von Fonds-Krediten aberkannt‹ wurde. Der offizielle Beschluß klingt etwas umständlich, aber der Sachverhalt ist klar: Das fragliche Mitglied bekommt von uns keinen Dollar mehr und wird sich auf den internationalen Kapitalmärkten in Zukunft ziemlich schwer tun.«

»Was haben sich die Peruaner dabei gedacht? War das eine rationale Entscheidung?«

»Schwer zu sagen. Es ist bisweilen nicht einfach, zwischen einem Nervenzusammenbruch und einer Strategie zu unterscheiden. Alan Gracia selbst ist ein Charismatiker. Er glaubt sich dazu berufen, die Dritte Welt auf einen neuen Pfad zu führen. In seiner Umgebung gibt es aber auch Leute, die glaubten, andere Schuldnernationen würden dem peruanischen Beispiel folgen; dann würde das Problem so große Dimensionen annehmen, daß die Gläubiger ihre Spielregeln ändern müßten. Aber dieses Kalkül ist nicht aufgegangen. Niemand hat sich mit Perú solidarisiert, weder die Brasilianer noch die Mexikaner, und die peruanischen Schulden sind einfach nicht groß genug, um irgend jemanden in Panik zu versetzen.«

»Vielleicht waren die Kassen leer, und die Regierung García hatte keine andere Wahl.«

»Das kann man nicht sagen. Im Gegenteil, die Peruaner hatten sich auf ihre Aktion sorgfältig vorbereitet. Sie hatten beizeiten erhebliche Devisenreserven akkumuliert.«

»Und was haben sie dann getan?«

»Was man in solchen Fällen immer tut. Devisenkontrollen, Preisstops, Einfrieren aller Fremdwährungskonten, Importbeschränkungen, gespaltene Wechselkurse. Sie haben alle Instrumente der staatlichen Wirtschaftslenkung eingesetzt und dabei kurzfristig auch durchaus Erfolge erzielt. Das reale Wachstum für 1986 lag bei 8,5 %, eine phantastische Rate, und das Masseneinkommen ist entsprechend gestiegen. Wunderbar! Aber der interne Boom wurde auf Kosten der Sparquote angeheizt, es gibt kaum neue Investitionen, und der Zustrom von ausländischem Kapital ist praktisch versiegt. Die Peruaner leben vom Eingemachten.«

»Und wie lange kann das gut gehen?«

»Wir sind keine Propheten, aber die Devisenreserven des Landes gehen von Monat zu Monat zurück. Hier, sehen Sie: Ende 1985 1830 Millionen Dollars, Mitte 86 1620, Ende 86 1430. Wenn das in diesem Tempo weitergeht, sehe ich für das Ende der achtziger Jahre schwarz.«

»Sie brauchen also nur abzuwarten. Pleite oder Kapitulation.«

»Nun, wir sind immer für unsere Mitglieder da, und wir werden auch Perú nicht im Stich lassen, falls die Regierung sich an uns wenden sollte.«

XV

Gegenüber, auf der anderen Straßenseite, sieht man die Entwicklung in Perú weniger gelassen. Das weiche Monster tut sich schwerer mit Sanktionen. Auch wer es mit dem Währungsfonds verdorben hat, kann sich weiterhin der Hilfe der Weltbank erfreuen. Dort ist man gewohnt, die unvermeidlichen Bedingungen und Auflagen biegsam zu handhaben, um die langfristigen Projekte der Bank nicht zu gefährden. Allerdings gilt auch hier: Nur wer pünktlich zahlt, kann mit weiteren Überweisungen rechnen. Aber auch nach der Ankündigung des Moratoriums durch die Regierung García gingen bei der Weltbank die fälligen Zinsen und Tilgungsbeträge pünktlich ein, weitere Gelder flossen, wie vereinbart, nach Péru, es war noch nicht alle Tage Abend.

Bis im Frühjahr 1987 auch dieser letzte Faden zu reißen drohte. Bereits Anfang März waren die laufenden Zahlungen aus Lima nicht mehr eingegangen. Eine Erklärung dafür fand nicht statt. Erste Rückfragen blieben unbeantwortet. In den Korridoren der Weltbank wurde das Problem mit keinem Wort erwähnt. Es herrschte ein leicht gereiztes Schweigen. Nur die ganz alten Hasen schlossen vielleicht aus der sorgenvollen Miene des einen oder anderen Mitarbeiters, daß etwas in der Luft lag. Nach außen hin galt die Parole: Nur kein Porzellan zertrümmern! Wie sich eine solche Krise abspielt, darüber könnte höchstens eine Handvoll Eingeweihter in Lima und in Washington Auskunft geben; die aber sind nicht nur Mitwisser, sondern auch Akteure, und sie haben gute Gründe, Stillschweigen zu bewahren.

Andererseits braucht man keine hellseherischen Fähigkeiten, um den Ablauf der Ereignisse zu rekonstruieren. In Lima ist es um diese Jahreszeit feucht und ziemlich heiß, und auf die Klimaanlage im Finanzministerium ist kein Verlaß. Der Staatssekretär ist am Ende seines Lateins. Er telefonierte gerade mit dem persönlichen Referenten des Präsidenten. Die Stimmung im Palast ist hektisch. Nach der Verfassung kann Alan García nicht wiedergewählt werden. Die Kandidaten für die Nachfolge bereiten ihre ersten Grabenkämpfe vor. Jede Nacht gehen in der Hauptstadt die Lichter aus. Die Guerrilleros vom Leuchtenden Pfad haben sich bereits in den besseren Wohnvierteln eingenistet. Der Notenbank-Präsident weiß nicht, wie er die dringendsten Importe finanzieren soll. Die Militärs drohen schon wieder mit Putschplänen. Alan García ist nicht zu sprechen, und sein Referent versucht, den lästigen Anrufer abzuwimmeln. Aber der besteht darauf, ihm zu erklären, daß in Perú derzeit über zwanzig Programme unter der Führung der Weltbank laufen, Gesamtvolumen über 1900 Millionen Dollar. Was für Projekte? Na, zum Beispiel Bajo Piura, Bewässerung von 35 000 Hektar, Kostenpunkt 180 Millionen, oder der Flughafen von Pucallpa, 47 Millionen. Ferner 580 km Straße, der achte Abschnitt des Plans . . . Wo denn? Im Hochland, Cerro de Pasco, La Merced und so weiter . . . Nie davon gehört . . . Dann fragen Sie mal im Transportministerium, was das bedeutet! Sie müssen dem Präsidenten klarmachen, was auf dem Spiel steht . . . Haben Sie seine Rede vom letzten Sonntag nicht gehört? Wir lassen uns keine Einmischung von außen mehr gefallen. Wir zahlen nicht mehr, auch nicht an die Weltbank!

Auch dem nervösen Sachbearbeiter in Washington ist die Rede Carcías nicht entgangen. Sein Kontaktmann in Lima versichert ihm, das sei eine Panne, der Präsident habe nur aus dem Fenster gesprochen, man dürfe das nicht auf die Goldwaage legen . . . Ein paar Tage später ist der peruanische Finanzminister in Washington zu Besuch, aber in der Weltbank läßt er sich nicht blicken. Essen mit den Herren vom Treasury, Verhandlungen in New York, alles ganz inoffiziell. Unter der Hand versichert er, Perú werde zahlen, es handle sich nur um vorübergehende Schwierigkeiten . . . Inzwischen hat der Sachbearbeiter die Leitung der Bank informiert, das läßt sich gar nicht vermeiden. Man beschließt, zunächst stillzuhalten . . . Aber schon melden sich bei der Finanzabteilung die ersten Investoren aus Hongkong. Die Anleger im Fernen Osten sind empfindlich, mimosenhaft empfindlich . . . Nein, von einem Bruch der Peruaner mit der Weltbank könne gar keine Rede sein, der Zahlungsverzug sei technisch motiviert, kein Grund zur Besorgnis.

Der Sachbearbeiter allerdings überlegt bereits, was im schlimmsten Fall passieren kann. Er denkt an die Agrarexperten, die vielleicht bald ihre Koffer packen müssen, an die Ärzte, die ihre Station im Urwald verlassen werden, wenn ihre Gehälter ausbleiben, und an die zwanzigtausend Familien in der Ceja de Selva, darunter zweitausend Indianer. Über die Hälfte lebt in extremer Armut. Er kann sich das genau vorstellen, er war ja dort. Seit drei Jahren läuft das Projekt in dieser Dschungelregion, Satipo-Chanchamayo heißt es, ein Satellitenfoto der Gegend hängt irgendwo an der Wand, Stichstraßen, Obst- und Kaffeeanbau, Aufforstung, billige Kredite, Land für die Kleinbauern. Sah alles sehr vielversprechend aus, aber jetzt ... Unterdessen ist das Zahlungsziel längst überschritten, und es ist nur noch eine Frage von Tagen, bis das Telex nach Lima abgeschickt werden muß. Die letzte Warnung, das Ultimatum ... Irgend jemand ganz oben in der Hierarchie wird vielleicht noch versuchen, den zuständigen Minister telefonisch zu erreichen, aber dann ruft Lima nicht zurück, weil die Luftwaffe wieder einmal Scherereien macht oder weil gerade Feiertag ist in Perú ...

Schließlich erfährt unser Sachbearbeiter durch einen Zufall, daß eine peruanische Delegation in Kanada eingetroffen ist, hochrangige Leute, die in Montréal und Toronto Vorträge über das »peruanische Modell« halten sollen. Er nimmt die nächste Maschine, halb offiziell, halb auf eigene Faust, und in Ottawa verabredet er sich mit einem dieser Herrn, den er seit Jahren kennt, in irgendeiner Bar. Der Delegierte hat gute Verbindungen, einen direkten Draht zum Präsidenten ... Unser Mann von der Weltbank erklärt ihm das Ganze noch einmal von vorn: Begreift ihr denn nicht, daß es in Washington Leute gibt, die nur darauf warten, daß sie an euch ein Exempel statuieren können? Das ist doch Wahnsinn! Nach 180 Tagen müssen wir unsere Auszahlungen einstellen, und dann taucht in unserem Geschäftsbericht eine winzige Fußnote auf, nur für Fachleute verständlich, aber die Wirkungen für Perú werden verheerend sein. Sie müssen also unbedingt versuchen, in Lima etwas zu erreichen, und zwar noch heute. Das ist die letzte Chance. Ich brauche Ihre Zusage bis morgen früh!

Der Mann mit dem direkten Draht will sehen, was sich tun

läßt, aber zuvor muß er noch bei einem Empfang in der Botschaft erscheinen. Natürlich wird er zurückrufen! Er hat schon ganz andere Sachen hingekriegt!

Der Mann von der Weltbank, eigentlich unwichtig, denn die Entscheidung treffen ganz andere Leute, kehrt in sein Hotelzimmer zurück; in den letzten Nächten hat er kaum ein Auge zugetan; während er auf den erlösenden Anruf wartet, fragt er sich, wo er eigentlich hingehört. Endlich, gegen zwei Uhr, läutet das Telefon, aber es ist nur seine Frau in Washington, die sich schon seit geraumer Zeit Sorgen um ihn macht.

So oder so ähnlich wird es wohl gewesen sein.

XVI

Schon über zehn Jahre lang ist er »bei der Truppe«, ein hartgesottener Devisenfachmann, der sowohl den Fonds als auch die Bank in- und auswendig kennt. Daß er ein bißchen auspackt, ist nicht seiner kleinen Schwäche zuzuschreiben – er trinkt nun mal gerne Jahrgangs-Champagner –, sondern der Tatsache, daß seine Tage in Washington gezählt sind. Er hat ein lukratives Angebot aus der Londoner City in der Tasche.

»Die meisten Probleme, mit denen wir es zu tun haben«, sagt er, »sind ganz einfach unlösbar. Unsere Berichte sind hauptsächlich dazu da, um die Öffentlichkeit zu chloroformieren. In Wirklichkeit sieht das alles viel schlimmer aus. Wir sind objektiv überfordert. Nehmen Sie die Schuldenkrise. Der Schuldendienst für die Entwicklungsländer macht im Jahr mehr als 150 Milliarden Dollar aus, das sind, wenn man den offiziellen Zahlen glaubt, 21 % ihrer Exporterlöse. Bei den sogenannten Problemländern sind es im Durchschnitt 36 %. In Wirklichkeit liegt der Anteil noch viel höher. An eine Rückzahlung denkt ohnehin kein Mensch mehr, aber schon allein die Zinsen und Zinseszinsen wachsen mit jeder Umschuldung wie ein Schneeball. Wir sind schon froh, wenn es uns gelingt, das Problem von Fall zu Fall und von Quartal zu Quartal zuzukleistern.

Aber zu diesen objektiven Schwierigkeiten kommen dann auch noch unsere hausgemachten Mängel. Sie sind von außen kaum sichtbar, und wir hüten uns natürlich im allgemeinen, sie zu erwähnen. Zum Beispiel käme niemand auf die Idee zuzugeben, daß wir einfach zu groß sind. Ein hoher Anteil dessen, was in den Fonds und in die Bank investiert wird, geht, wie bei allen Organisationen, die zu groß sind, besonders, wenn sie eine Monopolstellung haben, durch Selbstverdauung verloren. Ich schätze unsern Wirkunsgrad auf 40, höchstens 50 %.

In der Weltbank wird seit ewigen Zeiten eine Management-Diskussion über die Frage geführt, ob der Laden zentral oder dezentral, regional oder sektorial geführt werden soll. Immer neue Organogramme, immer neue Kostenanalysen, Kompetenzstreitigkeiten, Motivationsstudien, Umstrukturierungspläne. McNamara hat 1973 eine eigene Stabsabteilung gegründet, um diesen bürokratischen Wirrwarr in den Griff zu bekommen, ja um überhaupt erst einmal heauszufinden, was in seinem Hause vorging – eine Art Betriebsspionage auf eigene Rechnung. Das hat aber das Durcheinander nur vergrößert. Jetzt ist wieder ein neuer Präsident an der Reihe. Also werden neue Beratungsfirmen herangezogen, alte Mitarbeiter werden gefeuert, neue Besen ausprobiert, aber es wäre naiv zu glauben, daß man mit einer vierzigjährigen Routine auf diese Weise fertigwerden kann.

Nehmen Sie unsere Betonexperten, Leute, die sich vor Jahrzehnten in die Idee verliebt haben, daß es nichts Schöneres als Staudämme gibt. Das ist ihr Lebenszweck. Sie wollen ohne Rücksicht auf Verluste weiter ihre Denkmäler bauen, und Sie glauben gar nicht, wie schwer es ist, sie daran zu hindern.

Für eine Institution, die sich weder auf dem Markt behaupten muß noch irgendeiner effektiven Kontrolle von außen unterliegt, sind vierzig Jahre eine lange Zeit. Sie kann ihr

Hauptinteresse, nämlich sich selbst zu perpetuieren, weiter verfolgen bis zur Arteriosklerose. Gegen Kritik von außen reagiert sie empfindlich und defensiv, nach innen wuchert das Parkinsonsche Syndrom.

Sie sollten sich einmal unsere *manuals* ansehen. Das sind enorme Folianten, in denen jede Regung in den Eingeweiden der Institution bis aufs kleinste genormt wird. Steuern, Gehaltszuschläge, Urlaubsfragen, Reisevorschriften, wer wann wohin zu welchem Tarif fliegen darf, oder was alles zu beachten ist, wenn jemand zum Telefonhörer greift. Die zahllosen Kostenanalysen, Sparempfehlungen und Kontrolluntersuchungen zu diesem Thema sind uns sicherlich teurer gekommen als unsere Fernmeldespesen. Wissen Sie übrigens, daß die Beziehungen zwischen Bank und Fonds nirgends vertragsförmig festgeschrieben sind? Offiziell wird die Zusammenarbeit in den höchsten Tönen gepriesen, aber tatsächlich kann die Bank den Fonds nicht ausstehen, und umgekehrt. Die Reibungen und Querelen nehmen kein Ende. Diese Rivalität drückt sich in den lächerlichsten Details aus. Der Fonds gilt als arrogant und dünkelhaft, weil dort sogar die Sekretärinnen Erster Klasse fliegen, und bis 1980 durften die armen Verwandten von der Weltbank nicht einmal den Country Club des IMF in Maryland benutzen.

Dabei haben die beiden Institutionen viel miteinander gemeinsam. Nicht nur, daß es hier wie dort ausgezeichnete Leute gibt und viel Sachverstand; sie müssen sich auch mit denselben Widersprüchen herumschlagen. Der Fonds ist, ebenso wie die Bank, angetreten, um die Prioritäten der Privatwirtschaft in alle Welt zu exportieren, nach dem Motto: Was für uns gut ist, muß auch für alle andern gut sein. Nun sind aber Weltbank und IMF selber parastaatliche Einrichtungen, die keineswegs nach den Grundsätzen des freien Unternehmertums geführt werden, ganz im Gegenteil. Daher ihr bürokratischer Habitus, ihr Formalismus, ihr tiefverwurzeltes Planungsdenken. Kein

Wunder, daß ihre bevorzugten Gesprächspartner, besonders in den problematischen Ländern der Dritten Welt, die lokalen Planungsbürokratien sind, und wo diese fehlen, muß man sie eben erfinden. Die Weltbank hat für alle möglichen Staaten, besonders in Afrika, regelrechte Fünfjahrespläne entworfen. Die Administratoren, die dazu nötig sind, bildet sie in eigenen Trainingsprogrammen aus. Ja, es kommt sogar vor, daß ganze Ministerialbürokratien, bis hinauf zum Staatssekretär, gewissermaßen im Leasing-Verfahren exportiert werden. Die Weltbank entsendet diese Beamtenpyramiden sozusagen schlüsselfertig nach Tansania oder Jamaica, und der Fonds etabliert in exotischen Zwergstaaten Zentralbanken, einen Luxus, der dort ganz unbekannt war und den bis dahin auch niemand vermißt hatte.

Im übrigen muß man der Weltbank eines lassen: sie geht bei weitem flexibler vor als der Währungsfonds, der von seiner hauseigenen Orthodoxie nicht loskommt und immer auf Rückversicherung bedacht ist. Aber hüben wie drüben ist man damit beschäftigt, tagaus, tagein eine imponierende Menge von Informationen einzusammeln – insofern kann man die beiden Häuser auch als Nachrichtendienste sehen. Alle tun so, als glaubten sie den Zahlen, die ihre Computer ausdrucken, obwohl die Statistik bekanntlich reine Magie ist, besonders in den Ländern der Dritten Welt. Auf diese Weise entsteht eine zweite Realität, die aus abstrakten Größen besteht, aus Kennziffern, Indizes und Projektionen. Unsere Missionen sind ständig auf allen Kontinenten unterwegs, aber wohin sie auch kommen, sie sitzen in ihren Hotels wie in einem Terrarium, vollkommen isoliert von den Gegebenheiten jener Gesellschaften, die sie beurteilen sollen. Wir haben die Wirklichkeit durch Daten ersetzt. Gut, daß ich kein Philosoph bin, sondern nur ein Devisenhändler. Auf meinem Bildschirm kenne ich mich aus.«

XVII

Es ist nicht der Lebenszweck der beiden Monster, populär zu sein. Die Frage ist, wem ihr Dasein nützt und wem es schadet. Die Kritik von links hat sich mit ihrer Antwort immer leicht getan. Eine Organisation, die von den Reichen beherrscht wird, kann nur den Reichen nützen; sie ist dazu da, die Armen auszubeuten; das ist alles. Diese Argumentation hat zumindest einen Vorzug: sie ist schlagend und lapidar.

Sonderbar, daß die Rechte, besonders die amerikanische Rechte, das ganz anders sieht. Der extreme Flügel der Republikaner haßt alle internationalen Organisationen, von den Vereinten Nationen bis zur Weltbank. Weite Kreise der amerikanischen Bevölkerung teilen diesen Abscheu. Jedes Regulativ, das die private Initiative irgendwelchen Spielregeln unterwirft, ist ihnen verdächtig, und wenn dabei auch noch Ausländer mitreden, so grenzt das schon an Sozialismus. Nach dieser Überzeugung dienen die undurchsichtigen Machenschaften internationaler Institutionen nur einem Zweck: das Geld der Steuerzahler irgendwelchen fernen Schmarotzern, den *gooks* oder den *dagoes,* in den Rachen zu werfen.

Auch den amerikanischen Liberalen ist ein tiefes Mißtrauen nicht fremd, wenn es um internationale Finanzen geht. Hier handelt es sich freilich nicht um die antikommunistische Paranoia, die in jedem Abkommen mit dem Ausland eine Kapitulation wittert, sondern um eine populistische Verschwörungstheorie, nach der am Elend des kleinen Mannes einzig und allein die Bankiers schuld sind. Schon der Name der Weltbank ist für den, der das glaubt, eine Provokation.

Diese feindseligen Stimmungen werden im amerikanischen Kongreß durch handfeste Sonderinteressen verstärkt. So führt die Agrar- und die Kupferlobby einen ständigen Kleinkrieg gegen die Projekte der Weltbank, und jede Quotenerhöhung stößt bei den Volksvertretern auf erbitterten Widerstand.

Zu alledem kommt dann noch die bodenlose Ignoranz der meisten amerikanischen Politiker in Fragen der Weltwirtschaft. Das internationale Währungssystem ist ihnen Hekuba, und von der extremen Anfälligkeit des Finanzgeflechts haben sie keine Vorstellung. Als vor Jahren die Italiener in Zahlungsbilanz-Schwierigkeiten gerieten, sagte Richard Nixon, der Unvergeßliche: »Ich scheiße auf die Lira.« Gegen den Stumpfsinn und die Ahnungslosigkeit der Berufspolitiker hat das »aufgeklärte Kapital« oft einen schweren Stand.

Im Währungsfonds quittiert man die Attacken von rechts freilich mit einem zufriedenen Lächeln. Obwohl das ständige Tauziehen mit dem Kongreß recht enervierende Formen annehmen kann, gilt den Herren die Symmetrie von rechter und linker Kritik als Beweis dafür, daß sie auf dem Pfad der Tugend wandeln.

Die Wahrheit aber liegt keinesfalls in der Mitte, sondern in der Logik des Kapitalismus, die bekanntlich auf der ganzen Welt ganz schlicht und einfach gesiegt hat. Es gibt heute kein Leben mehr außerhalb dessen, was man einst, im Jahre 1968, »das System« nannte, und was heute auf den schlichteren Namen des Weltmarkts hört. Jeder Versuch, sich definitiv auszugrenzen, ist auf die Dauer zum Scheitern verurteilt. Das letzte Land, das die totale Abkoppelung ausprobiert hat, war Kambodscha. Die Folgen des Experiments waren tödlich. Es sind also ganz elementare Gründe, die fast alle Nationen der Erde bewogen haben, dem Fonds und der Bank beizutreten. Die einzige wesentliche Ausnahme ist die Sowjetunion. Aber auch die Moskauer Führung hat hinter vorgehaltener Hand längst zu verstehen gegeben, daß sie an einem baldigen Beitritt interessiert ist; fraglich ist nur, ob die Amerikaner dazu ihr Plazet geben werden.

Wer diese Prämissen einmal akzeptiert hat, sollte mit Schuldzuweisungen vorsichtig umgehen, damit ihm der moralische Protest, den er erhebt, nicht auf die eigenen Füße fällt.

Die doppelte Moral, die einem in den Hochglanzbroschüren aus Washington entgegentritt, ist eine Sache, die Demagogie korrupter Machteliten in der Dritten Welt ist eine andere. Es gibt aber auch eine Heuchelei der Dritten Art, die sich gern auf Umweltpapier äußert, und die sich ein gutes Gewissen machen will, indem sie für die miserable Verfassung der Weltgesellschaft andere haftbar macht.

Nur wer im Ernst den Zusammenbruch der globalen Ökonomie herbeiwünscht, mit allen Konsequenzen, und wer fähig ist, eine andere Option zu Ende zu denken, kann sich von der Abschaffung der beiden Monster etwas Gutes versprechen. Wer soweit zu gehen nicht bereit und nicht fähig ist, sitzt selbst im Glashaus. Er mag die Herren in den beiden größeren Glashäusern an der 19. Straße zu Washington kritisieren, soviel er will, doch tut er gut daran zu bedenken, daß sie seine Abgesandten sind.

XVIII

Jeder, der das turmhohe Atrium des Internationalen Währungsfonds betritt, muß eine übermannshohe Holzplastik passieren, die am Eingang aufgestellt ist. Das Gesicht der Statue ist kupferfarben bemalt. Sie trägt eine barbarische Miene zur Schau.

Es handelt sich um ein Geschenk der Nationalbank von Indonesien, das eines Tages, ohne jede Vorwarnung, in einer enormen Kiste angeliefert wurde. »Unter uns gesagt, es war keine sehr willkommene Gabe. Aber was sollten wir machen? Es wäre unhöflich gewesen, sie zurückzusenden. Wir haben uns an das Ding gewöhnt, wir sehen es gar nicht mehr.«

Die Statue stellt den Garuda dar, eine mythologische Figur aus der hinduistischen Tradition. Der Garuda ist eine geflügelte Chimäre, die den Sonnengott Vishnu auf seiner Bahn um die Welt trägt. »Der Garuda«, sagen die Indonesier, »ist immer siegreich. Er sieht böse aus, aber er bedeutet alles Gute auf der Welt.«

Sein Kopf, seine Klauen und seine Flügel sind die eines Adlers, sein Leib und seine Glieder die eines Menschen. Das kriegerische Ungeheuer frißt täglich eine Schlange.

Sein Gesicht ist weiß, seine Flügel sind rot, sein Leib ist golden. Das starrende Schreckbild an der Pforte wird noch lange die Heiligtümer unserer Ökonomie bewachen, und keiner kommt an ihm vorbei.

III

Der Wald im Kopf

Die hemmungslose Propaganda der Grünen hat in Deutschland schon ziemlich früh eingesetzt: ungefähr zu Anfang des neunzehnten Jahrhunderts. Damals schrieb der Freiherr von Eichendorff, einer der ersten unter diesen heimtückischen Gegnern der Industriegesellschaft:

»O Täler weit, o Höhen, o schöner grüner Wald,/ du meiner Lust und Wehen andächt'ger Aufenthalt.«

Mit solchen Auffassungen stand Joseph von Eichendorff nicht allein da. Eine kleine radikale Minderheit, die sogenannten Romantiker, machte sich damals daran, den Deutschen ihre Vorfreude auf das kommende Zeitalter der Industrie zu vergällen. Die Firma Krupp war soeben gegründet worden, die ersten Dampfmaschinen waren kaum aufgestellt, die Erschließung der Kohlefelder an der Ruhr hatte eben erst begonnen – da fingen die deutschen Dichter bereits an, in alten Liedern, Märchen und Sagen nach allem zu fahnden, was grün war; immer vornedran die beiden Brüder Jacob und Wilhelm Grimm. (Die hannoversche Landesregierung sah sich 1837 gezwungen, diese Märchensammler wegen ihrer extremistischen Haltung aus dem öffentlichen Dienst zu entfernen.)

Der Einfluß der grünen Ideologen auf die Bevölkerung nahm im Lauf der Zeit unglaubliche Formen an. Bisweilen sah es so aus, als wäre die ganze Nation ihren Einflüsterungen erlegen. Sogar die Kleinkinder wurden indoktriniert. So kam es, daß die deutsche Jugend vom Freischütz und vom Schinderhannes träumte, statt von Siemens und Schuckert. Ihre Phantasie kehrte im Wirtshaus zum Spessart ein, nicht in der Badischen Anilin- und Soda-Fabrik.

Dabei wurde allerdings eine Kleinigkeit übersehen. Denn wo

stand eigentlich die Wiege der deutschen Industrie? Sie stand im Wald. Eisenschmelzen, Hammerwerke, Glashütten waren bis vor zweihundert Jahren auf die riesigen Wäldereien Mitteleuropas angewiesen. Werkzeuge und Geräte, Maschinen und Fuhrwerke, Wasserleitungen und Pflüge, Schienen und Waffen, Brücken und Mühlen – das alles bestand zum allergrößten Teil aus Holz. Ohne die grüne Biomasse war kein Hoch- und Tief-, kein Berg- und kein Schiffsbau möglich. Der Gerber und der Stellmacher, der Seiler und der Faßbinder, der Schmied und der Porzellanbrenner – sie alle lebten vom Wald. Und sogar die chemische Industrie wurzelt ebendort, wo sie heute ihr Schwefeldioxid und ihr Benzol, ihr Cadmium und ihr Chloräthylen deponiert: in Gottes freier Natur. Wir haben es nur vergessen; aber die Verwandlungskünste der späteren Steinkohlen- und Petrochemie wurden in der Trösteinsamkeit eingeübt. Ihre Basis war die Köhlerei und die Harzgewinnung. Die Pech- und Harzhütten im Schwarzwald und in Thüringen lieferten die Rohprodukte, die zu Bleich- und Schmier-, zu Leucht- und Lösungsmitteln, zu Kleb- und Sprengstoffen, zu Ölen, Seifen und Farben veredelt wurden; und auch wenn des Dichters Lied verhältnismäßig wenig von ihnen zu singen weiß, so gehörten Terpentin, Holzessig und Pottasche mindestens ebenso zur Realität des Waldes wie Schneewittchen und die Sieben Zwerge.

Aber sonderbar: je schneller die Zellulose-Produktion zunahm, desto dichter wuchs in den Köpfen der Deutschen der Wald. In seinem Dunkel sagten sich nicht nur die Füchse gute Nacht, sondern auch der Waldbauernbub und der Jäger aus Kurpfalz, Schillers Räuber und Armin der Cherusker – dieser sogar mit ganz besonderem Nachdruck. Denn unter dem strengen Blick des Reichskanzlers Bismarck wurde der deutsche Wald, der bis dahin vor allen Dingen grün gewesen war, zusehends und von Jahr zu Jahr deutscher.

Ein lautstarkes Raunen machte sich unter den Wipfeln breit,

germanische Brusttöne schallten dem einsamen Wanderer hinter jedem Ameisenhaufen entgegen, und ein gewisser Wilhelm Heinrich Riehl, Pionier des Naturschutzgedankens erklärte kurzerhand: »Wir müssen den Wald erhalten, damit die Pulse des Volkslebens warm und fröhlich weiterschlagen, damit Deutschland deutsch bleibe.« Unklar blieb bei soviel patriotischer Begeisterung, warum der deutsche Fichtenbestand »Ausdruck der Volksseele« sein sollte, während norwegische oder rumänische Nadelwälder nur als Wirtschaftsfaktor in Betracht kamen.

Um die Jahrhundertwende – der Holzeinschlag im Deutschen Reich hatte soeben die Traummarke von 40 Millionen Festmetern im Jahr überschritten – geriet sogar Meyers Konversations-Lexikon ins Schwärmen, eine Publikation, die sonst eher zu einem nüchternen Tonfall neigt: »In ethischer Beziehung bedingen Waldungen in hohem Grade die landschaftliche Schönheit einer Gegend und stehen in einer tiefen und ernsten Beziehung zu dem geistigen und gemütlichen Leben des Volkes.«

Auch im zwanzigsten Jahrhundert ließen unsere Dichter und Denker keineswegs locker. Sie schrieben den deutschen Wald fort, als hätten sie ihn nicht nur erfunden, sondern auch gepachtet. Der Erfolg ließ nicht lange auf sich warten: 1905 wurde der Verband deutscher Wandervögel gegründet, und ein Jahr vor dem Ausbruch des Ersten Weltkrieges traf sich die Freie Deutsche Jugend auf dem Hohen Meißner, einem ausgesucht grünen Fleck, am Lagerfeuer. Damit war die Schwärmerei für den Wald in ein neues Stadium getreten: das einer organisierten »Bewegung«, die dann, eine Generation später, halb frei- und halb widerwillig in der Hitler-Jugend aufging.

Zwei Weltkriege haben an der hartnäckigen Vorliebe für den Wald im Kopf nichts ändern können. Kurz nach der Währungsreform, als die Schwarzwälder Torte ihren Siegeszug antrat, veröffentlichte der Philosoph Martin Heidegger seine

Holzwege. Ein Jahr später zog Ernst Jünger mit seiner Schrift *Der Waldgang* nach, in der die folgende, reichlich dunkle Behauptung aufgestellt wird: »Der Wald als Lebenshort erschließt sich in seiner überwirklichen Fülle, wenn die Überschreitung der Linie gelungen ist.«

Und zu Anfang der sechziger Jahre konnte Elias Canetti, damals noch ohne Nobelpreis, seelenruhig feststellen: »In keinem modernen Lande der Welt ist das Waldgefühl so lebendig geblieben wie in Deutschland. Das Rigide und Parallele der aufrechtstehenden Bäume, ihre Dichte und ihre Zahl erfüllt das Herz des Deutschen mit geheimnisvoller Freude. Er sucht den Wald, in dem seine Vorfahren gelebt haben, noch heute gern auf und fühlt sich eins mit den Bäumen.«

Das alles ist gar nicht so unerklärlich, wenn man bedenkt, daß das Land, in dem wir heute wohnen, noch in geschichtlicher Zeit vor lauter Bäumen gar nicht zu sehen war. In der ältesten Beschreibung Mitteleuropas, die uns überliefert ist, heißt es: »Das Land sieht zwar im einzelnen recht verschiedenartig aus, ist jedoch schaurig durch seine Urwälder.« Man merkt dem Römer Tacitus, dessen Vaterland schon damals ziemlich abgeholzt war, die leichte Gänsehaut an, die ihn bei der Niederschrift dieses Satzes überlief. Noch im sechsten Jahrhundert war die Region zwischen Alpen und Nordsee ein einziges grünes Dickicht. Die Zivilisation unserer Vorfahren kam nur durch energische Rodung mit Feuer und Axt langsam voran. Der Wald lieferte auf der einen Seite Nahrung, Baustoff und Energie, aber zugleich muß er den Menschen wie ein undurchdringlicher Feind erschienen sein. In den alten, vorromantischen Schichten der Märchen haben sich die zwiespältigen Gefühle der Siedler deutlich niedergeschlagen. Der Wald war für sie kein Ort der Sehnsucht, sondern eine Region der Finsternis und der Gefahr. Erst als die Deutschen den Wald verlassen hatten, sahen sie ihn mit anderen Augen an. Ihre Arbeitskraft haben sie mit ins Freie genommen, ihre Phantasie aber ließen sie im grünen Halbdunkel zurück. Während die Städte wuchsen, schlug das Personal des Unbewußten im Wald seinen dauernden Wohnsitz auf: Feen und Monster, Hexen und Menschenfresser.

Die phantasielose Wirklichkeit sah anders aus. Denn schon zu den Zeiten der Brüder Grimm ging es im deutschen Wald immer ordentlicher zu. Die Duodezfürsten und Standesherren nutzten ihn nicht nur als privaten Freizeitpark, in dem sie ihr wichtigstes Vergnügen suchten, nämlich die Jagd; er war auch eine scheinbar unerschöpfliche Geldquelle, aus der sie ihren aufwendigen Lebensstil finanzieren konnten. Dieses Unterpfand gesellschaftlicher Macht galt es daher sorgsam zu sichern. Schon im siebzehnten Jahrhundert taucht am Waldrand eine neue historische Figur auf: der Forstbeamte. Anno 1770 wird im Harz die erste Forstakademie der Welt gegründet; in den Gesetzbüchern tauchen Begriffe wie Forstfrevel, Forstpolizei und Forstwiderstand auf.

Die Armen, die sich seit unvordenklichen Zeiten Brennholz, Beeren und ein bißchen Fleisch aus den Wäldern geholt hatten, wurden nach und nach von den Forstbesitzern vertrieben. Ein anonymer Verfasser aus dem Jahr 1813 machte dazu die folgenden Vorschläge:

»Die allerschädlichste Forststrafe ist die Geldstrafe, indem der Forstfrevler in der Regel sich das Geld aus wiederholt gestohlenem Holze zu verschaffen sucht und dessen Moralität nach und nach ganz verdorben wird, weil er bei jedem neuen Frevel auf neue Ränke sinnen muß. Die Strafarbeit wird wiederum bei den armen Leuten zu neuen Forstfreveln verleiten, weil der Forstfrevler während dieser Zeit nichts verdient und seine Familie doch leben will. Die zweckmäßigste und unschädlichste Strafe bleibt daher immer ein isoliertes dunkles, aber gesundes Gefängnis bei Wasser und Brot. Man wähle dazu die

Sonn- und Festtage, so versäumt der Forstfrevler dadurch nichts in seiner Arbeit und wird noch obendrein gehindert, von seinem durch Arbeit erworbenen Verdienst an diesen arbeitslosen Tagen etwas durchzubringen.«

1842 veröffentlichte Adalbert Stifter seine Erzählung *Der Hochwald*, deren Schauplatz die paradiesische Wildnis der Natur ist; im selben Jahr verabschiedete der Rheinische Landtag ein Gesetz gegen den Holzdiebstahl, das mit den alten Gewohnheitsrechten endgültig aufräumen sollte. (Ein obskurer Journalist namens Karl Marx hat sich damals ebenso wütend wie erfolglos gegen diese polizeiliche Enteignung der Armen gewandt.)

Die Stunde der modernen Forstwirtschaft hatte geschlagen. Sie »begreift«, wie ein zeitgenössischer Autor sagt, »die Wissenschaft in sich, auf einem gegebenen Flächenraume mit möglichst geringer Aufopferung von Zeit und Geld so vieles und so wertvolles Holz zu erzielen als nur möglich.«

Seitdem läßt sich die Frage des Dichters: »Wer hat dich, du schöner Wald, aufgebaut so hoch da droben?« folgendermaßen beantworten: die Forstbehörde, die Forstgenetik, die Forstaufsicht, die Forstmathematik, der Forstwirtschaftsrat, der Forsttaxator und der Forstingenieur.

Aber merkwürdig: je mehr diese wackeren Männer den deutschen Wald in eine Holzplantage verwandelten, in eine wirtschaftlich ergiebige Monokultur, desto eigensinniger bestanden die Städtebewohner auf ihrem Naturerlebnis. Während die Gedichte über die Waldeinsamkeit immer schlechter wurden, entwickelte sich der grüne Restbestand zum durchorganisierten Fluchtraum. Die Verschönerungsvereine stellten ihre Bänke auf und numerierten die Wanderwege, es wurden Bismarcktürme errichtet und Kaisereichen eingeweiht, und zu guter Letzt wurde der kolonisierte Wald »als Naherholungsgebiet ausgewiesen«, mit Trimm-dich-Pfaden versehen und nach Strich und Faden »ausgeschildert«.

Posthorn und Waldesrauschen waren längst nur noch im Playback der Schlagerbranche zu hören, und vom romantischen Naturgefühl war nur eine besonders platte Lebenslüge übriggeblieben. Dieses Stadium des deutschen Waldes hat Gisela Elsner in ihrem Roman *Die Riesenzwerge* (1964) mit penetranter Genauigkeit beschrieben:

»Klatschend und aufbruchsbereit stand mein Vater am Morgen auf der Türschwelle meines Zimmers, den Hut auf dem Kopf, in brauner Joppe und braunen Knickerbockern, den Griff des Wanderstocks über das Handgelenk gehängt.

›Auf, auf!‹ rief er. ›Wir wollen heute wandern!‹

Am Waldrand, und jeweils nur drei Bäume mitsamt den dazwischenliegenden Lücken voneinander entfernt, lagerten Familien. Die Familien lagen mit nackten weißen oder mit Hautfetzen bedeckten Oberkörpern auf Luftmatratzen. Zwischen diesen Familien ließen sich weitere Familien nieder. Auf den Baumrinden waren Markierungen, weiße Kreise mit roten, blauen, gelben Kreuzen und Kreisen darin. Von hier aus war das Ende des Waldes nach allen Richtungen hin abzusehen, so licht war er, so dürftig bewachsen, so leicht duchschaubar.« Und als sich die Erzählerin den Bäumen nähert, schallt ihr der Ruf entgegen: »Dieser Wald ist besetzt!«

Daß der deutsche Wald stirbt, ist keine Naturkatastrophe, sondern die logische Folge aus einer langen Reihe von Umweltverbrechen. Schwer zu begreifen ist daran nur eines: der späte Jammer, der sich allenthalben über das seit langem Absehbare breitmacht. »Unverständige Entwaldung führt Abschwemmungen des fruchtbaren Erdreichs und stark wechselnden Wasserabfluß von den Höhen herbei, so daß heftige Überflutungen der Täler mit gänzlicher Trockenheit wechseln.« Das wußte man schon vor hundert Jahren.

Aber die berühmte Liebe zum deutschen Wald hat keineswegs dazu geführt, daß auch nur einer jener »Betreiber« aus Parteien, Bund, Ländern und Gemeinden, die ihn auf dem

Gewissen haben, im Knast gelandet wäre. Im Gegenteil, sie treten, den Hut auf dem Kopf, in brauner Joppe und braunen Knickerbockern, händeringend vor die Fernsehkameras und stimmen von Herzen in den allgemeinen Jammer ein. Dann lassen sie sich zu ihren Vorstandssitzungen fahren, beklagen den Kostendruck und machen weiterhin das, was sie immer gemacht haben: das »Machbare«. Den Wald im Kopf, diese kollektive Lebenslüge, kann ihnen kein Schwefelregen rauben. Auch unter Bundespräsidenten, Energie-Managern und Chemiebossen soll es Schöngeister geben, musische Begabungen, Liebhaber der Lyrik. Wer weiß, vielleicht zitiert der eine oder andere von ihnen, nach getaner Arbeit, wehmütig den armen Eichendorff:

»Der Wald, der Wald! daß Gott ihn grün erhalt, / Gibt gut Quartier und nimmt doch nichts dafür.«

Brunnenvergiftung
Eine ungehaltene Rede über das Wasserrecht und über verwandte Gegenstände

Herr Präsident, meine Damen und Herren, glauben Sie mir: Ich möchte Ihnen nicht zu nahe treten. Ich bedaure Sie. Mit Ausnahme einiger Häuptlinge, denen es zur lieben Gewohnheit geworden ist, Reden vor dem Deutschen Bundestag zu halten, haben Sie als Mitglieder des Hohen Hauses wenig zu sagen. Sie sind dazu verurteilt, immer nur zuzuhören. Wenn ein Parteifreund am Pult steht, sind Sie gehalten, seinen Ausführungen matten Beifall zu spenden; wenn ein politischer Gegner spricht, starren Sie verdrossen vor sich hin, oder Sie raffen sich zu einem Zwischenruf auf. Daß einer von Ihnen sich durch Argumente, gleich welcher Art, überzeugen ließe, ist nicht anzunehmen. Der Fraktionszwang schließt diese Möglichkeit aus. Im übrigen sind die fälligen Entscheidungen natürlich längst getroffen, ehe Ihre Debatten eingeläutet werden.

Unter diesen Umständen könnte nur ein Verrückter auf die Idee kommen, Sie zum Handeln zu bewegen, indem er auf Sie einredet. Ein solcher Versuch wäre um so aussichtsloser, je wichtiger das Thema ist, das auf der Tagesordnung steht. Wenn es um die Erhaltung unserer Lebensgrundlagen geht, dürfte auf Ihre Teilnahme am wenigsten zu rechnen sein. Vier der fünf Parteien, die hier vertreten sind, haben sich seit ihrer Gründung mit bemerkenswertem Eifer um die Zerstörung unserer Umwelt verdient gemacht. Sie konnten sich dabei mit einem gewissen Recht auf den Willen der Wählermehrheit berufen. Daß dieses Mandat heute noch fortbesteht, kann man mit guten Gründen bezweifeln. Der Fisch fault immer vom Kopfe her. Das ist nicht nur eine Redensart. Es ist eine Tatsache. Umgekehrt gilt, daß Menschen meist um so unbelehrbarer sind, je mehr Macht sie ausüben. Lernprozesse in einer demokratischen Gesellschaft können deshalb nur einen Weg nehmen: den von unten nach oben. Der letzte, der einen neuen Gesichtspunkt kapiert, ist gewöhnlich der zuständige Minister.

Im Fall des Umweltschutzes haben wir es freilich nicht nur mit Trägheit und Ignoranz zu tun, sondern auch mit kalkulierter Unredlichkeit und mit entschiedenem bösen Willen. Der Umgang des Innenministers mit dem Problem der Luftverschmutzung (Verordnungen über Feuerungsanlagen, TA Luft) läßt daran keinen Zweifel. Ich möchte seine Täuschungsmanöver nicht heuchlerisch nennen, denn das würde eine Person voraussetzen, die in der Lage wäre, zwischen Wahrheit und Lüge zu unterscheiden. Hier scheint eher eine Art von moralischer Unzurechnungsfähigkeit vorzuliegen. In dieser Beziehung ist der Minister wohl keine Ausnahme. Daß sich die Zerstörer der Umwelt als ihre Hüter aufspielen, gehört heute zur politischen Routine. »Die Fliege, die nicht geklappt sein will«, sagt Lichtenberg, »setzt sich am sichersten auf die Klappe selbst.«

Aber auch angenommen, Sie hätten Lust, sich um ökologische Probleme zu kümmern, so hieße das noch lange nicht, daß Sie dazu in der Lage wären. Die Implikationen ökologischer Eingriffe erstrecken sich, wie Sie wissen, auf Jahrhunderte und Jahrtausende. Solche »Vorlaufszeiten« sind nicht nur für Politiker unvorstellbar. Sie leiden indessen unter einem ganz besonderen Handicap: Der Zeithorizont, in dem sich Ihre Handlungen bewegen, ist auf vier Jahre beschränkt. Innerhalb dieser Frist müssen Sie wieder aufgestellt und wiedergewählt werden. Die Folgen liegen auf der Hand. Was wir heute beobachten, z. B. das Verenden des Waldes, ist die Konsequenz von Entscheidungen, die zu treffen Sie und Ihre Vorgänger vor zwanzig Jahren versäumt haben. Es handelt sich, alles in allem, um Probleme, denen Sie weder moralisch noch intellektuell gewachsen sind.

Nun ist einem offensichtlich überforderten Menschen nicht

damit geholfen, daß man ihm Vorwürfe macht. Es liegt mir auch völlig fremd, Sie zu beschimpfen. Ich wende mich – und ich bitte, mir das verzeihen zu wollen – überhaupt nicht an Sie, jedenfalls nicht in Ihrer Eigenschaft als Berufspolitiker; sondern ich benutze nur die Gelegenheit, die Sie mir geben, um, wie Sie zu sagen pflegen, zu den »Menschen draußen im Lande« zu sprechen, deren Gehirn nicht durch die in diesem Hause herrschenden Usancen stillgelegt ist. Wenn Sie also, wie üblich, lieber Zeitung lesen oder im Korridor etwas Dringendes besprechen wollen, so habe ich dafür Verständnis, zumal, da ich die Absicht habe, mit meinen Überlegungen gewissermaßen von vorne anzufangen.

Jede Generation bildet sich ein, die Probleme, mit denen sie zu kämpfen hat, seien historisch unvergleichlich, unerhört neu, radikal verschieden von allem, was früher die Menschheit bedrohte. Das Pathos der Moderne hat diese naive Vorstellung befördert, und die Idee des Fortschritts hat sie zementiert. Noch die Katastrophen, die sich anbahnen, bürgen unserer Phantasie dafür, daß wir es weiter gebracht haben als unsere Vorfahren. So ernst wie die unsrige war keine andere Lage. Unsere Phantasie hält zäh daran fest, daß wir Privilegierte sind, und sei es auch in der apokalyptischen Negation jeder möglichen Zukunft. Daran mag etwas Wahres sein. Unbestreitbar ist, daß wir es in der Entwicklung der Mittel zum kollektiven Selbstmord zu einer Vollkommenheit gebracht haben, die einzigartig ist, und es wäre leichtfertig, diese Leistungen mit dem Hinweis auf frühere Standards der Vernichtung zu relativieren. Andererseits hat es auch früher Kriege gegeben, die ganze Erdteile entvölkert haben. Man denke nur an den Dreißigjährigen Krieg, von dem sich Mitteleuropa erst nach zweihundert Jahren erholt hat, und an die Verwüstung Westindiens, einen Genozid, der von den karibischen Ureinwohnern nichts übrig ließ.

Auch die ökologischen Katastrophen sind nicht so präzedenzlos, wie sie uns vorkommen. Neu an ihnen ist nur die Tatsache, daß sie systematisch und mit wissenschaftlichen Methoden angezettelt werden. Aber man braucht sich nur der ägyptischen Plagen des Alten Testaments zu erinnern, der Dürre, der Heuschreckenschwärme und der Erosion, der Seuchen und der Hungersnöte, um einzusehen, daß die Spezies infolge ihrer biologischen Singularität, ihrer besonderen Fähigkeiten und Defizite wegen stets unerhörten Bedrohungen ihrer Existenz ausgesetzt war. Einen großen Teil dieser Risiken hat sie selbst geschaffen. Eine Weltgeschichte unter ökologischen Gesichtspunkten ist bisher noch nicht geschrieben worden; sie wäre von einer Geschichte der menschlichen Leistungen nicht zu trennen. Die Völker haben diesen Zusammenhang schon in den ältesten Zeiten erkannt und, nach Maßgabe ihrer Erfahrungen, Vorkehrungen gegen die Gefährdung ihrer Umwelt getroffen. Das ökologische Denken ist in diesem Sinn keineswegs neu, nur daß der Austausch mit der Natur und die haushälterische Sorge im Umgang mit ihr nicht von systematischen Theorien geleitet war, sondern intuitiven und empirischen Regeln folgte.

Man kann diese Dialektik von Entfaltung und Selbstbeschränkung auf vielen Gebieten verfolgen, am deutlichsten vielleicht an den Formen der primären Produktion. Land- und Forstwirtschaft, Viehzucht und Gartenbau, Jagd und Fischerei wären nie imstande gewesen, die materielle Basis für die historischen Hochkulturen zu schaffen, wenn sie die Steigerung der Erträge um jeden Preis zu ihrem einzigen Regulativ gemacht hätten. In ihren Kulturtechniken haben sich jahrtausendealte ökologische Einsichten und Erfahrungen sedimentiert. Es ist zweifelhaft, ob die Menschheit ohne diese elementaren Formen der Selbstkontrolle überlebt hätte.

Dokumentiert finden wir diese »erste Ökologie« weniger in Handbüchern und Traktaten als in den Rechtsaltertümern, die uns überliefert sind. Die ältesten Traditionen des Rechts beschäftigen sich nämlich nicht so sehr mit der Sanktion individueller Verbrechen und mit privatrechtlichen Fragen als mit den Verstößen gegen das »gemeine Wohl«. Spuren dieser alten Priorität findet man auch noch in heutigen Gesetzbüchern, an deren Spitze gewöhnlich die »gemeingefährlichen Verbrechen und Vergehen« stehen. In älteren Codices gibt es außerdem sehr detaillierte Bestimmungen über den Umgang mit der belebten Natur. Ich erinnere mich zum Beispiel an die ausführlichen Regeln, die, einem alten schwedischen Gesetzbuch zufolge, bei der Bienenzucht zu beachten sind; es finden sich darunter Passagen von großer poetischer Schönheit, von denen ich annehmen möchte, daß sie unterdessen abgeschafft worden sind; sie waren nämlich zu klar und zu einleuchtend, als daß sich die herrschende Technokratie mit ihnen hätte abfinden können. Ich bin alles andere als ein Rechtshistoriker, und ich verfüge weder über die nötigen Kenntnisse noch über die sachliche Kompetenz, um die einschlägigen Überlieferungen zu erläutern; ich bin aber sicher, daß es sich lohnen würde, ihnen nachzugehen.

Wenigstens auf ein solches Relikt möchte ich hier jedoch aufmerksam machen. Diese Rechtsvorschrift ist in ihrem Kern sehr alt. Sie ist, auf dem Umweg über das Preußische Landrecht, in das Strafgesetzbuch der Bundesrepublik Deutschland gelangt, und sie gilt bis auf den heutigen Tag. »Wer Brunnen oder Wasserbehälter«, heißt es dort unter dem § 319, »welche zum Gebrauch anderer dienen, oder Gegenstände, welche zum öffentlichen Verkauf oder Verbrauch bestimmt sind, vergiftet oder denselben Stoffe beimischt, von denen ihm bekannt ist, daß sie die menschliche Gesundheit zu zerstören geeignet sind, desgleichen wer solche vergifteten oder mit gefährlichen Stoffen vermischten Sachen mit Verschweigung dieser Eigenschaften verkauft, feilhält oder sonst in Verkehr bringt, wird mit Freiheitsstrafe von einem Jahr bis zu zehn Jahren und, wenn durch die Handlung der Tod eines Menschen verursacht worden ist, mit lebenslanger Freiheitsstrafe oder mit Freiheitsstrafe nicht unter zehn Jahren bestraft.«

Der Titel »Brunnenvergiftung«, unter dem der Paragraph bis vor wenigen Jahren zu finden war, wirkt auf den heutigen Leser archaisch. Der Ausdruck ist dem Zeitgenossen nur in einem einzigen Zusammenhang geläufig: dem der antisemitischen Hetzpropaganda. Während des Hoch- und Spätmittelalters war in Europa die Vorstellung weit verbreitet, daß Seuchen und Epidemien, vor allem die Pest, das teuflische Werk unbekannter Täter seien, die die tödlichen Keime dem Trinkwasser beimengten. Die Giftmischer wurden im Kreis von Minderheiten, besonders aber unter den Juden gesucht. Es handelt sich um eine typische Projektion der eigenen Ängste auf gesellschaftliche Außenseiter, die als Sündenböcke herhalten mußten. Mit der Aufklärung verloren solche kollektiven Wahnvorstellungen zunächst an Boden, bis die Dunkelmänner des modernen Antisemitismus versuchten, sie noch einmal auszubeuten. Im übrigen aber galt als Brunnenvergifter wohl nur noch der wahnsinnige Einzeltäter.

Die Fassung des § 319 zeigt jedoch, daß die gesetzliche Vorschrift nichts mit den irrationalen Ängsten der Vergangenheit zu tun hat. Sie deutet auf einen Gesetzgeber hin, der die Gefahren der Industrialisierung klar begriffen hat. Altertümlich kann an ihr allenfalls der Ausdruck »Brunnen« wirken, der jedoch bereits durch »Wasserbehälter« ergänzt ist. Dieser Terminus ist zweifellos extensiv auszulegen. Unter ihm wären im Kontext des Gesetzes Wasserwerke, Reservoire, Stauseen, Filtrieranlagen, ja vermutlich sogar natürliche Seen, Fluß- und Wasserläufe zu subsumieren, soweit sie der öffentlichen und privaten Wasserversorgung dienen.

Im übrigen war die Überschrift »Brunnenvergiftung« auch deshalb irreführend, weil der Paragraph sich nicht nur mit

Wasserfragen beschäftigt, sondern darüber hinaus eine Art Generalklausel gegen fast alle denkbaren Formen von Umweltverbrechen enthält. »Gegenstände, welche zum öffentlichen Verkaufe oder Verbrauche bestimmt sind« – das zielt nicht nur auf Lebensmittel, Treibstoffe, pharmazeutische Produkte, sondern auf alle Erzeugnisse der modernen Industrie. Und nicht nur Waren sind gemeint, sondern auch »Gegenstände«, die nicht zum Verkauf, sondern nur zum Verbrauch bestimmt sind; darunter wäre, in Analogie zum Wasser, auch die Luft zu verstehen. Und nicht nur von toxischen Stoffen im engeren Sinn ist dabei die Rede, sondern auch von Stoffen, die »die menschliche Gesundheit zu zerstören geeignet sind«, also von Schadstoffen aller Art. Es genügt, daß sie »gefährlich« sind. Alle Tatbestände von der Herstellung bis zur bloßen Verbreitung in der Umwelt sind sorgfältig berücksichtigt. Die angedrohte Strafe ist außerordentlich streng; besonders für den Fall, daß der Tod eines Menschen verursacht wird, nähert sich das Strafmaß demjenigen, das für den Mord vorgesehen ist.

Mit unbedingtem Vorsatz *(dolus directus)* ist gemeint, daß der Täter den Tatbestand kennt und ihn verwirklichen will; bedingter Vorsatz *(dolus indirectus)* liegt dagegen vor, wenn er die Verwirklichung des Tatbestands nur für möglich hält und in Kauf nimmt.

Diese subjektiven Voraussetzungen dürften inzwischen auf die gesamte Bevölkerung Westeuropas zutreffen. Es genügt nämlich, gelegentlich eine Zeitung zu öffnen, um die Verwirklichung der genannten Tatbestände »für möglich zu halten«. Die Flut von einschlägigen Publikationen in allen denkbaren Medien spricht sogar dafür, daß die Täter in genauer Kenntnis des Tatbestandes handeln, und das heißt, daß auch der unbedingte Vorsatz gegeben ist.

Es erhebt sich somit die Frage, warum sich die weit überwiegende Mehrzahl der deutschen Industriellen nicht im Gefängnis, sondern auf feiem Fuße befindet. Sämtliche deutschen

Kraftwerke werden betrieben, obwohl ihre Vorstände wissen, daß sie Abgase produzieren, die »die menschliche Gesundheit zu zerstören geeignet sind«; sämtliche Mineralölgesellschaften bringen bleihaltiges Benzin »in Verkehr«, und sämtliche Unternehmen der chemischen und der Papier-Industrie mischen ihren Abwässsern wissentlich »gefährliche Stoffe« bei.

Ich habe für dieses Rätsel drei Erklärungen anzubieten. Die erste hat mit einem gesetzgeberischen Paradox zu tun, das jeder kennen dürfte, der jemals einer Anhörung oder einer Ausschußsitzung beigewohnt hat. In Ländern, die sich selber hochentwickelt nennen, ist es selten die Untätigkeit des Gesetzgebers, die zur Lähmung der Jurisprudenz führt, sondern im Gegenteil sein kaninchenartiger Fleiß. Eine verbreitete Sammlung von Rechtsvorschriften auf dem Gebiet des Umweltrechts, die für den allgemeinen Leser gedacht ist, umfaßt heute bereits 400 Seiten, obwohl sie sich auf das Bundesrecht beschränkt und die technischen Ausführungsbestimmungen außer acht läßt. Auf den ersten Blick erwecken diese vielen Gesetze und Verordnungen den Eindruck der Lückenlosigkeit. Erst wenn man sie eingehend studiert, erkennt man das Prinzip, nach dem sie abgefaßt worden sind. Diese Texte haben die Struktur eines Schweizer Käses. Für die Löcher sorgen eine Reihe von stereotyp wiederkehrenden einschränkenden Klauseln. Strafen werden demjenigen angedroht, der »unbefugt« oder »unter Verletzung verwaltungsrechtlicher Pflichten« oder »grob pflichtwidrig« oder »unter wesentlicher Abweichung von einem vorgeschriebenen oder zugelassenen Verfahren« oder »ohne die nach dem jeweiligen Gesetz erforderliche Genehmigung oder Planfeststellung« oder »entgegen einer vollziehbaren Untersagung, Anordnung oder Auflage« oder unter Außerachtlassung der »allgemein anerkannten Regeln der Technik« oder »ohne behördliche Erlaubnis« darauf besteht, seine gemeingefährlichen Sauereien fortzusetzen.

Das bedeutet in der Praxis, daß es kaum ein Umweltverbrechen gibt, dessen Ahndung sich nicht administrativ unterlaufen ließe. Wenn der Täter noch dazu behaupten kann, daß er an der jeweiligen Sauerei »ein berechtigtes Interesse« hat, oder daß es »wirtschaftlich nicht vertretbar« wäre, sie zu unterlassen, weil das »im Einzelfall wegen besonderer Umstände durch einen unangemessenen Aufwand oder in sonstiger Weise zu einer unbilligen Härte führen« würde ... ich glaube, wir verstehen uns schon. Vergleichen Sie mit diesem Flickwerk die lapidaren Sätze des alten § 319, so werden Sie leicht einsehen, warum von einer weiteren Verfeinerung des Umweltrechts mehr zu befürchten als zu hoffen ist.

Ein weiterer Grund dafür, daß so wenige Top-Manager wegen Umweltverbrechen einsitzen, liegt in dem hohen Abstraktionsgrad ihrer Handlungen. In seinem Buch *Die Antiquiertheit des Menschen* hat der Philosoph Günter Anders schon vor Jahrzehnten bewiesen, daß es Verbrechen gibt, die gewissermaßen zu groß sind, als daß sie mit bloßem Auge sichtbar wären. Aus diesem Grund kommen Milliardenbetrüger mit geringeren Strafen davon als Ladendiebe. Wirtshausschlägereien werden strenger bestraft als Kriegsverbrechen. Dabei spielt auch die Tatsache eine Rolle, daß die größten und gefährlichsten kriminellen Handlungen stets von Institutionen begangen werden, nicht von Individuen. Sie geschehen immer in höherem Auftrag, vermittelt durch vielgliedrige Täterketten, wobei sich der Ausführende auf den Befehl, der Auftraggeber auf seine Distanz von der Praxis beruft.

Die »Verantwortung« der Verantwortlichen ist deshalb selten mehr als eine leere Phrase. Das gilt ganz besonders für Straftaten, die sich gegen die Umwelt richten. Hier, und nicht im materiellen Umweltrecht, wären neue gesetzliche Bestimmungen nötig, wenn die Legislative imstande und willens wäre zu handeln. Die strafrechtliche Haftung für »korporative« Verbrechen müßte stets und ausdrücklich den Auftraggeber treffen. Im Fall einer Kapitalgesellschaft wäre der Vorstandsvorsitzende, im Fall von Tochtergesellschaften der Vorsitzende der Konzernmutter haftbar zu machen. Die ökologische Situation einer hochentwickelten Industriegesellschaft würde sich von dem Tag an schlagartig verbessern, da der erste Spitzenmanager für ein paar Jahre hinter Gittern verschwände.

Eine solche Aussicht erscheint allerdings utopisch, und zwar aus guten Gründen. Fundamentale politische Probleme lassen sich nicht oder nur zum geringsten Teil juristisch lösen. Nur eine Minderheit von Juristen glaubt daran, daß ein Gesetz, wenn es ordnungsgemäß verkündet und in Kraft getreten ist, deswegen auch schon gelte. Das ist keineswegs der Fall. Vielmehr unterliegt die Anwendung oder Nichtanwendung des geltenden Rechts dem Gesichtspunkt der politischen Opportunität. Ohne den Willen, es anzuwenden, bleibt jedes Gesetz toter Buchstabe. Nur so ist es zu erklären, daß z. B. die politischen Parteien in der Bundesrepublik fortwährend und ungestraft gegen geltende Gesetze verstoßen können, wenn es um ihre Finanzierung geht; nur so ist es zu erklären, warum die Bestechung, trotz tadelloser Paragraphen, nur äußerst selten geahndet wird. Gelegentlich werden Gesetze auch in liberaler Absicht ignoriert. So hat die Justiz in Deutschland jahrelang, bevor die entsprechenden Strafvorschriften außer Kraft gesetzt wurden, darauf verzichtet, Abtreibung, Kuppelei und Homosexualität zu verfolgen.

Aus all diesen Gründen wird die Industrie, von der wir leben, weiterhin ungestraft unsere Erde, unsere Luft und unser Wasser vergiften. Ich gebe auch zu, daß sich das ökologische Gleichgewicht zwischen der Natur und dem Menschengeschlecht nicht dadurch erreichen läßt, daß man ein paar Dutzend leitende Herren hinter Schloß und Riegel bringt. Die wenigen Abgeordneten, die es fertiggebracht haben, bis zu dieser späten Stunde im Plenum auszuharren, möchte ich bitten, sich durch diesen Gedanken nicht entlastet zu fühlen. Der Druck auf Sie wird in den kommenden zehn Jahren auf eine Art und Weise zunehmen, von der Sie sich heute noch keine Vorstellung machen können. Dazu genügt es nicht, daß die Katastrophen absehbar sind. Erst wenn sie zur physischen Gewißheit geworden ist, haben Sie mit der elementaren Wucht von Gefühlen zu rechnen, vor denen kein Saalordner und keine Sicherungsgruppe Sie wird schützen können.

Für die dritte Novellierung des »Gesetzes zur Ordnung des Wasserhaushalts« und für die siebente Neufassung des »Gesetzes zum Schutz vor schädlichen Umwelteinwirkungen durch Luftverunreinigungen, Geräusche, Erschütterungen und ähnliche Vorgänge« dürfte es dann zu spät sein. Wenn die »gemeingefährliche Vergiftung« epidemische Ausmaße erreicht, wird der rationale Diskurs keine Chance mehr haben, und vor den Erschütterungen, die dann bevorstehen, wird Sie keine Abstimmung bewahren.

Macht und Geist: Ein deutsches Indianerspiel

Muß das sein? Intellektuelle und Politiker, oder, wie man einst zu sagen pflegte, Geist und Macht: ich gebe zu, daß dies ein Thema ist, bei dem auch dem Geduldigsten das Herz sinkt, eine urdeutsche Spezialität, unergiebig wie das Sauerkraut oder der Karneval zu Mainz. Das einzig Verlockende an dieser Kontroverse ist ihr allmähliches Vergreisen, die Aussicht, sie ins Perfekt zu setzen, und die Chance, ihr eine vorläufige, unmaßgebliche Nachschrift zu widmen.

Dort, wo man deutsch spricht, sind Politiker und Intellektuelle – wer wüßte es nicht – seit eh und je miteinander verfeindete Indianerstämme. Die Frage, warum sich das so und nicht anders verhält, ließe sich vielleicht erschöpfend beantworten; doch dazu müßte man noch mehr Intellektuelle ins Brot setzen, Planstellen und Lehrstühle schaffen, siebenstellige Summen bei der Forschungsgemeinschaft beantragen; und ich möchte bezweifeln, daß sich ein solcher Aufwand rechtfertigen ließe. Ein paar Andeutungen tun es auch. (Die obligaten Definitionen können wir uns ersparen. Wir wissen, was gemeint ist, und wer es nicht weiß, der sollte wenigstens so tun, als ob er es wüßte.)

Als allgemeinste Ursache ließe sich anführen, daß es eine deutsche Gesellschaft – im Sinn des selbstverständlichen Umgangs – vermutlich nie gegeben hat. Dieser sonderbare Umstand erklärt sich nicht allein aus gewissen Klassenverhältnissen; er drückt vor allem ein tiefes Bedürfnis nach gemütlicher Segregation aus. Steuerberater veranstalten hierzulande eigene Steuerberater-Bälle, auf denen Zahnärzte und Romanistik-Professoren nichts zu suchen haben; der normale Umgang von Kollegen aus der GEW beschränkt sich auf Kollegen aus der GEW; Anthroposophen laden Anthroposophen ein, und

Alternativler fühlen sich am wohlsten, wenn sie unter Alternativlern sind.

Zu dieser kaum verrückbaren strukturellen Gegebenheit gesellen sich massivere Gründe, die bis in die Zeiten des Feudalismus zurückreichen, und der trat bei uns bekanntlich besonders borniert und schäbig auf. Die deutsche Intelligenz hat die politische Macht in aller Regel als Unterdrückung erfahren, und die politische Macht hat jede selbständige intellektuelle Regung als dreiste Einmischung betrachtet – ein Zustand, der am 10. Dezember 1835 per Bundestagsbeschluß besiegelt wurde.

Seitdem herrschte zwischen den beiden Clans, hie Politiker, dort Intellektuelle, der allseits bekannte gesamtdeutsche Bürgerkrieg *en miniature*, bei dem es im schlimmsten Fall um Kopf und Kragen, im selteneren Normalfall aber bloß um den Austausch von rituellen Beschimpfungen ging. (Waffengleichheit bestand nur im zweiten Fall.)

Unter hiesigen, also harmlosen Umständen führte das zu einer blühenden Rhetorik mit meist recht matten Resultaten. Ein Beispiel solcher Pflichtübung aus der letzten Zeit, dem die Erschöpfung bereits anzumerken ist:

»Ich bin Literat, meine Damen und Herren, und ich habe Besseres zu tun, als fortwährend gegen eine verlogene und verkommene Bande anzuschreiben. Die sind so grob, so plump, so ordinär, daß die Texte Gefahr laufen, grob und plump und ordinär zu werden. Auch das nehme ich ihnen übel. Ich habe keine Lust, mich ständig schriftstellerisch mit durch und durch lebensunwerten (!) Subjekten auseinanderzusetzen. Dennoch zwingt mich ihre mistige Existenz dazu, etwas zu unternehmen. Schließlich wollen wir sie weg haben. Und so schreiben wir seit Jahren vergebens gegen eine Horde von hypertrophen Hausschweinen an, die uns allein durch ihre unerträgliche Existenz die Sujets versauen und den Stil verderben . . .

Ich habe den deutschen Kanzler als Bovist und Tölpel bezeichnet und Frau Thatcher als Puffkröte, die einem den Aufenthalt auf der Britischen Insel versaut. Nancy Reagan war eine Stinkmorchel. Es half alles nichts. Das war noch viel zu charmant. Ich habe geschrieben, daß ich keiner Figur aus der Politprominenz ein Zimmer vermieten würde, daß ich nicht einmal in derselben Straße wohnen könnte wie Dregger, Geißler oder eine dieser Ausgeburten. Ja, daß ich nicht einmal in Bonn leben könnte vor Ekel über die Nähe der vielen Menschen, die wir für den letzten Dreck halten. Großer Beifall.« (Joseph von Westphalen, *Warum ich kein Terrorist geworden bin.* Zürich 1986.)

Umgekehrt genügt es vielleicht, ein paar landläufige Stichworte aus der Geschichte der Bundesrepublik zu wiederholen wie Ratten, Pinscher und Schmeißfliegen, also Literaturgeschichte als Tierleben; oder an den SA-Mann Bertolt Brecht, eine Erfindung des weiland deutschen Außenministers; oder an den Nobelpreisträger als Freund und Helfer von Terroristen, ein Lied, das ein früherer Bundespräsident gern zu Gehör brachte.

Noch weniger Reiz als solchen verstaubten Injurien vermag ich der Erläuterung abzugewinnen, es habe sich dabei um eine Frage von links und rechts gehandelt. Bitte nicht! Wenn es um Intellektuelle ging, kannten deutsche Politiker, wenn es um Politiker ging, deutsche Intellektuelle keine Parteien mehr. Hier galt stets Apartheit als moralisches Postulat. Ich erinnere mich noch, wie Günter Grass einst versucht hat, einer sozialdemokratischen Administration mit seinen Kenntnissen behilflich zu sein. Er war bereit, für ein paar Jahre aufs Schreiben zu verzichten und die Seite zu wechseln. Alles umsonst, er war und blieb verdächtig. Nicht auszudenken, was seine Kollegen gesagt hätten, wäre er wirklich nach Bonn gegangen. Zweihundert Jahre früher hat nichts dem Herrn von Goethe mehr geschadet als die Tatsache, daß er Minister, heute würde man sagen Landrat, in Weimar wurde.

Dagegen die Ausländer! Legendäre Vermischungen beider Sphären, beispielsweise in Lateinamerika. In der brasilianischen Hauptstadt kann man kaum ein Ministerium betreten, ohne über einen Intellektuellen zu stolpern. Schriftsteller, was sage ich, Lyriker hat man in jener Gegend der Welt zu Botschaftern gemacht, und in Perú droht ein Romanautor ganz offen damit, für die Präsidentschaft zu kandidieren.

Auch die Italiener schrecken nicht davor zurück, Personen, die durch ihre Ideen aufgefallen sind, mit politischen Ämtern zu betrauen. In Rom ernannte man Leute wie Eugenio Montale, der immerhin mit einem Nobelpreis behaftet war, zu Senatoren, und bei den Parlamentswahlen wetteifern die Parteien darin, Intellektuelle auf die Liste ihrer Kandidaten zu setzen. Basaglia, Sciascia, Arbasino, Volponi: solche Personen werden nicht nur gewählt, man räumt ihnen auch noch den Status von unabhängigen Abgeordneten ein, das heißt: sie unterliegen nicht dem Fraktionszwang.

Von Frankreich zu reden erübrigt sich. Seit dem achtzehnten Jahrhundert herrscht dort ein unglaubliches Durcheinander. Vor dem Zweiten Weltkrieg hielten Autoren wie Valéry, Giraudoux und Saint-John Perse irgendwelche Schreibtische am Quai d'Orsay und in der Rue de Solferino besetzt. Selbst de Gaulle soll, als sich Jean-Paul Sartre polizeiwidrig verhielt, behauptet haben, einen Voltaire verhafte man nicht. Der ehemalige Terrorist Régis Debray zog als Berater in den Élysée-Palast ein, und François Mitterand wäre zweifellos beleidigt, wenn man ihm den Status eines Intellektuellen streitig machen wollte.

Diese kleine Erinnerung könnte sich so anhören, als sollte hier ein verspätetes Klagelied angestimmt werden. Nichts könnte mir ferner liegen. Gegen ein gewisses Maß an Arbeitsteilung ist nichts einzuwenden; vielmehr liegt darin eine zivilisatorische Errungenschaft. Der Politiker, der den Wunsch hegt, gelegentlich im Feuilleton zu erscheinen, stört mich nicht, und was meinen eigenen Clan betrifft, so möchte ich mir, bei aller gebotenen Nächstenliebe, eine Republik, die seinen Regierungskünsten ausgeliefert wäre, lieber nicht vorstellen.

Neruda war ein Bonvivant, es gefiel ihm in seiner Pariser Botschaft; Valéry fand es distinguiert, im Kriegsministerium zu sitzen; Grass konnte der Vorstellung, eine Fischereiflotte für die Dritte Welt auszurüsten, einen gewissen Reiz abgewinnen; Goethe schließlich, der Unvergleichliche, hatte ein treues Verhältnis zu seinen Akten und trug gern einen Ordensstern.

Dagegen ist nichts einzuwenden, doch liegt mir persönlich das eine wie das andere fern. Meine geringe Erfahrung sagt mir, daß die Politik das Reich der Wiederholung ist. Zu ihren Obliegenheiten gehört es, immer dasselbe zu sagen. Noch dazu scheint es mir, als nehme ihr Spielraum zusehends ab, und als gleiche die Staatsmacht einem von zahllosen Fäden gefesselten Gulliver, der langsam, aber unaufhaltsam schrumpft – ein Liliputaner, der sich, aus alter Gewohnheit, für einen Riesen hält.

Nein, die Politiker sind nicht zu beneiden. Wenn ich ihr Los betrachte, so bin ich sogar geneigt, sie zu bedauern. Zu allen Widrigkeiten kommt auch noch der Undank der Nachwelt, der ihnen sicher ist. Unter dieser Vergeßlichkeit leidet auch die Wirkung ihrer Beschimpfungen. Im Indianerspiel der Injurien hatten die Intellektuellen stets die besseren Karten, weil sie und nicht die Politiker es waren, die das Gedächtnis der Gesellschaft kontrollierten. Vergessen werden wir alle, aber die einen kamen, solange es ein solches Gedächtnis überhaupt gab, früher an die Reihe als die andern.

Der Herzog von Württemberg z. B. stand zu seinen Lebzeiten möglicherweise besser da als jener obskure Kadett aus Marbach, den er gelegentlich kujonierte. Nur, wie die Durchlaucht hieß, wissen heute allenfalls ein paar gelernte Historiker. Die Widersacher eines gewissen Hamburger Juden tauchen nur noch in den Fußnoten zu seinen Schriften auf, die in jeder Bahnhofsbuchhandlung ausliegen.

Derselbe Mechanismus hat sich später in unseren minimalen Verhältnissen widerholt. Ein Veteran der Intellektuellenbeschimpfung in unserer Republik verglich einst einen Autorenverein mit der Reichsschrifttumskammer der Nazis. (Die Bonner Politiker haben mit ihren Synekdochen und Metonymien nie viel Glück gehabt.) Aber Hand aufs Herz, wie hieß er noch gleich, und was war er eigentlich? Minister? Fraktionsvorsitzender? Der arme D., niemand erinnert sich seiner, während die Leute, auf die er es abgesehen hatte, in den Schulbüchern stehen...

Nun, das sind alte, schon ein wenig verstaubte Geschichten. »Geist und Macht« – die beiden kommen mir im Rückblick vor wie ein Rentner-Ehepaar, das seit Menschengedanken miteinander gestritten hat, und dem sein Hader zur lieben Gewohnheit geworden ist. Wenn man solche Paare genauer betrachtet, fällt einem auf, daß sie im Lauf der Jahre einander immer ähnlicher geworden sind; jeder merkt es, nur sie selber ahnen nichts davon. Vielleicht verhält es sich mit deutschen Politikern und deutschen Intellektuellen, die an der Routine ihres alten Zwists festhalten, ebenso.

Wenn an dieser Vermutung etwas Wahres ist, müßte sich der Forscherblick ausnahmsweise von der traditionellen Zwietracht der beiden Clans ab- und ihren Gmeinsamkeiten zuwenden. Er dürfte dabei auf ein paar Klischees stoßen, die zum unverlierbaren Erfahrungsschatz des *common sense* gehören. Wer weiß, vielleicht ist sogar etwas Wahres daran.

Die krudeste dieser Übereinstimmungen zuerst; sie ist von so schlichter Art, daß man sie gern vergißt. Politiker und Intellektuelle haben immer erwartet, daß die Gesellschaft, und das heißt, daß die andern sie füttern, und zwar gut füttern, eine Anstandspflicht, die nicht immer allen Beteiligten eingeleuchtet hat. Die Angehörigen jener Klassen, die man früher die arbeitenden zu nennen pflegte, neigen nämlich seit eh und je dazu, die einen wie die andern als Parasiten zu betrachten. Staatssekretäre und Bildungsforscher, Parteivorstände und Romanciers mögen beteuern, so oft sie wollen, daß die 80- oder 100-Stunden-Woche zu ihrem Alltag gehört, es nützt alles nicht: der Verdacht, daß sie auf Kosten der andern leben, läßt sich nie ganz ausräumen. Intellektuelle und Künstler nehmen Stipendien, Preise, Subventionen in Empfang; Politiker sind an Diäten, Aufwandsentschädigungen und Spenden gewöhnt. Die letzteren werden allgemein für korrupt gehalten, ein Argwohn, zu dessen Zerstreuung sie wenig beitragen; dafür gelten Intellektuelle als unzuverlässige Langschläfer, und auch diese Vermutung ist nicht ohne weiteres von der Hand zu weisen.

Andere Gemeinsamkeiten haben mehr mit der Innenausstattung der beiden Kategorien zu tun. Da ist in erster Linie an ihren berufsbedingten Narzißmus zu denken. Das Verlangen, sich zu veröffentlichen, gehört zu ihrem Habitus; einem milden Personenkult sind weder Politiker noch Intellektuelle abgeneigt. Medientechnisch gesehen, führt dies zum Profilierungszwang, dem die Profilneurose zu folgen pflegt. Konkurrenz, in der »freien Wirtschaft« ein lästiger, objektiver Zwang, wird auf diese Weise zum tiefen seelischen Bedürfnis. Die Behauptung, eine Krähe hacke der andern kein Auge aus, mag unter Elektrogroßhändlern ihre Berechtigung haben. Selbst in der Kartellabsprache steckt ja noch ein Rest von verhunzter Brüderlichkeit. Unter Politikern und Intellektuellen sind solche Schwundstufen der Solidarität schwer auszumachen. Daß sie asozial sind, gehört sozusagen zu ihrem Sozialcharakter.

Selten fühlen sie sich verstanden; kaum je werden sie so hoch geschätzt, wie sie es verdient hätten; immerzu werden sie angefeindet. Daraus mag sich ihre Neigung zum Lamento erklären und der gekränkte Unterton, der ihren öffentlichen Äußerungen öfters anzumerken ist. Aber zugleich muß der Umstand, daß man ihnen wenig Gutes nachsagt, als Beweis für die Vortrefflichkeit ihres Dichtens und Trachtens dienen.

Denn die einen wie die andern sind in der Regel davon überzeugt, daß sie dem gemeinen Wohl dienen, höheren Zwecken hingegeben, von denen sich der beschränkte Sinn breiterer Bevölkerungsschichten gar keinen rechten Begriff machen kann. Schon deshalb tragen sie schwer an ihrer Verantwortung. Immer droht ihnen die Gefahr einer Vereinsamung, von der »die Menschen draußen im Lande« gar nichts ahnen.

Soweit das Phantombild, das der gesunde Menschenverstand sich von den beiden Clans entworfen hat und mit dem sie wohl oder übel leben müssen. Wer es lieb gewonnen hat, braucht nur den Fernseher einzuschalten: beim Anblick der Persönlichkeiten, die gewohnheitsmäßig vor die Kamera treten, wird er zu dem Schluß kommen, daß sich nichts geändert hat. Aber das wäre ein Trugschluß. Denn woher kommt es wohl, daß die Selbstdarsteller immer lustloser, immer abgekämpfter wirken, und warum gelingt der gehörige Brustton nur noch den Dümmsten? Das deutet darauf hin, daß das ganze Spektakel nur noch von historischen Restbeständen zehrt.

Zwar wird nach wie vor um die Hauptrollen gerungen: Vordenker, Staatsmänner, allwissende Experten, Kultur-, Entscheidungs- und Hoffnungsträger – jedem stehen zehn Minuten Sendezeit zu, aber man hat doch den Eindruck, daß es sich um bloße Figuranten handelt.

Es ist eben schon eine Weile her, daß es eine Reichshauptstadt gab, in der sich das Schicksal der Nation entschied. Die letzten Geistesfürsten sind vor geraumer Zeit verstorben. Denker, die dem Denken den Weg wiesen, sind in den zuständigen Fachbereichen der Gesamthochschulen schwerlich anzutreffen. Was Kunst ist, entscheiden die Galeristen, und die großen Zukunftsentwürfe werden von Programmkommissionen geliefert, fotokopiert und im Parteiarchiv abgelegt.

Daß die althergebrachten großen Rollen nicht mehr zu besetzen sind, liegt nicht nur am mangelhaften Talent des Personals; es hat vor allem strukturelle Gründe. Das Defizit an »geistiger und moralischer Führung«, das im Frankfurter Allgemeinen Zentralorgan mit soviel Hingabe beklagt wird, ist eine durchaus westliche, durchaus zukunftsträchtige Erscheinung. Wer die starke Hand vermißt, braucht nur einen Blick über die deutsch-deutsche Grenze zu werfen, und er wird feststellen, daß das Gewünschte drüben nach wie vor, wenn auch nicht mehr im vollen Glanz der Gründerjahre, gedeiht: eine Zentralinstanz, welche die Zügel fest in der Hand hält.

Ein solches Gemeinwesen bietet natürlich ideale Bedingungen für die ungetrübte Fortsetzung des Indianerspiels. Tatsächlich gibt es nicht nur Leitartikler, sondern auch Intellektuelle, die mit heimlichem Neid auf ihre östlichen Mitbrüder blicken. Dort würden Theorien und Theaterstücke, Streitschriften und Gedichte wenigstens noch ernst genommen; gerade die Repression sei der Beweis für den hohen Rang, den man drüben, fern vom Kommerz und von der Verflachung des Westens, der schöpferischen Tätigkeit einräume. In solchen Tönen, die man immer wieder vernehmen kann, drückt sich eine obszöne Sehnsucht nach der Unfreiheit aus. Im übrigen zeigt das Beispiel der DDR, daß man sich schon einmauern muß, wenn man aus jeder Lappalie einen Hoheitsakt machen will.

Dagegen steuert die westdeutsche Gesellschaft auf einen ziemlich unerhörten Zustand zu: den der Selbststeuerung. Wie immer, wenn sich ein Menschheitsraum zu verwirklichen droht, fehlt es dieser Entwicklung nicht an jenem objektiven Hohn, der uns schon als Kindern aus dem Märchen entgegenschlägt: Der Wunsch ist kaum in Erfüllung gegangen, da sieht sich das Opfer der gütigen Fee bereits düpiert. So ist von der uralten Idee der omnipotenten Staatsmacht zwar nur noch eine Fassade übriggeblieben, an die niemand mehr glaubt. Aber dieses »Absterben des Saates« geht Hand in Hand mit dem uferlosen Wachstum einer Bürokratie, die hauptsächlich mit der Eindämmerung unvorhergesehener »Nebenwirkungen« beschäftigt ist. Die Selbststeuerung, von der hier die Rede ist, hat also mit bewußter Verfügungsmacht über das eigene Leben, mit Autonomie nicht viel zu tun; eher sollte man, mit einem Begriff der Thermodynamik, von dissipativen Strukturen sprechen. Fest steht nur, daß eine Instanz, die das Ganze lenken könnte, nicht mehr lokalisierbar ist. So wie die internationalen Kapitalbewegungen von abertausend anonymen Entscheidungen abhängen, die keine Notenbank mehr kontrollieren kann, kennt auch das Verhalten der Gesellschaft keinen Gebieter mehr, und die Folgen ihrer Evolution, seien sie günstig oder fatal, lassen sich immer erst *a posteriori* bestimmen.

Für die Politiker wie für die Intellektuellen bedeutet das, daß sie sich mit dem Verlust ihrer zentralen Positionen abfinden müssen. Ein solcher Abschied fällt schwer. Privilegierte Plätze werden selten freudig geräumt. Also versucht jeder der beiden Clans zu retten, was zu retten ist, und wäre es nur der Schein.

Daß sich dazu am ehesten immaterielle, symbolische Felder anbieten, leuchtet ein. Wenn auf der einen Seite die Spielräume der Wirtschafts-, der Beschäftigungs-, Finanz- und Sozialpolitik abnehmen und auf der andern Seite die klassischen Einflußzonen der Intellektuellen schrumpfen, dann liegt es nahe, daß sich die betroffenen Clans, um aus der Defensive herauszukommen, nach luftigeren Operationsgebieten umsehen. So sind Kultur-, Medien- und Freiheitspolitik, einst relativ abgelegene Nebenschauplätze, in den letzten Jahren immer mehr ins Blickfeld von Politikern und Intellektuellen gerückt. Es sieht ganz danach aus, als fänden hier die alten Kontrahenten zu einer neuen Gemeinsamkeit, von der sich der gemeine Menschenverstand in seiner Naivität nichts träumen ließ.

Der erste, der diese Annäherung zum Programm erhoben hat, war ein witziger Philosoph. Kurioserweise sprach er die Vorreiterrolle den Geisteswissenschaften zu, von denen die

Politiker bis dahin kaum Notiz genommen hatten. Gewiß, die Sonntagsredner der Republik waren nie müde geworden, den Verlust von Sinn, Geschichte, Tradition, Identität und ähnlichen hohen Gütern zu beklagen, aber niemand war auf die Idee gekommen, diese Defizite ließen sich durch entsprechende Bemühungen der Humanwissenschaften ausgleichen. Eben dies verheißt die Kompensationsthese, wenigstens in ihrer gröberen Gestalt: Ersatz für Wertverluste, Deckung von Sinnlükken und überhaupt Trost für die zunehmende Unwirtlichkeit, ohne die eine permanente Modernisierung offenbar nicht zu haben ist. Damit wären Intellektuelle wie Politiker auf das gleiche Hauptgeschäft eingeschworen: Reparieren, Flicken, Löcherstopfen.

Da aber die düsteren Nebenfolgen von Tag zu Tag zunehmen, verspricht die Sinnreparatur, ebenso wie der Umweltschutz, potentiell unendliche Zuwachsraten; je trostloser die Zustände, desto glänzender die Aussichten. So können nicht nur Arbeitsplätze geschaffen und gesichert werden; der kompensatorische Gesamtarbeiter kann sogar darauf hoffen, daß er für die Einbuße an Wichtigkeit entschädigt wird, die mit dem Verlust der klassischen Intellektuellenrolle verbunden ist.

Ganz und gar nicht einzusehen ist bei alledem die Beschränkung auf die Geisteswissenschaften. Sie erscheint mir allzu zaghaft. Wo ein Interesse vorhanden ist, stellen sich auch die nötigen Definitionen ein. In unserm Falle kam der »erweiterte Kulturbegriff« wie gerufen, unter den sich Museen und Möbelmessen, Opernhäuser und Flohmärkte, Punk-Festivals und Symposien, Peepshows und Fußballmeisterschaften, Computerspiele und Tourismusbörsen, Kochkurse und Symphonieorchester ohne weiteres subsumieren lassen. Von der »Unternehmenskultur« des Großkonzerns bis zur Würstchenbude gibt es eigentlich nichts, was dieser Passepartout-Begriff ausschlösse.

So eröffnen sich unter der Parole der »Kulturgesellschaft« ganz neue Bündnisaussichten. Einigkeit macht stark, oder auch, wie die Engländer sagen: die Misere macht seltsame Bettgenossen. Eine »neue Intimität« ist von maßgeblicher Seite bereits verkündet worden, begleitet von einer sanften Mahnung zur Versöhnung aus der Villa Hammerschmidt.

Vorwurfsvolle Zwischenrufe werden nicht ausbleiben; denn es gehört zu den Ritualen des alten Indianerspiels, daß Intellektuelle Intellektuellen Verrat, Opportunismus und Bestechlichkeit vorwerfen, wenn die geheiligten Spielregeln des Clans in Gefahr sind. Aber mit solchen Verdächtigungen ist nicht viel gewonnen. Wäre es nicht besser, den großen Wanderzirkus, der sich da abzeichnet, kaltblütig ins Auge zu fassen, statt ihn von vornherein als ehrenrührig zu denunzieren?

Schließlich können sich auf diesem neuen Terrain ganz andere Begabungen entfalten als die von Dichtern und Denkern, Kritikern und Präzeptoren. Je ungemütlicher die Umgebung, desto dringender brauchen wir Environment-Artisten und Video-Hexer, Schausteller und Dekorateure, Deklamatoren und Sinn-Designer. Hier lockt ein Meer von Künsten, die alles andere als brotlos sind. Geld genug scheint vorhanden zu sein, und wenn schon gestrichen werden muß, dann zuerst an altertümlichen und bescheidenen Einrichtungen wie den Bibliotheken und nicht an den Großprojekten und den Super-Spektakeln, die für Prestige und volle Hotels bürgen. Geld für das Überflüssige ist, wie die Agrarpolitik zeigt, stets im Überfluß vorhanden.

Ich gebe mich der frohen Hoffnung hin, daß dieses Programm nicht jedermanns Sache sein wird. Auch wenn es verdienstvoll sein mag, über den eigenen Schatten zu springen, so wird es doch immer Leute geben, die eigensinnig an ihren Obsessionen festhalten. Aber keine Angst, die dissipative Gesellschaft wird auch solche Sonderlinge nicht verhungern lassen; auch dem, der aus diesen oder jenen Gründen an der großen Show nicht teilnehmen will, hat sie eine kritische Nische zu bieten. In einer solchen Gesellschaft, die selber nichts anderes ist als ein fluktuierender Komplex von vernetzten Minderheiten, werden Außenseiter nicht mehr abgeschafft, sondern im katalytischen Zyklus genutzt.

Eines allerdings steht fest: die alte Wut ist verflogen, auch wenn in Ost-Berlin noch an den alten Sitten festgehalten wird, auch wenn es in München noch grummelt. Der Augenblick, in dem die beiden Clans ihr Kriegsbeil begraben und einander in die Arme sinken werden, ist absehbar. »Geist und Macht« – das wird dann nur noch der Titel eines alten Western sein, der nicht mehr in der Wirklichkeit, sondern nur noch im Fernsehen stattfindet.

Die Vorzüge der Peinlichkeit

Ich bedaure sagen zu müssen, daß »die höchste Anerkennung, welche die Bundesrepublik Deutschland für Verdienste um das Gemeinwohl ausspricht«, ein Phantom ist. Handgreifliche Beweise für ihre Existenz habe ich nicht finden können. Ich habe mir die Suche nicht leicht gemacht. Wie im Fall der UFOs, einem vergleichbaren Phänomen, fehlt es nicht an minuziösen Beschreibungen von angeblichen Augenzeugen. Auch Photographien der fraglichen Objekte sind mir unter die Augen gekommen. Ich habe ferner den Stiftungserlaß studiert, die Statuten, die Neufassung der Ausführungsbestimmungen, und damit nicht genug: auch das einschlägige Standardwerk *Deutsche Orden und Ehrenzeichen* habe ich zu Rate gezogen, einen heimlichen Bestseller von erdrückender Materialfülle. Es handelt sich um die »dritte, neubearbeitete Auflage des Kommentars zum Gesetz über Titel, Orden und Ehrenzeichen und eine Darstellung deutscher Orden und Ehrenzeichen von der Kaiserzeit bis zur Gegenwart mit Abbildungen, von Hans Karl Geeb, Ministerialrat, und Heinz Kirchner, Ministerialdirigent, beide im Bundesministerium des Innern, neu bearbeitet von Heinz Kirchner und Hermann-Wilhelm Thiemann, Regierungsdirektor, beide im Bundesministerium des Innern«.

Vergebliche Mühe. Einen Hinweis auf das tatsächliche Vorkommen von Bundesverdienstkreuzen konnte ich den 363 Seiten und fünf Farbtafeln des Buches nicht entnehmen. Wenn die Bundesrepublik Deutschland hielte, was sie am 7. September 1951, dem Stiftungstag, versprochen hat, so müßte es förmlich wimmeln von Exemplaren der Verdienstmedaille (Durchmesser 38 mm), des Verdienstkreuzes am Bande (Rückseite gekörnt, Durchmesser 55 mm für die Herren- und 47 mm für die

Damenausführung) sowie des Verdienstkreuzes I. Klasse (Rückseite glatt). Ich sehe dabei gänzlich ab vom Großen Verdienstkreuz (Durchmesser 60 mm, Breite des Bandes 44 mm für die Herren, 40 mm für die Damen), vom Großen Verdienstkreuz mit Stern (viereckig, Durchmesser 80 mm), vom Großen Verdienstkreuz mit Stern und Schulterband (Breite 100 mm für die Herren, 60 mm für die Damen, Durchmesser 85 mm, gewölbt); ich ignoriere ferner das Großkreuz mit Stern (sechseckig) sowie die Sonderstufe des Großkreuzes (achteckig, Durchmesser 90 mm), und zwar nicht aus Geringschätzung, sie liegt mir fern, sondern weil die Seltenheit ihres Vorkommens es plausibel macht, daß man nicht an jeder Straßenecke über diese Auszeichnungen stolpert.

Dagegen müßten die gewöhnlicheren Ausführungen, ganz gleich, ob mit glatter oder gekörnter Rückseite, wenn es mit rechten Dingen zuginge, geradezu massenhaft auftreten; denn es liegt doch auf der Hand, daß wir sozusagen auf Schritt und Tritt mit Bürgern zusammenprallen, die sich um das Gemeinwohl verdient gemacht haben, und ihre Zahl nimmt naturgemäß von Jahr zu Jahr zu. Wo, so frage ich also, sind diese Zehn-, wenn nicht gar Hunderttausende von Auszeichnungen geblieben? Die Antwort kann nur lauten: Sie sind spurlos verschwunden.

Denn obwohl ich unsere Republik seit langem in allen Richtungen durchstreife, bin ich ihrer nie ansichtig geworden, wenngleich ich ganz genau weiß, wo ich zu suchen habe: »Die Halterung des Kreuzes muß auf dem flachgebundenen Krawattenknoten oder unter dem Querbinder auf dem Oberhemd aufliegen . . . Die Kleine Ordensschnalle wird auf dem linken Revers des Gesellschaftsanzuges waagrecht so befestigt, daß zwischen der oberen Kante der Ordensschnalle und dem Kragenansatz in der Reversmitte ein Zwischenraum von 3–4 cm bleibt.« Ich habe mir das alles gesagt sein lassen. An meiner mangelnden Konzentration kann es nicht liegen. Mein Blick ist so trainiert, daß ihm der gesuchte Gegenstand schlechterdings nicht entgehen kann, auch nicht in seinen vielfachen Schrumpfformen, von denen ich hier nur die wichtigsten nennen will: die Bandschlaufe, das Ordenskettchen, die Metallverkleinerung in Nadelform, den Knopflochbandsteg, die Bandschnalle, die Knopflochrosette (»einfach zu befestigen und vielseitig zu verwenden«) und die Miniaturschnalle.

Den Einwand, die Ergebnislosigkeit meiner Suche hinge damit zusammen, daß ich mich nicht in den richtigen Kreisen bewege, weise ich entschieden zurück. Die Verdienste meiner Verleger gehen auf keine Kuhhaut. Ich kenne Menschen, die aus Sorge um das Gemeinwohl an schweren Schlafstörungen leiden. Von der inneren Größe mancher Kollegen, die ich getroffen habe, kann sich der Laie gar keinen Begriff machen. Ein Waffenhändler ist mir noch nicht über den Weg gelaufen, aber dafür habe ich auf irgendeinem Rummel einen erstklassigen Olympiaschwimmer kennengelernt und eine neue deutsche Sängerin, deren Umsatz ebenso fetzig ist wie ihre Songs. Ich habe ganz genau hingesehen. Weder die Herren- noch die Damenausführung war in Sicht. Erst bei einem Astrophysiker, dessen Kandidatur für den Nobelpreis sich nun schon jahrelang hinzieht, bin ich schließlich fündig geworden. Nach langem Zureden gestand er mir unter vier Augen, er hätte, wie er sich ausdrückte, »irgendwo so ein Ding«. Trotz längeren Suchens in seinen Schreibtischschubladen konnte er jedoch das Beweisstück nicht vorlegen. Er versicherte mir, daß er es nie getragen habe, und erläuterte mir ausführlich die institutsinternen Gründe, die es ihm verboten hätten – und ich zitiere wiederum wörtlich –, »dieses läppische Lametta« abzulehnen.

Damit war die Katze endlich aus dem Sack. Ich mußte einsehen, daß mein Freund, der Physiker, kein erschütternder Einzelfall war. Ganze Berge von Verdienstkreuzen – das war die Lösung des Rätsels – verstauben hierzulande in Kommoden, Nachttischschubladen und Hausapotheken, weil sich ihre Inhaber offenbar lieber im Pyjama als im Glanz ihres Ordens sehen ließen.

In der politischen Kultur der Deutschen ist diese Dekorationsscham eine neuartige Erscheinung. In alten Photoalben sieht man die Brüste der Familienväter oft mit einer stattlichen Latte von Orden verziert. Unsere Vorväter konnten aus einem Fundus von geradezu sowjetischer Reichhaltigkeit schöpfen, da sämtliche Bundesstaaten des Deutschen Reiches mit Ausnahme der Hansestädte, also 23 an der Zahl, von ihrem Recht, Auszeichnungen zu spenden, den üppigsten Gebrauch machten. Während der Nazi-Zeit geriet diese Blechlawine vollends außer Rand und Band. Aus den trübsinnigsten Gründen beschloß der Bundestag im Jahre 1957 ein Gesetz, das es den Inhabern dieser Dekorationen erlaubt, sie weiterhin zur Schau zu stellen, wenn auch in abgekratzter Form. Man begegnet ihnen aber selten, vielleicht weil sie außergewöhnlich häßlich sind. Die meisten Ballonbeobachterabzeichen, Luftschutz-Ehrenzeichen aus eloxiertem Leichtmetall und Dienstauszeichnungen für die weibliche Jugend im Reichsarbeitsdienst dürften auf dem Kehricht gelandet sein. (»Nach Entfernung des Hakenkreuzes«, sagt der Kommentar, »wurden hier die Spitzen der beiden Ähren aus heraldischen Gründen mehr nach oben gezogen, sonst sind die Medaillen unverändert geblieben.«) Geblieben sind aber nicht nur die eloxierten Ähren, Schwerter, Adler, Totenköpfe und Eichenblätter, geblieben ist vor allem die Peinlichkeit.

Diese durchdringende, allgegenwärtige, unverlierbare Peinlichkeit ist vielleicht das eigentliche Geheimnis unseres Staatswesens, das Wasserzeichen unserer politischen Kultur, das sich an allen Symbolen der Macht und der Souveränität ablesen läßt. Wir haben eine Hauptstadt, die keine ist. Alle, die es wissen müssen, behaupten, jeder längere Aufenthalt in ihren Mauern gleiche dem Kuß des Todes. Wir haben eine Herrschaftsarchitektur, die einen gelungenen Kompromiß zwischen Hochhaus und Baracke darstellt. Wir haben eine Nationalhymne, deren erste Strophe so peinlich ist, daß ihr Absingen verboten werden mußte, und einen Verdienstorden, mit dem sich niemand zeigen will.

Die Verlegenheit, als der innerste Kern unserer Staatsraison, hat bisher alle Bonner Regierungswechsel mit Bravour überlebt. Auch das Kabinett Kohl hat die Hoffnung seiner Anhänger, nun möge sich alles, alles wenden, jedenfalls in dieser Hinsicht enttäuscht. Sie hat zwar bei der Umverteilung ökonomischer Privilegien eine starke Hand bewiesen, aber auf der symbolischen Ebene halten sich ihre Leistungen in Grenzen. Dabei wäre die Stiftung neuer und weniger mickriger Orden doch eine staatstragende und weitgehend kostenneutrale Lösung. Man muß sich ernsthaft fragen, woran es liegt, daß uns der Schwarze, der Rote und der Goldene Adlerorden samt Großkreuz, Ritterkreuz und Sonderstufe mit Brillanten bisher erspart geblieben ist. Die Sitzungen der Ordenskapitel könnte man im Fernsehen übertragen, die Eintragung in das schwarzrotgoldene Ehrenbuch wäre kein Problem, an einen Stander für das Auto könnte man denken, die Lufthansa würde sich glücklich schätzen, den neuen Rittern freie Flüge einzuräumen, und für immerwährende Opernkarten an allen staatlichen Bühnen ließe sich ohne weiteres sorgen.

Franz Joseph Strauß, der als einziger deutscher Politiker das Gefühl der Peinlichkeit nicht kennt, hat gezeigt, wie man mit vollem Aplomb einen monarchischen Orden wiederauferstehen läßt, ganz so, als wäre zwischen 1918 und 1983 nichts Nennenswertes passiert. Seither werden Bayerns größte Söhne wieder mit dem Maximiliansorden für Kunst und Wissenschaft ausgezeichnet. Sollen wir diese Initiative freudigen Herzens begrüßen und darauf hoffen, daß sich eines Tages wichtige Herren aus dem Verband deutscher Schriftsteller wie Bernt Engelmann und Hans Peter Bleuel mit den führenden Federn des *Bayernkuriers*, im Antiquarium der Münchener

Residenz, unter dem Schall der Bayernhymne friedlich zur Kapitelsitzung vereinigen werden? Oder wäre das nicht doch etwas peinlich?

Es empfiehlt sich nicht, über diese Frage länger nachzudenken. Am Felsen der Peinlichkeit scheitern nämlich alle Vermeidungsstrategien, und zwar um so sicherer, je eifriger sie betrieben werden. Gerade die besten Absichten führen, wie die Geschichte der Bundesrepublik beweist, zu den verheerendsten Resultaten. Ich rate deshalb zur Umarmung. Drücken wir die Peinlichkeit ans Herz, statt gegen sie anzukämpfen. Sie ist der hilflose Bürge aller historischen Wahrheiten, die unser Land im Schweiße seines Angesichts verdrängt hat, der exakte, wenn auch minimale Ausdruck seiner moralischen und ästhetischen Verfassung. Hier stimmt was nicht, und solange das durchdringende Gefühl des Peinlichen die Bevölkerung erleuchtet wie ein immer wiederkehrendes Zahnweh, haben wir davon immerhin eine Ahnung; besser als gar nichts. In diesem Sinn sind unsere höchsten Staatsämter richtig besetzt; ihre Inhaber garantieren uns dafür, daß die untrügliche, weil ganz und gar unfreiwillige Erinnerung, daß dieses Land kein gewöhnliches Land ist, nie erlöschen wird, solange sie uns erhalten bleiben.

Das empfindliche Ungeheuer
Eine Wahlkampf-Unterhaltung aus dem Jahre 1987 mit Hellmuth Karasek

Herr Enzensberger, Sie haben – lang ist's her – 1961 für die SPD Wahlkampf betrieben.

Fünf halbherzige Seiten in einem Taschenbuch. Ich war nie Mitglied einer Wählerinitiative.

Wie verhalten Sie sich heute?

Ich übe Wahlkampfenthaltung – nicht zu verwechseln mit Wahlenthaltung.

Liegt das daran, daß alle Themen, die die Leute wirklich interessieren, in diesem langweiligen Wahlkampf verschwiegen werden? Tschernobyl, Rhein-Verschmutzung, Atom-Angst, Aufrüstung – das alles spielt ja keine Rolle.

Für mich ist der Wahlkampf die schlechteste Gelegenheit zu politischen Äußerungen. Bei der Wahl muß man mit dem Wortschatz eines Kindergartens und mit der Grammatik eines Computers auskommen. Es ist verblüffend zu sehen, wie viele Nuancen die westdeutschen Wähler in dieser Stummelsprache ausdrücken können. Trotzdem frage ich mich, ob sich die Gesellschaft durch Wahlkämpfe überhaupt noch mobilisieren läßt. Vielleicht beschäftigen sie hauptsächlich ihre Anstifter, die politische Klasse, also eine Minorität.

Die große ARD-Wahlsendung am vorletzten Samstag hatte nur läppische 3,7 Millionen Zuschauer. Trotzdem ist die Wahlbeteiligung nach wie vor hoch.

Vielleicht finden die Leute, daß ein reduziertes Murmeln immer noch besser ist, als ganz zu schweigen.

Wo artikulieren sich dann die politischen Bedürfnisse? Hat die politische Kaste überhaupt noch Berührung mit ihrer Basis?

Das ist eine strukturelle Frage. Ich glaube, daß sich das

Verhältnis von Staat und Gesellschaft, genauer gesagt: von Regierung und Gesellschaft, in den letzten Jahrzehnten grundlegend verändert hat. Die Bundesrepublik ist relativ stabil und relativ erfolgreich, nicht weil, sondern obwohl sie von den Leuten regiert wird, die von den Wahlplakaten herunter grinsen. Obwohl der Postminister alles tut, um die Post zu ruinieren, kommen immer noch Briefe an. Obwohl der amtierende Kanzler sich wie der Elefant im Porzellanladen aufführt, gedeiht der Osthandel. Und so weiter. Eine Firma, die so geführt würde wie diese Regierung, wäre längst pleite. Dieses Paradox läßt nur eine Erklärung zu: Die Bundesrepublik kann sich eine inkompetente Regierung leisten, weil es letzten Endes auf die Leute, die uns in der Tagesschau langweilen, gar nicht ankommt. Die realen gesellschaftlichen Prozesse verlaufen dem Bonner Zirkus gegenüber weitgehend autonom.

Heißt das, die Leute interessieren sich nur noch für überschaubare, lokale Politik, weil da wirklich etwas zu ändern ist, also etwa für die Frage, ob Salz gestreut werden soll oder nicht, oder wenn Wackersdorf vor der Haustür liegt?

Daran ist sicher etwas Wahres, aber das ist nicht alles. Der ganze Aggregat-Zustand der Gesellschaft hat sich verändert. Der beliebte Vergleich mit den fünfziger Jahren hinkt schon aus diesem Grund. Damals stand die Gesellschaft sozusagen vor der Regierung stramm. Denken Sie nur an den Respekt, der seinerzeit irgendwelchen Herren entgegengebracht wurde, nur weil sie Minister oder Generäle waren, von einem Patriarchen wie Adenauer ganz zu schweigen. Was von oben kam, war ein »Hoheitsakt«, und damit basta.

Und heute?

Heute erregt das alles nur noch ein Achselzucken. Im alten Europa hat man das Gemeinwesen immer nach dem Modell des menschlichen Körpers beschrieben. Die Regierung war das Oberhaupt, der Kopf. Diese Metapher ist endgültig passé. Ein Zentrum, das alles vorhersieht, steuert und entscheidet, ist nicht mehr vorhanden. Das Gehirn der Gesellschaft ist nicht mehr lokalisierbar, am allerwenigsten in Bonn. Innovationen, Zukunftsentscheidungen gehen schon längst nicht mehr von der politischen Klasse aus. Im Gegenteil: Erst wenn eine neue Idee zur Banalität geworden ist, fällt bei Parteien und Regierungen der Groschen. Die wirklichen Entscheidungen werden dezentral getroffen, in einem weitverzweigten Nervensystem, das von keinem Punkt aus kontrollierbar ist. Die Politik wird, wie die Theoretiker sagen, zu einem stochastischen Prozeß. Dadurch verlieren die Zentralinstanzen an Autorität und an Gewicht. Ihr Spielraum schrumpft, aber auch ihre Gefährlichkeit nimmt ab. Die Regierung wird zum Papiertiger.

Das ist eine sehr strukturalistische Beschreibung der Macht. Aber der Vergleich mit den fünfziger Jahren will doch auf etwas anderes hinaus. Heute wie damals gilt, daß die Politik eigentlich außen vor bleibt, heute wie damals sucht man ein neues Biedermeier, das heißt, das Glück im Privaten. Man will weg von der Politik. Vielleicht begünstigt die CDU damals wie heute diese Stimmung. Man kann die Politik an sie delegieren, weil sie verspricht, möglichst wenig zu tun.

Ja, dieses Gejammer über die Entpolitisierung kann man von allen Seiten hören. In der liberalen Presse und in der linken Szene, überall heißt es vorwurfsvoll: diese jungen Leute, die nur Konsum im Kopf haben, diese Yuppies, die nur an ihr Privatleben denken. Ein eigenartiger Predigerton! Ähnlich wie ein Pfarrer, der feststellen muß, daß seine Kirche leer bleibt.

Als ob es eine Pflicht zur Öffentlichkeit gäbe.

Auch die Politiker sind beleidigt darüber, daß sich die Leute immer weniger für sie interessieren. Sie sollten sich lieber fragen, woran das liegt. Ich vermute, daß die Parteien einer Selbsttäuschung aufsitzen, daß sie eine falsche Definition von Politik haben. Bin ich unpolitisch, weil ich auf das Gestammel von Herrn Möllemann oder Bangemann verzichten kann? Ich sehe nicht ein, was daran verwerflich oder egoistisch sein soll.

Der langweiligste Teil im *Spiegel* sind die ersten zwanzig Seiten. Der Bonner Tratsch, der Bonner Ekel, das Bonner Gerangel. Komisch, daß sich Ihre Zeitschrift von diesen Insider-Geschichten hypnotisieren läßt. Mir kommt das so vor, wie wenn der Angestellte Bangemann abends vom Büro nach Hause kommt und seiner Frau erzählt: Der A. hat im Vorzimmer gestänkert, der B. will den C. abschmettern, der D. will dem E. eins auf die Schnauze geben, und der Buchhalter F. soll entlassen werden. Für den, der nicht zur Firma gehört, gibt es nichts Öderes.

Und welchen Begriff von Politik wollen Sie dem der Parteien entgegensetzen?

Der Kern heutiger Politik ist die Fähigkeit zur Selbstorganisation. Es ist ja nicht so, daß der Einzelne dem Staat gegenübersteht. Insofern stimmt auch die These von der Privatisierung nicht. Jedes Interesse, auch das privateste, artikuliert sich politisch in organisierten Gruppen. Das beginnt bei den alltäglichsten Sachen: Schulfragen, Mieterproblemen, Verkehrsregelungen.

Sie denken an die Bürgerinitiativen. Aber gibt es die überhaupt noch?

Die entstehen jeden Tag *ad hoc* und lösen sich ebenso schnell wieder auf.

Das wäre die Lokalisierung der Politik. Daran knüpft sich eine andere Erscheinung. Die Wahl wird durch tägliche Meinungsumfragen ersetzt. Als es in Hamburg heftig schneite, wurde »Ted« befragt (eine Art demoskopischer Computer), wie viele Leute für Salz und wie viele gegen Salz sind.

Damit sind wir aber immer noch auf der Ebene der Kommunalpolitik. Aber denken Sie mal an Bürgerinitiativen, die Siemens heißen, oder Nixdorf, oder Hoechst. Die hat es immer gegeben: organisierte Macht außerhalb des Parteiensystems. Heute ist diese Art, gesellschaftlichen Druck auszuüben, kein Vorrecht der Kapitalinteressen mehr. Heute stehen dem Staat alle möglichen Gruppen gegenüber, Minoritäten aller Art. »Bürgerinitiativen« in diesem Sinn sind nicht nur alte Organisationen wie die Gewerkschaften, die Kirchen, die Medien. Auch die Sportler sind hochorganisiert, die Homosexuellen, die Waffenhändler, die Autofahrer, die Behinderten, die Eltern, die Steuerhinterzieher, die Geschiedenen, die Naturschützer, die Terroristen und so weiter. Sie können 10000 Machtinstanzen in unserer Gesellschaft ausmachen. Das Resultat ist eine undurchsichtige Gemengelage. Genau das Gegenteil von einem Volk, das sich um seine Bonner Häuptlinge schart.

Meinen Sie wirklich, daß sich die Politiker vor kleinen und amorphen Lobbys fürchten?

Die Regierung möchte ich sehen, die es riskieren würde, eine Weltmeisterschaft zu kippen oder eine Olympiade abzuschmettern, selbst wenn sie dafür die besten Gründe hätte. Sogar das Lachen über Greenpeace ist den Parteien spätestens seit Tschernobyl und Basel vergangen.

Dann wäre der politische Apparat in Bonn in Ihren Augen nur noch eine Art von Makler-Instanz. Aber worauf führen Sie den Vertrauensschwund zurück, den Sie konstatieren? Ist er durch Stichworte wie Flick oder Neue Heimat zu erklären?

Nicht nur das. Die Parteien haben sich auch strukturell verändert. Sie können das an der Rekrutierung der politischen Klasse sehen. Noch vor wenigen Jahrzehnten war es üblich, daß ein Politiker irgendeine Art von Lebenserfahrung vorzuweisen hatte. Heute haben Sie den Typus des ehrgeizigen Abiturienten, der es in der Schüler-Union „zu etwas bringt", dann wird er Studentenpolitiker, schließlich Funktionär. Seine Lebenserfahrung beschränkt sich auf die Fähigkeit, einen Parteiapparat zu manipulieren. Das führt zu verschiedenen Konsequenzen. Zum einen traut man solchen Leuten Fähigkeiten, wie sie von jedem andern erwartet werden, nicht mehr zu. Ein Politiker ist jemand, der nichts gelernt hat. Zum zweiten ist er auf den Apparat auf Gedeih und Verderb angewiesen. Zum dritten entwickelt er eine Zeitperspektive, die immer nur bis zur nächsten Landtagswahl reicht. Und schließlich führt seine soziale Lage zu einem ganz spezifischen Realitätsverlust. Die politische Klasse ahnt nicht, was in der Gesellschaft los ist. Sie isoliert sich in einer wagenburgartigen Situation.

Bonn als Wagenburg. Schon Willy Brandt brachte es fertig, vielleicht unbewußt, immer von »den Menschen draußen im Lande« zu reden.

Das ist natürlich eine Projektion. In Wirklichkeit sind die Leute in Bonn die Eingeschlossenen. Eine amüsante Folge davon ist, daß die politische Klasse die Gesellschaft für dumm und frech hält. Die Gesellschaft ist genau der umgekehrten Meinung. Die Frage, wer recht hat, ist relativ leicht zu entscheiden. Daß nur der Parteiapparat weiß, wo es lang geht, und daß alle andern blöde sind, ist ja eine sowjetische Auffassung.

Führt diese Entfremdung auch dazu, daß politische Skandale gar nicht mehr als Skandale wahrgenommen werden? Die Gesellschaft sieht den Politikern alles nach, weil sie ihnen alles zutraut. Weder die U-Boot-Affäre noch die sprachlichen Entgleisungen des Kanzlers gegenüber Newsweek *und gegenüber Honnecker führen beim Publikum zu großer Aufregung. Die Käuflichkeit wird den Politikern nicht mehr angekreidet. Wie kommt es dazu, daß die Gesellschaft gleichgültig, ja fast apathisch die nahezu kriminellen Züge der politischen Kaste erträgt?*

Diese Gesellschaft ist nicht mehr enttäuschbar. Sie hat sehr früh, sehr rasch registriert, was in Bonn los ist. Zu dieser zynischen Auffassung trägt auch die Selbstdarstellung der Parteien bei. Die Politiker versuchen, den Schwund ihrer Autorität, die Erosion der Macht und des Vertrauens durch einen riesigen Werbeaufwand zu kompensieren. Aber diese Materialschlachten sind kontraproduktiv. Ihre Botschaften sind tautologisch und leer. Sie sagen immer nur eines, nämlich »Ich bin ich« oder »Wir sind wir«. Die Null-Meldung ist die bevorzugte Art ihrer Selbstdarstellung. Das bestärkt natürlich die Leute in ihrer Auffassung, daß von dieser Kaste kein Gedanke zu erwarten ist. Die Leute winken ab und ziehen allenfalls Ankündigungen in Betracht, die ihre eigenen, engsten Interessen betreffen, etwa im Hinblick auf Steuern, Sozialleistungen und Subventionen. Wenn auf den Plakaten steht: »Es geht um Deutschland«, dann weiß jeder, daß das leeres Stroh ist. Es geht im höchsten Fall um den Milchpfennig, um den Krankenkassenbeitrag oder um die Stütze.

Aber warum trennt sich dann die Gesellschaft nicht von dieser politischen Klasse, beispielsweise durch Wahlenthaltung, eine spektakuläre Wahlenthaltung? Die Amerikaner haben – bei den Kongreßwahlen – eine Beteiligung von durchschnittlich 35 %. Bei uns liegt sie über 80 %.

Wir sind gebrannte Kinder. Diese Wahlbeteiligung ist ein Votum gegen den Einparteienstaat, gegen die Diktatur, die sich niemand zurückwünscht, nicht einmal der verworrenste Rechtsradikale. Über 80 % wollen keine Diktatur. Insofern sieht sich der Wähler vermutlich als Verhinderungskünstler.

In vielen Analysen ist zu lesen, daß der Wähler, bewußt oder unbewußt, bei Landtagswahlen jedesmal das Votum bei der Bundestagswahl korrigiert. Er baut die andere, die unterlegene Partei auf, bereitet den Wechsel vor, versucht vielleicht auch, den Übermut einer herrschenden Partei zu brechen.

Sehr vernünftig. Das sind Strafaktionen der Wechselwähler. Dabei spielt vielleicht auch das in der deutschen Psyche tief verwurzelte Gefühl der Schadenfreude eine Rolle. Der Genuß des Wahlabends ist der Anblick des jeweils Geohrfeigten. Er stottert vor Wut über die Idioten, die ihn nicht gewählt haben, darf das aber um keinen Preis zugeben.

Er muß sich bedanken.

Das ist einer der wenigen Genüsse, die das Ritual zu bieten hat. Der wichtigste politische Inhalt der Wahl ist aber die

Tatsache, daß es Wahlen gibt, und daß wir die Verfassung, die sie garantiert, behalten wollen.

Die Wahlprognosen sind häufig ungenau. Die Demoskopen behaupten, das liege daran, daß sich der deutsche Bürger schämt, zu gestehen, daß er nicht zur Wahl gehen will. Das will der den Meinungsforschern vorher nicht verraten. Wahlenthaltung gilt offenbar als unmoralisch.

Die geringe Auskunftsfreudigkeit hat, glaube ich, ganz andere Gründe. Man belügt die Demoskopen, weil man sich nicht in die Karten gucken lassen will. Sechs Prozent reichen, um die Prognosen durcheinanderzubringen. Das gleiche werden wir bei der Volkszählung erleben. Auch darin äußert sich ein anderes, unberechenbares Politikverständnis.

Um auf die bevorstehenden Wahlen zurückzukommen: Seit der Niedersachsen-Wahl erleben wir den absoluten Niedergang der SPD. Und Leute wie Sie sind nicht etwa entsetzt darüber. Völlig lethargisch sehen die Intellektuellen dem Niedergang der Partei zu.

Aber das ist ja gerade meine These, daß eine Partei wie die SPD an ihrer Staatsfixierung, an ihrem Entscheidungszentralismus scheitern muß. Es ist nach wie vor ihre Grundidee, daß die Gesellschaft von einem Punkt aus gesteuert werden soll. An diesem Hebel sitzt ein guter Hirte, der für die Gesellschaft, vor allem für die Benachteiligten, das Beste will, und der auch ganz genau weiß, wie dieses Beste verwirklicht werden muß. Das sagen ihm seine Soziologen, seine Gewerkschaftsschulen, sein Braintrust, seine Programmkommission. Man muß nur den Machtapparat mit den richtigen Leuten besetzen, dann ist alles unter Kontrolle. Wenn aber die Kommandohöhen nur noch ein Maulwurfshügel sind?

Sie sehen also die Sozialdemokratie als eine konservative Partei?

Was ihr Staatsverständnis betrifft, auf jeden Fall. Sie sehen das – um nur ein Beispiel zu nennen – an ihrer rigiden Schulpolitik, die alles über einen Leisten schlagen will. Nur keine Experimente, keine Eigeninitiativen, kein Leben außerhalb der Vorschrift! Aber unsere Gesellschaft ist nicht mehr auf Vordermann zu bringen. Selbst in der Sowjetunion funktioniert das nicht mehr. Die zaghaften Reformansätze dort sind ja nicht einem plötzlichen Anflug von Humanität zu verdanken, sondern der schlichten Einsicht, daß Gesellschaften, die einen gewissen Komplexitätsgrad, eine gewisse ökonomische Entwicklungsstufe überschritten haben, nicht mehr zentral gesteuert werden können. Die SPD ist aus historischen Gründen besonders schlecht gerüstet, um das zu kapieren.

Demnach müßten die Intellektuellen zu den Grünen überlaufen und dort ihre neue politische Heimat finden.

Die Intellektuellen und ihre politische Heimat sind in diesem Zusammenhang meine geringste Sorge. Aber es ist natürlich richtig, daß die Grünen, bei aller Konfusion, wacher und rascher auf die Signale der Gesellschaft reagieren als andere Parteien. Unsere traurige politische Klasse hat sie bisher nicht kooptiert. Die meisten ihrer Vertreter verfügen über irgendwelche praktischen Lebenserfahrungen außerhalb der Apparate. Manche kennen sogar den Zustand der Bargeldlosigkeit, der in Bonn unbekannt ist. Auffällig ist auch, daß sie sich für die Zukunft interessieren. Sogar ihre Defekte sind neuartig und jedenfalls interessanter als die selbstgefällige Dickhäuterei der Herren vom Kartell.

Wir möchten auf die Frage zurückkommen, was in der Situation, die Sie beschreiben, von den Intellektuellen zu erwarten ist.

Wenn meine Lagebeschreibung zutrifft, muß sie für alle gelten, also auch für die Intellektuellen. Es ist nicht immer angenehm, die eigene Medizin zu schlucken, aber Selbstexperimente haben manches für sich. Ich sehe in der Tat gewisse Analogien zwischen den Politikern auf der einen und den Intellektuellen auf der anderen Seite. In unserer Tradition gibt es ja nicht nur die Vorstellung von einer politischen, sondern auch die von einer geistigen Führung. Mit dieser Begründung haben die *clercs*, also die Intellektuellen, in der Vergangenheit ihren Anspruch auf eine zentrale Position in der Gesellschaft begründet. Sie hatten es dabei nicht auf die Macht abgesehen, wohl aber auf Einfluß. Sie glaubten, sie hätten die Erkenntnis, die gesellschaftliche Einsicht für sich gepachtet.

Und auch die Moral.

Nun wird es in einer diffusen, dezentralisierten Gesellschaft den Intellektuellen nicht anders ergehen als den Politikern: auch ihre Autorität wird relativiert, auch ihre privilegierte Position ist im Schwinden.

Es gibt dazu zwei Thesen. Eine davon lautet: Aus dem Standardsatz »Der Geist weht links« habe sich bei den Intellektuellen selbst eine Antithese, ein Wende-Geist herausgebildet. Man kann dafür Namen wie Botho Strauß oder Peter Handke als Beispiele anführen. Die andere These ist: Inzwischen seien viele Forderungen, welche die Linke in den fünfziger und sechziger Jahren gestellt haben, verwirklicht, zum Teil sogar von konservativen Regierungen. Dafür müsse man nicht mehr kämpfen. Der Essayist Michael Rutschky hat das als Grund für die Langeweile angeführt, die dieser Wahlkampf ausstrahlt.

Beide Thesen sind mir zu ideologisch, sie bleiben dem Schema des Parteiensystems verhaftet. Ich bleibe lieber bei meiner Form der Beschreibung. Wenn das Gehirn der Gesellschaft nicht mehr lokalisierbar ist, dann ist auch die intellektuelle Produktivität nicht mehr bei einer sozialen Untergruppe wie den Professoren, den Schriftstellern, den Intellektuellen zu lokalisieren. Beachten Sie noch eine weitere Analogie: Genauso, wie die Politiker die Wähler für blöd halten und umgekehrt, so glaubt auch der Intellektuelle im allgemeinen, daß er alles besser weiß, und die Bevölkerung glaubt, daß er ein Spinner ist. Ich bin kein Populist und neige nicht dazu, mich bei einer Mehrheit anzubiedern, aber die Frage muß doch erlaubt sein: Wenn die Gesellschaft tatsächlich oft klüger ist als die Politiker, könnte sie dann nicht auch manchmal klüger sein als die Intellektuellen oder jedenfalls als der einzelne Intellektuelle? Wo kommen heute neue Ideen her? Wo bewegt sich etwas? Wo werden neue Gefahren am schnellsten erfaßt? Ich weiß es nicht, aber ich glaube nicht, daß dafür ein kleiner, erlauchter Kreis von Meisterdenkern in Betracht kommt.

Und die Universitäten? Liefern sie keine neuen Ideen? Das waren doch die Kaderschulen des Aufbruchs von 1968.

Man kann wohl eher behaupten, daß die Universität heute das Reich der Mittelmäßigkeit ist, eine Art kultureller Karstlandschaft. Nicht einmal ihre führenden Vertreter nehmen für die Hochschulen eine zentrale intellektuelle Rolle in Anspruch.

Überhaupt, in einem Punkt hinkt der Vergleich zwischen dem Clan der Politiker und dem der Intellektuellen. Während die einen vom Gefühl ihrer grenzenlosen Wichtigkeit erfüllt sind, neigen die andern zum Selbstzweifel. Langsam aber sicher breitet sich unter den Intellektuellen die Einsicht aus, daß ihre alte Präzeptorenrolle ausgespielt ist. Den berühmten Schriftsteller, der sich einbildet, er sei das Gewissen der Nation, können Sie mit der Lupe suchen.

Könnte das nicht heißen, daß ein Autor wie Sie, Herr Enzensberger, sich vor seiner früheren Rolle drücken will? In den Nachrufen auf Böll hieß es, er sei die letzte Figur gewesen, die in Deutschland eine politisch-moralische Instanz war. Auch Sie haben das so formuliert. Denken Sie an Sartre in Frankreich, an Grass, der ja die SPD mit an die Macht zu trommeln suchte.

Ich habe das alles noch miterlebt: die sanitäre Aufgabe der Intellektuellen nach dem Ende des Faschismus, die ganze ideologische Müllabfuhr, eine recht mühsame und langwierige Arbeit. Aber ich möchte hartnäckig bleiben und zu meiner These zurückkehren. Eine Person wie Böll war ja kein historischer Zufall. Böll war die Gegenfigur zu Adenauer. Die Gesellschaft hat damals solche Erscheinungen benötigt und hervorgebracht: Autorität und Gegen-Autorität. Daß solche Figuren heute nicht mehr vorhanden sind, muß nicht unbedingt an Talentmangel liegen oder an Charakterlosigkeit. Vielleicht liegt es daran, daß sie in gewisser Weise überflüssig geworden sind. Ich glaube, es ist eine Vergesellschaftung solcher Rollen eingetreten. Wir haben Heinrich Böll verloren. Aber dafür haben wir Amnesty und Greenpeace.

Wir wüßten auf Anhieb gar nicht zu sagen, wer Herr Greenpeace ist.

Eben. Das ist etwas historisch Neues. Alles unbekannte Leute! Wenn ich aus dem Fenster sehe, frage ich mich oft, was die Frau gegenüber macht, Hausaufgaben oder Politik? Ich möchte in diesem Zusammenhang ein kleines Denkmal für den unbekannten Techniker errichten, der die Kassette mit der Neujahrsansprache des Herrn Bundeskanzlers vertauscht oder verwechselt hat. Ich glaube nicht an die diversen Verschwörungstheorien. Die wahre Erklärung ist viel interessanter.

Stellen Sie sich einen Metteur bei der Londoner *Times* im Zeitalter der Queen Victoria vor. Ausgeschlossen, daß dieser Mann eine Rede der Königin vertauscht hätte. Er wäre von der Wichtigkeit der Sache völlig durchdrungen gewesen und hätte den Bleisatz ehrfürchtig gehütet.

Unserm Techniker dagegen flüsterte sein Unbewußtes etwas ganz anderes ein: Was auf dieser blöden Kassette drauf ist, das ist doch gehupft wie gesprungen. Mit dieser Einsicht steht er nicht allein da. Er hat in diesem Augenblick als Vertreter einer Gesellschaft gehandelt, die genauso denkt wie er.

Außerhalb der politischen Kaste war die Empörung über den vertauschten Kohl fast gleich Null.

Haben Sie die Überschrift in der *Süddeutschen Zeitung* gesehen? »Bundeskanzler Kohl sieht keine Meinungsverschiedenheiten in der Außenpolitik.« Darunter steht, daß er für das Selbstbestimmungsrecht sei. Das ist ein Aufmacher! Das sind

Schlagzeilen! Die ideale Null-Meldung. Die Nachrichten im Fernsehen kann man nur noch mit Hilfe der Fernbedienung ertragen. Auf zehn Sekunden Nachricht kommen fünf Minuten Ohrenschmalz. Wer da nicht abschaltet, ist selber schuld.

Wollen Sie damit sagen, daß es Ihnen völlig gleichgültig ist, wer nach dem 25. Januar regiert? Ändert das gar nichts mehr? Das wäre ja immerhin eine mögliche Konsequenz aus Ihrer Analyse.

Das möchte ich nicht sagen. Ich sehe immer noch gewisse Nuancen, in denen sich die Parteien unterscheiden, Nuancen hygienischer Art.

Alternativen, bei denen man sich weniger schämen muß?

Graduelle Unterschiede in der Peinlichkeit.

Von bestimmten jungen Wähler-Gruppierungen hat man gesagt, die interessiere an der Politik nur noch das ästhetische Moment. Kommt Ihre Einstellung dieser Haltung nicht ziemlich nahe?

Die Stimmabgabe ist eine ziemlich schwache, äußerst ritualisierte, weitgehend symbolische politische Äußerung. Das spricht nicht gegen ihre Bedeutung. Aber jede symbolische Äußerung hat eine ästhetische und eine moralische Dimension. Im Gefühl der Peinlichkeit kommt beides zum Vorschein. Das ist der Grund, warum es selten trügt.

Die Gegenprobe können Sie bei Herrn von Weizsäcker machen. Er beschäftigt sich damit, die moralische und ästhetische Situation der Republik erträglicher zu machen, soweit das die Grenzen seines Amtes erlauben. Damit hat er Erfolg. Die Leute verstehen das. Auf diese Weise hat er eine Art von Glaubwürdigkeit gewonnen, die anderen Politikern vollständig abhanden gekommen ist.

Aber diese Rolle kann er nur im Rahmen einer stillschweigenden Abmachung spielen, die zum Inhalt hat, daß auf der anderen Seite Herr Kohl weiter seine Goebbels-Vergleiche loslassen kann.

Ich sehe da nicht ein abgekartetes Spiel, sondern eine funktionelle Verteilung. Genau in dem Maß, in dem er der Logik der Apparate nicht unterworfen ist, kann er sich wie eine Person benehmen, also selbständige Gedanken äußern, überflüssige Lügen vermeiden, moralische und ästhetische Unterscheidungen treffen und eine gewisse Neugier für die Außenwelt an den Tag legen.

Ein Mann, der im politischen Apparat vorankommen will, darf das alles nicht. Er darf sich für Probleme außerhalb des Apparates eigentlich gar nicht ernsthaft interessieren. Er wird sonst zu einer Belastung. Denken Sie sich zum Beispiel einen Politiker in irgendeinem Umwelt-Ressort, der ein Kind hätte, das wegen einer chemischen Vergiftung schwerbehindert ist. Dieser Mann wäre untragbar. Er wäre nämlich an seiner Aufgabe allzu interessiert. Der loyale Parteipolitiker darf dagegen nur ein einziges Kalkül kennen: Hilft es meinem Verein, wenn ich so oder so handle, oder schadet ihm das? Er wird deshalb die fragliche Position nur erreichen, wenn er überzeugungsneutral ist. Das Problem darf ihn nicht interessieren, nur die Konsequenzen der Problemlösung oder Problemverschleierung für seine Machtgruppe.

Also kann uns Umwelt-Minister Wallmann – was wir schon lange argwöhnen – in Wahrheit gar nicht helfen? Auch wenn er behauptet: »Wenn ich wirklich überzeugt wäre, daß sich etwas ändern müßte, würde ich es ändern!« Das ist doch, angesichts der geballten Interessen der chemischen Industrie, bloßer Größenwahn.

Ja, nur daß dieser Sachverhalt auch eine Kehrseite hat. Wenn die Politiker sich für nichts mehr interessieren außer für die Reste ihrer Macht, wenn sie von nichts mehr überzeugt sind, es sei denn von ihrer Unentbehrlichkeit, dann gilt das auch für die rechte Politik. Und das ist in gewisser Weise beruhigend. Die Union versucht ja, der Langeweile des Wahlvolks dadurch zu begegnen, daß sie die rhetorische Dosis steigert. Daher die schrillen Töne, das scheinbare zwecklose Geifern, der Appell an die vermuteten Restbestände an rechtsradikaler Dumpfheit. Aber natürlich weiß Herr Dr. Strauß genauso gut wie Sie und ich, daß die Ostpolitik nicht auf den Kopf gestellt, daß das Asylrecht nicht abgeschafft wird, und daß Wackersdorf zwar gebaut werden, aber nie in Betrieb gehen wird. Es kommt ihm auch in keiner Weise darauf an. Derselbe Politiker, der, wenn es nach seinen Reden geht, den Bundesrekord an Antikommunismus hält, ist im Zweifelsfall, wenn es ihm paßt, jederzeit bereit, einen Milliardenkredit für die DDR zu besorgen. Wenn es dabei einen Blumentopf zu gewinnen gäbe, wäre er der erste, alle Kernkraftwerke abzuschalten und für die Sonnenenergie einzutreten, weitere zwei Millionen Türken nach Deutschland zu holen oder ein Bündnis mit der Sowjetunion zu schließen. Es müßte nur für die CSU etwas dabei herausspringen.

Vergessen Sie dabei nicht einen wichtigen Punkt? Sehen Sie nicht die Gefahr, daß die Regierung der Wende – jetzt sind wir doch wieder bei den politischen Schlagworten – dabei ist, die historische Verantwortlichkeit total zu zerstören und abzubauen?

Nehmen wir einmal an, dieses ideologische Rollback-Unternehmen beruht auf einem Kalkül ...

Stichwort: Bitburg, Historiker-Streit, Museums-Projekt, Spätgeburt ...

Das kann kein Zufall sein. Also wieder mal jemand, der von seiner eigenen Schlauheit überzeugt ist, der Spitzenpolitiker, der sich einbildet, an der Spitze zu stehen, Vorentscheidungen zu treffen, mit einem Wort: zu führen. Was ist das Resultat? Wir haben, glaube ich, seit 1945 kaum Jahre erlebt, in denen so viel über die Verbrechen des Dritten Reiches nachgedacht, geschrieben, gestritten wurde wie jetzt. Auschwitz ist gegenwärtiger denn je. Die Leute, die unsere Geschichte zuschaufeln wollten, haben sich als Ausgräber erwiesen.

Das wäre eine Art Dialektik der Aufklärung, die List der Vernunft.

Es ist immer wieder dieselbe Geschichte: die Gesellschaft ist eben nicht die Hammelherde, die der Politiker in ihr vermutet. Was in den fünfziger Jahren noch möglich war, ein Problem zu tabuisieren, eine Diskussion stillzulegen, das kann heute aus strukturellen Gründen nicht mehr gelingen. Der Versuch ist kontraproduktiv und zum Scheitern verurteilt.

Wenn zum Beispiel irgendeine Regierung auf die Idee käme, zu sagen, das Wort »Jude« solle in Zukunft bei uns nicht mehr ausgesprochen werden, dann wären die Folgen absehbar: Alle Medien würden sich ununterbrochen mit diesem Thema beschäftigen, die Deutschen würden von nichts anderem mehr sprechen. Leute wie Dr. Kohl und seine Helfer bieten die beste Garantie dafür, daß die Diskussion über die Nazi-Verbrechen in absehbarer Zeit nie abreißen kann. Sie heizen die Auseinandersetzung viel effektiver an als der linke Aufklärer, der treuherzig versucht, an die Tatsachen zu erinnern.

Wir sind da etwas skeptischer als Sie.

Aber sehen Sie sich den Herrn Bundeskanzler doch nur an! Er ist ja das beste Beispiel dafür, was ich sage. Er gleicht einem Mann, der einen Leimtopf aus dem Weg räumen will. Bei diesem Versuch muß er den Leimtopf aber anfassen. Der Leim zieht Fäden. Der Mann ist nach einiger Zeit über und über mit Leim bekleckert. Er verteilt den Leim, den er weghaben wollte, nach allen Seiten. Seine Krawatte trieft jeden Tag von neuem. Herr Kohl kann hinkommen, wo er will, er kann reden, wovon er will, immer fällt ihm der Faschismus ein, alles erinnert ihn an Hitler, an Goebbels, an den *Stürmer*, an die Hitler-Jugend. Der Faschismus ist seine Obsession. Seine Fixierung an die Nazizeit ist phantastisch. Das ist schon sehr interessant. Psychisch gesprochen, ist das ein klarer Fall von Wiederkehr des Verdrängten. Moralisch gesprochen, nennt man das, glaube ich, den Fluch der bösen Tat.

Herr Enzensberger, Sie erweisen sich ja als geradezu unerhörter Optimist. Das klingt doch alles nach unausweichlicher Beförderung des Fortschritts, so, als wäre da eine unsichtbare, rettende Hand am Werk.

Glauben Sie wirklich? Unser ganzes Gespräch hat sich im Grunde immer nur um die Fassaden gedreht. Wir haben, ganz wie es sich im Wahlkampf gehört, die wirklichen Gefahren ignoriert: die Rüstung, die Außenpolitik, die Arbeitslosigkeit, die Probleme der Ökonomie. Statt dessen haben wir uns über die Politiker und über die Intellektuellen unterhalten. Es ist ja relativ leicht, sich von diesen Selbstdarstellern ein Bild zu machen. Aber wohin bewegt sich das Ganze, dieses große, weiche, empfindliche Ungeheuer, das wir Gesellschaft nennen, mit seinem weitverzweigten Gehirn? Es ist doch eine unheimliche Vorstellung, daß darüber keine begründete Aussage möglich ist. Manchmal reagiert dieses Ganze überraschend intelligent, phantasievoll, realistisch, manchmal kommt es einem schäbig, dumpf und tückisch vor. Ich weiß auch nicht, was es im Sinn hat, und deshalb muß ich ohne Optimismus und ohne Pessimismus auskommen.

Herr Enzensberger, wir danken Ihnen für dieses Gespräch.

Die Leere im Zentrum des Terrors

Auch der Schrecken hat seine Rituale, um nicht zu sagen: seine Routinen. Nach dem Mord läutet im Büro einer Nachrichtenagentur das Telefon. In einem Befehlston, den er durch das Studium von Fernsehserien erlernt hat, gibt der Anrufer seine Instruktionen. Der Redakteur vom Dienst zieht seinen Regenmantel an und begibt sich zu der nächstgelegenen Telefonzelle, oder zum Papierkorb an der Straßenecke. Dort, im »toten Briefkasten«, findet er das Kuvert mit dem Text, der ein paar Minuten später über den Fernschreiber läuft. Irgendein »Kommando«, heißt es darin, irgendeine »Brigade«, irgendeine »Front« übernimmt die »Verantwortung« für das Attentat. Der Brief der Mörder hat die Form eines Kommuniqués, sein Ton ist militärisch knapp, die Terminologie phrasenhaft, der Satzbau bürokratisch. Mit jedem Wort, das ihnen einfällt, parodieren die Täter das, was sie zu bekämpfen vorgeben: den Staat und seine Institutionen. Ihr höchster Ehrgeiz ist es, in die Roben und Uniformen der Obrigkeit zu schlüpfen. Die Killer geben sich als Tribunal aus, als Armee. In ihrer Allmachtsphantasie erscheint der Schlupfwinkel als Gefängnis und der Mord als Hinrichtung. Die Medien in ihrer inständigen Bewußtlosigkeit übernehmen den Sprachgebrauch der Terroristen. So wird das Geständnis zum »Bekennerbrief« und der Totschläger-Clan zur »Befreiungsorganisation«.

Die Bereitwilligkeit, mit der die Öffentlichkeit auf die Verlautbarungen der Terroristen eingeht, ist erklärungsbedürftig. Der oft erhobene Vorwurf, daran sei die Sensationsgier der Medien schuld, geht jedenfalls ins Leere; denn eine ödere Lektüre als die Prosa terroristischer Organisationen kann man sich nicht vorstellen. Auch ihr analytischer Wert kann diese massenhafte Verbreitung kaum begründen; denn er tendiert gegen Null. Die Diskrepanz zwischen der Tat und ihrer Motivation ist fast immer offensichtlich, und in der Regel sind die »Aktionen« der Killer, gemessen an ihren nachgeschobenen Absichten, politisch konterproduktiv. Es muß also etwas anderes sein, was die Verlautbarungen der Terroristen so beliebt macht. Ich hege den Verdacht, daß sie uns beruhigen. Die Tatsache, daß die Täter es überhaupt für nötig halten, ihr Handeln mit Rechtfertigungen zu versehen – gleichgültig, wie aberwitzig diese Rechtfertigungen ausfallen –, hilft uns nämlich, sie »einzuordnen«. Wir nehmen ihre Kommuniqués für bare Münze, wir akzeptieren sie mit einer gewissen Dankbarkeit, auch wenn ihr wahrhafter Charakter offen zutage liegt. Denn sie dienen uns als Beweis dafür, daß unsere Vorstellungswelt noch in Ordnung ist, daß unsere herkömmlichen Modelle noch funktionieren. Hie der Räuber, dort der Gendarm; auf der einen Seite Law and Order, auf der andern Rebellion; hüben die Unterdrückung, drüben der anti-imperialistische Kampf. Und so weiter. Sogar die traditionelle Idee des Tyrannenmordes, die so alt ist wie unsere politische Zivilisation, spukt immer noch in den Köpfen. Das Kommuniqué sorgt dafür, daß das monströse Kind einen Namen hat. Die politische und moralische Arbeitsteilung ist gerettet. Alles, was der Fall ist, bleibt, gleichgültig wie abstoßend der Fall sein möge, *erklärbar* und kann daher mit den üblichen Methoden politischer und polizeilicher Rationalität verarbeitet werden.

Allerdings haben solche Integrationsversuche im Lauf der letzten zehn Jahre immer mehr an Plausibilität verloren. Denn je mehr die »Ermittlungen« voranschreiten, und je mehr die Öffentlichkeit sich mit dem Phänomen beschäftigt, desto wirrer wird das Bild. Das hat sich besonders in Italien gezeigt. Aber auch anderswo haben die »Enthüllungen« das Dunkel nur noch undurchdringlicher gemacht. Die Loyalitäten, die der Terrorismus für sich in Anspruch nimmt, sind immer zweifelhafter, die Spuren vielfältiger, die Querverbindungen phantastischer geworden. Für ein und denselben Mord werden Links- und Rechtsextremisten, der KGB und die CIA verantwortlich gemacht. Anscheinend arbeiten religiöse Fanatiker einträchtig mit dem Obersten Khadafi zusammen, und geheimnisvolle Logen reichen der Mafia die Hand, um der Weltrevolution, dem Zionismus oder dem Islam zum Siege zu verhelfen. Unter diesen Umständen gilt es als ausgemacht, daß die Täter in aller Regel nicht wissen, was sie tun, daß sie nichts weiter als blinde Werkzeuge in der Hand irgendeines teuflischen Drahtziehers sind, der sie, selber unsichtbar, lenkt und steuert.

Wir kommen um die Feststellung nicht herum, daß hier ein klinisches Bild vorliegt, nämlich das der Paranoia. Allerdings kann es sich nicht um das klassische Krankheitsbild handeln. Was die Terroristen selbst betrifft, so wäre es eine naive Verharmlosung, in ihnen isolierte Wahnsinnige zu sehen. Die Einrede der Unzurechnungsfähigkeit, die sich in allen Strafgesetzbüchern der zivilisierten Welt findet, mutet angesichts ihrer Verbrechen wie ein rührendes Relikt an. Das geht schon daraus hervor, daß die Täter voller Stolz auf ihr technisches Können, auf ihre minutiöse Planung verweisen, und daß sie nicht müde werden, sich ihrer »Logistik«, ihrer »Basen« und ihrer »Strategien« zu rühmen.

Was aber noch viel schwerer wiegt: Es geht hier nicht nur, es geht nicht einmal in erster Linie um das Phantasma der Täter, sondern um eine kollektive Struktur. Der Terrorismus erzeugt eine Paranoia, die sich nicht an die Psychiatrie delegieren läßt, weil sie kein individueller, sondern ein öffentlicher Zustand ist. Wenn diese Diagnose zutrifft, dann wären die Kommuniqués, die Rechtfertigungen, die »Bekennerbriefe« nur als Palliative zu deuten. Die Öffentlichkeit gliche einem Patienten, der die jeweiligen Erklärungen sozusagen als Psychopharmaka schluckt.

Demgegenüber wäre die Möglichkeit ins Auge zu fassen, daß

der Verschwörungszusammenhang in einem gewissen Sinn gar nicht existiert, daß es den allwissenden Drahtzieher, den *Master mind*, wie er sich in Phantomen namens Carlos oder Abu Nidal darstellt, nicht gibt. Wäre es nicht denkbar, daß die vermeintlichen Auftraggeber ebenso im Dunkeln tappen wie die Killer, die angeblichen Nutznießer ebenso wie ihre Opfer, die Handlanger so gut wie die Polizei, die Medien ebenso wie die Geheimdienste? Daß alle Beteiligten nur Stellvertreter einer allgemeinen Psychose wären und ihre Erklärungen nichts weiter als Rationalisierungen, die mehr verhüllen als sie preisgeben?

Die Probe aufs Exempel wäre eine terroristische Handlung, die auf jede Erklärung verzichtet, jede Rechtfertigung verweigert und ihre eigene Grundlosigkeit durch Schweigen veröffentlicht: ein *leeres* Attentat.

Die Wirkung einer solchen Aktion wäre unermeßlich; denn sie träfe nicht nur ihr unmittelbares Opfer, sondern auch alle Sprachregelungen, die uns zur Verfügung stehen, um den Terrorismus zu »fassen«. Wir sähen uns mit einem Schrecken konfrontiert, der zugibt, daß er um seiner selbst willen existiert, mit einem Schrecken ohne Ritual, ohne Ziel, ohne Warum, einem Terror, der von jedem ausgeübt werden und der jeden treffen kann. Wir könnten uns nicht mehr mit der Feststellung beruhigen, gemeint sei immer ein anderer, nämlich der oder jener aus diesem oder jenem Grund. Es gäbe keine Forderungen mehr, über die man verhandeln, keine Bedingungen, die man erfüllen, kein Motiv mehr, auf das man eingehen könnte.

Der Mord an Olof Palme könnte als Beispiel für diese absolute Form des Terrors dienen. Wenn sich die Täter nicht bereitfinden, und wenn es den Politikern nicht gelingt, *post festum* ein »passendes« Motiv zu liefern, dann werden wir nicht umhin können, den Terrorismus als eine strukturelle Eigenschaft unserer Zivilisation zu begreifen, als ein *endemisches* Phänomen, das gewissermaßen naturwüchsig auftritt und sich immer nur von Fall zu Fall mit Absichten, Forderungen, Rechtfertigungen maskiert. Wir müßten uns dann auch eingestehen, daß der Terror politisch leer ist, und daß er, wie die Massaker auf den Straßen und in den Fußballstadien, wie Gewaltpornographie und Drogensucht, wie die massenhafte Mißhandlung von Frauen und Kindern, seinen letzten Grund in der psychischen Verfassung des Ganzen hat. Daraus wäre zu schließen, daß man den Terrorismus zwar bekämpfen muß, aber nicht ausrotten kann. Denn »die psychische Verfassung des Ganzen« ist nur ein hilfloser Begriff für etwas, das wir niemals ganz begreifen, und das sich unserer Kontrolle entzieht.

Mittelmaß und Wahn
Ein Vorschlag zur Güte

Das Mittelmaß, -es, Me. e. Dasjenige Verhältniß, da weder auf der einen Seite zu viel irgend einer Art noch auf der andern zu wenig ist oder geschiehet, das rechte Maß, welches von einem zu hohen oder geringen Grade gleich weit entfernt ist. »Dadurch wird das selige Mittelmaß der Glücksgüter erhalten.« *Ebeling.* Dann wol auch für Mittelmäßigkeit.

Campe (1809)

»Was ist denn aber an Genies gelegen?« Desto mehr liegt uns an brauchbaren Männern. Zu diesen wird eine glückliche Temperatur von Gaben und Geschicklichkeiten erfordert: eine gewisse Mittelmäßigkeit, die sich nicht zu Genies und Geistschöpfern hebet und nicht zu dummen Dorfteufeln herabsinket: eine mittlere Größe, die eben den Punkt der Nutzbarkeit trifft.

Herder (1767)

Viel halten wir nicht von uns. Unbescheiden sind wir allenfalls im Singular. Der Plural der Majestät liegt uns fern. Den der Geringschätzigkeit haben wir uns angewöhnt: *pluralis vilitatis.* Als Gemeinwesen sind wir zur Eigenliebe nicht aufgelegt. Nur die Werbung patscht sich noch auf die Brust. Da kann die Propaganda der Parteien kaum mithalten; sie traut ihren eigenen Ohren nicht, wenn sie sich reden hört. Das Selbstlob der Politiker wirkt nur noch unfreiwillig: als Peinlichkeit.

Ich meine unsere Zivilisation, wenn ich »wir« sage, die »hochentwickelte«, die »postindustrielle«, die »Informationsgesellschaft«: kuriose Namen, die wir uns verliehen haben. Weniger die Anstrengung des Begriffs spricht aus ihnen als die gewundene Phrase der Verlegenheit.

Damit wir uns besser verstehen, und der Einfachheit halber, will ich den Teil fürs Ganze nehmen, unsere kleine deutsche Republik; denn sie ist, wie jedermann weiß, auch wenn es niemand gerne hört, Vorreiter, widerwilliges Muster, seufzendes Opfer ihres eigenen Erfolgs.

Wie wir wissen, verdankt sie dieses Los nicht allein ihren positiven Anstrengungen, ihrer alptraumartig unbeirrbaren Energie, sondern ihren Geburtsfehlern. Andere Gesellschaften haben ihre historische Substanz bis heute nicht aufgezehrt. Sie tragen schwer an einem Vorrat von Ideen und Strukturen, Gewohnheiten und Obsessionen, der sich nicht nach Wunsch und Laune abschaffen läßt. Die Bundesrepublik dagegen ist mit einem einzigartigen Defizit gesegnet. Die Deutschen haben ihre Geschichte eigenhändig gesprengt, ein gewalttätiges Abbruchunternehmen, das ihr Land zu einer Ausgeburt des Neuen machte. Die Rede von der Restauration, ein in den fünfziger Jahren beliebter Topos, beruhte, wie wir heute wissen, auf einer Augentäuschung. Zwar taten die alten Nazi-Kader, was sie konnten, um als Bürokraten, Unternehmer und Richter das Gemeinwesen nach ihren Gesinnungen einzurichten, doch erwies sich das Projekt des »Wiederaufbaus« als aussichtslos und die Rückkehr zur Vorkriegszeit als Chimäre. Als in den sechziger Jahren die Gerüste fielen, war eine völlige Neukonstruktion zu besichtigen.

Überhaupt ist es, nach drei, vier Jahrzehnten, an der Zeit, zu konstatieren, daß die Kritiker der westdeutschen Gesellschaft, die zur linken wie die zur rechten Hand, vom Pech verfolgt waren. Ihre Deutungen haben sich nicht nur als ohnmächtig erwiesen, sie waren falsch. Sie haben ihre Analysen nicht auf kaltblütige Beobachtung, sondern auf Vorurteile, und ihre Prognosen nicht auf Spürsinn für die Zukunft, sondern auf Zwangsvorstellungen gegründet. (Daraus läßt sich nicht folgern, daß ihre Mühe überflüssig war. Das, was früher Gesellschaftskritik hieß, ein Ausdruck, der in den letzten Dezennien nicht von ungefähr verblichen ist, läßt sich mit guten Gründen als *self-refuting prophecy* betrachten; der Sinn ihrer Aussagen bestünde dann darin, für ihre eigene Widerlegung zu sorgen.)

Was die klassische Rhetorik der Rechten betrifft, so können wir uns kurz fassen. Sie hätschelt immer die gleichen Ängste. Seit unvordenklichen Zeiten beschwört sie den Untergang des Abendlandes und den Verlust der Mitte. Regelmäßig beklagt die Partei der Bulldozer den Zerfall der Werte, die Partei der Korruption die sittliche Verwahrlosung, die Partei der Banausen die Zerstörung der Kultur. Kleinere Unstimmigkeiten dieser Art haben ihre Wortführer ja noch nie gestört. Daß das drohende Versinken in Anarchie und Chaos ausgeblieben ist, darin sehen sie keinen Grund, sich zu revidieren; sie betrachten es als ihr Verdienst. Unverdrossen warnen sie uns vor Überfremdung und Unterwanderung und fallen uns mit Identitätsproblemen und Orientierungsverlusten auf die Nerven, mit denen das Gemeinwesen angeblich zu ringen hat. Die Republik hält sich die Ohren zu. Sie läßt den Sprachmüll der »geistig-moralischen Wende« stoisch über sich ergehen wie die immergrünen Werbespots für Vollwaschmittel und WC-Reiniger.

Die Linke steht mit ihrem kritischen Repertoire nicht viel besser da. Aus der Restauration des Zweiten oder Dritten Reiches ist, wie gesagt, nichts geworden. Der »Revanchismus« ist nur noch eine ferne Reminiszenz. Die »formierte Gesellschaft« war ein Schlag ins Wasser. Der deutsche Militarismus hat abgedankt. Die »Legitimationskrise des Spätkapitalismus« kommt nicht einmal mehr als Thema von Soziologen-Kongressen in Frage. Der Polizeistaat tobt sich an den Bauzäunen von Atomanlagen aus, aber es spricht manches dafür, daß es sich dabei nur noch um ekelerregende Rückzugsgefechte handelt. Wer, wie es ein Jahrzehnt lang üblich war, das Bonner Parteienkartell »faschistisch« nannte oder »faschistoid«, verriet damit lediglich, daß er nicht wußte, was diese Worte bedeuten. Zum Schluß dieser kurzen Liste, die sich mühelos verlängern ließe, ein Selbstzitat aus dem Jahre 1968: »Das politische System der Bundesrepublik läßt sich nicht mehr reparieren. Wir können ihm zustimmen, oder wir müssen es durch ein neues System ersetzen. *Tertium non dabitur.*«

Es ist aber nicht immer ganz so einfach auszumitteln, wer sich da blamiert hat. Lechts und rinks sind, wie der Dichter sagt, reicht zu velwechsern. Das gilt auch in diesem Zusammenhang. Wie verhält es sich zum Beispiel mit dem Massenmenschen? Diese Lieblingsfigur der Theoretiker ist so alt wie die Industrialisierung. Schopenhauer sprach von der »Fabrikwaare der Natur«. Die Metapher zeigt, wer damit gemeint war: die urbanisierte Arbeiterklasse. In der Kultur- und Zivilisationskritik der folgenden hundert Jahre hat die »Vermassung« dann Karriere gemacht. Die Angst vor der Nivellierung, der Gleichmacherei nivellierte die Tiraden konservativer und reaktionärer Ideologen. Umgekehrt schimpfte die Linke inbrünstig auf den »bürgerlichen Individualismus«, der sich sonderbarerweise immer weiter auszubreiten schien, je mehr der reale Sozialismus ins Kraut schoß, bis nach dem Zweiten Weltkrieg die Mehrheit der Bevölkerung dieser gefährlichen Krankheit erlegen war. Von finsteren Kräften manipuliert, hatten sich die werktätigen Massen in eine Horde von Konsumidioten verwandelt.

Das hinderte die Philosophen des laufenden Schwachsinns keineswegs daran, mit einer Beharrlichkeit, die einer besseren Sache würdig gewesen wäre, alle Jahre wieder den Tod des Individuums, oder, damit es besser fleckt, den Tod des Subjekts zu verkünden. Daraus ergab sich mit der Zeit ein wunderliches Unisono rechter und linker Theoretiker, mit dem einzigen Unterschied, daß sich die Traditionalisten auf blökende Jammertöne spezialisierten, während die Neuerer einen Unterton von Schadenfreude pflegten, der sich nach und nach zum Triumphgeheul steigerte. Während die orthodoxen Marxisten von den Massen enttäuscht waren, die keine Lust zeigten, sich unter ihrem Banner von kleinbürgerlichen Neigungen zu emanzipieren, schienen die Poststrukturalisten und andere Postbeamte der Theorie eine gewaltige Befriedigung darüber zu empfinden, daß das lästige Subjekt endlich verschwunden war. Die Kapitulation muß eine wahre Lust sein, solange man sich nur als ihr Prophet fühlen kann.

Diese Lehren, von wem sie auch vorgetragen werden, leiden jedoch unter einem empfindlichen Mangel: die Individuen, um deren Abschaffung sie bemüht sind, nehmen sie nicht zur Kenntnis. Dumpf wie sie ist, fährt die schweigende Mehrheit fort, sich einzubilden, daß die Leute, aus denen sie besteht, alle, und zwar jeder für sich, jeweils sie selber sind. Sie wollen einfach nicht daran glauben, daß sie sich in Zombies, Marionetten, Phantome verwandelt haben, und es fällt ihnen gar nicht ein, die Wirklichkeit, mit der sie es zu tun haben, mit einer »Simulation« zu verwechseln.

Merkwürdiger Undank! Eigenartige Harthörigkeit! Nirgends fallen die Erkenntnisse der Denker auf unfruchtbareren Boden als in der Bundesrepublik. Ja, wir kommen auf dieses kleine Land in Mitteleuropa zurück, in dem Theorie und Praxis so fatal auseinanderklaffen. Ist es denn so schwer, aus seinen politischen und sozialen Zuständen klug zu werden? Das Geräusch der Interpreten ist dabei nicht unbedingt von Nutzen. Nur wenn wir sehr genau hinhören, werden wir hie und da eine dünne Stimme vernehmen, die vorsichtig andeutet, daß es sich mit dieser Gesellschaft anders verhalten könnte, als wir dachten:

»Thema zu sein hätte vielmehr die erstaunliche Integrationsfähigkeit dieses Institutionenkonglomerats Bundesrepublik, das an Staatlichkeit eben nicht zunimmt, sondern schleichend verliert, dabei mit einem Minimum von Politik auskommt und eines Staatsbewußtseins, sprich einer Staatsideologie, vorzüglich entbehren kann ... Diese Ökonomie, von einem erstaunlich flexiblen und angepaßten Institutionensystem unterfangen, konserviert sich prächtig ohne Vergangenheits- und Zukunftssinn.« (Claus Koch, *Schwierigkeiten mit der Identität.* In: *Niemandsland,* Berlin. Heft I. 1987. S. 48.)

Wenn sie ihr Votum über diesen Zustand abgeben könnten, der Neid der Vorfahren und der Nachkommen wäre uns sicher. Ob er ihnen gefiele, ist eine andere Frage. Denn von allen überlieferten Idealen der Vergangenheit und von allen denkbaren Zukunftsträumen ist die Republik weit entfernt, und nicht einmal ihren unverschämtesten Lobrednern fiele es ein, zu behaupten, die Verhältnisse, in denen wir leben, seien gerecht oder auch nur moralisch akzeptabel. Wer sie aber an jenen mißt, die den Deutschen in ihrer Geschichte beschieden waren, oder an denen, die ihnen vermutlich bevorstehen, der wird kaum umhin können, sich glücklich zu preisen. Wann wäre es den Deutschen besser ergangen? 1830? 1870? 1915? 1930? 1945? Die Frage beantwortet sich von selbst; bis 1960 war dies ein armes und verhetztes Land. Niemand, der über diese Republik zu urteilen Lust hat, und das ist bekanntlich immer nur eine Minderheit – auch wenn dieser Minderheit, von Fall zu Fall, jedermann angehört –, niemand also scheint bereit zu sein, dies einzuräumen. »Das freieste Gemeinwesen, das je auf deutschem Boden existiert hat«: so etwas hört man nur aus dem unberufenen Mund der Berufspolitiker. Es hört sich verdächtig an wie jener Slogan der britischen Tories, der einst behauptet hat: »Es ging euch noch nie so gut wie jetzt.« Es sind dies Sätze, die als schamlos gelten, Behauptungen, die, eben weil sie unbestreitbar sind, ein Tabu verletzen.

Das Verbot, sich auf die Vorzüge der Bundesrepublik zu berufen, wurzelt im schlechten Gewissen. Natürlich ist es ein moralischer Skandal, daß sich die Deutschen, eine Generation nach dem größten Verbrechen ihrer Geschichte, wenigstens im westlichen Teil ihres Landes besser befinden denn je zuvor. Das mindeste, was sie in dieser Lage tun können, ist, ihr Glück zu leugnen. Darin, daß sie es nicht wahrhaben wollen, zeigt sich ein Rest von kollektiver Scham. Dazu kommt die schwache Ahnung davon, daß sie auf Kosten anderer leben, seien es die Osteuropäer, die Bewohner der DDR, die Armen in der Dritten Welt oder die eigenen Nachkommen. Schließlich mag auch die abergläubische Vorstellung eine Rolle spielen, daß es Unglück bringt, sich der Vortrefflichkeit des eigenen Loses zu rühmen.

So hat die deutsche Selbstkritik der Nachkriegszeit von Anfang an eher moralisch als politisch argumentiert. Der rigorose Ton, den sie dabei anschlug, hat ihr nicht unbedingt zu größerer Treffsicherheit verholfen. Keine zehn Jahre, nachdem die Lebensmittelrationierung aufgehoben war, avancierte die Vokabel *satt* zum Schimpfwort. Der »satte Bundesbürger« wurde zur Zielscheibe der Entrüstung, so, als wäre der Hunger eine positive moralische Kategorie.

Vorwürfe dieser Art wurden von der Mehrheit, auf die sie gemünzt waren, zunächst mit verstocktem Schweigen, dann aber zunehmend mit einer gewissen Nachsicht aufgenommen, ähnlich wie in früheren Zeiten die Predigten der Kapuziner; nur bekehrt haben sie niemanden. Umgekehrt konnte der ungerührte Erfolg der Bundesrepublik deren Kritiker nie überzeugen. Im Gegenteil, er führte nur zu einer Radikalisierung ihrer Beanstandungen. Je haltbarer die Zustände wurden, desto schneidender sprachen jene von ihrer Unhaltbarkeit.

Das ist ein Mechanismus, der zwar sonderbar anmutet, aber durchaus nicht unerklärlich ist. Wer Unheil verkündet, will meist recht behalten; das gilt für religiöse ebenso wie für soziale Propheten. Wenn sich die Realität weigert, ihre Voraussagen einzulösen, so empfinden sie das als narzißtische Kränkung. Die Folge ist eine Steigerung der Dosis. Je ferner die Bestrafung der Bösewichter rückt, desto greller muß sie ausgemalt werden. Solange die Ankunft des Messias täglich erwartet wurde, fiel die Darstellung des Jüngsten Gerichts eher milde aus; erst als sein Datum immer weiter verschoben werden mußte, wurden die Höllenqualen der Verdammten mit größerer Ausführlichkeit beschrieben; ähnlich verhält es sich mit dem Zusammenbruch des Kapitalismus. So entsprechen auch die Phantasien vom unaufhaltsamen Niedergang der Republik einem tiefen psychischen Bedürfnis.

Im übrigen liegt es in der Natur der Sache, daß Prophezeiungen niemals endgültig widerlegt werden können. Wer vom Untergang spricht, ist sogar dazu verurteilt, letzten Endes recht zu behalten, da Gesellschaften und Staaten ebenso sterblich sind wie biologische Arten und Planeten. Dieser logische Vorzug wird allerdings durch einen Nachteil aufgezehrt, der sich in unserem bescheidenen Fall besonders ungünstig auswirkt. Wer nämlich die Bundesrepublik als Ausgeburt des Bösen und als ein Gemeinwesen betrachtet, das dem Verderben geweiht ist, der predigt keineswegs in der Wüste. Er nimmt *nolens volens* an ihrem Erfolg teil und gerät dadurch in ein eigentümliches Dilemma: Nur um den Preis einer Heuchelei, die sich bis zur Bewußtlosigkeit steigern müßte, kommt er umhin zu bemerken, daß er ein Teil des von ihm beschworenen Problems und nicht ein Teil seiner Lösung ist. Das führt dazu, daß er, je länger dieses Gemeinwesen gedeiht, um so mehr an Glaubwürdigkeit einbüßt, und zwar nicht nur bei den blöden Massen, sondern bei sich selber. Was bleibt ihm in dieser unerfreulichen Lage übrig? Soll er etwa die Waffen strecken?

Das wäre doch sehr schade. Das verlangt doch kein Mensch von ihm. Irgendein Ausweg wird sich doch noch finden lassen! Und in der Tat, eine vielversprechende Möglichkeit, die alten Schemata abzulösen und einen neuen Modus der Kritik zu finden, ist in den achtziger Jahren immer deutlicher erkannt und immer freudiger ergriffen worden; ein Befund, auf den sich alle, alle einigen können, verspricht Balsam auf manche alte Wunde, auch wenn er das moralische durch ein ästhetisches Urteil ersetzt:

Diese Gesellschaft ist mittelmäßig. Mittelmäßig sind ihre Machthaber und ihre Kunstwerke, ihre Repräsentanten und ihr Geschmack, ihre Freuden, ihre Meinungen, ihre Architektur, ihre Medien, ihre Ängste, Laster, Leiden und Gebräuche ... Diese Einsicht hat etwas Erlösendes. Es wäre heroisch, sie zu bestreiten. Endlich sind Begriff und Augenschein zur Deckung gebracht, endlich haben wir es mit einem Urteil zu tun, bei dem keine Widerlegung zu befürchten ist, und das sich durch solide, einleuchtende Gründe unterfüttern läßt.

Soziologisch und kulturell ist die Republik durch die unangefochtene Hegemonie der *middle class* gekennzeichnet. Die ölfleckartige Ausbreitung dieser unerhört diffusen Klasse war in den Plänen der Theoretiker nicht vorgesehen. Jahrzehntelang galt die Auszehrung, respektive die Proletarisierung des Mittelstandes, vulgo auch Kleinbürgertum genannt, als ausgemacht. Die widerspenstige Wirklichkeit hat die bekümmerten Prognosen der Konservativen ebenso falsifiziert wie die sehnsüchtigen der Marxisten.

Seitdem bildet sich eine knappe Majorität, die sich weder vom Millionenheer der Arbeitslosen anfechten läßt noch von der Minderheit der wirklich Reichen, hartnäckig ein, sie gehöre zu den »Besserverdienenden«. Ein wunderbares Wort! Unübertrefflich drückt es aus, wie hilflos und verärgert die politische Ökonomie dieser dreisten Erscheinung begegnet.

Die Zunahme der mittleren Einkommen führt in allen reichen Industrieländern mit schöner Regelmäßigkeit zur Glockenkurve der Gauß-Verteilung. Aber im Fall der Westdeutschen wird dieser Prozeß durch die sattsam bekannten historischen Gründe verstärkt, die vielleicht erklären, warum das Mittelmaß hier mehr als anderswo zur wahren Heimat geworden ist. Unser Land hat sich von seinen politischen Traditionen unfreiwillig, aber abrupt verabschiedet. Die berühmte »Bewältigung« war bekanntlich kein moralischer, sondern ein rein pragmatischer Akt, und als solcher ist er über alle Erwartungen hinaus gelungen. Fast über Nacht hat sich ein ganzes Volk nach außen hin von seinen imperialen Ambitionen, nach innen von lieben Gewohnheiten wie dem Obrigkeitsglauben, dem Drill, dem Kadavergehorsam verabschiedet. Diese Konsequenz aus dem größten Debakel ihrer Geschichte ist nicht allen Deutschen leichtgefallen. Es war ein schmerzlicher, aber überaus erfolgreicher Lernprozeß. Er hat zu soliden Resultaten geführt, gerade weil seine Motive durchaus opportunistischer Natur waren. Der Mittelweg der Republik hat sich, wenigstens vorläufig, als durchaus golden erwiesen.

Die Mehrheit der Bevölkerung will von politischen Abenteuern nichts mehr wissen, sie lehnt jeden ideologischen Fanatismus ab, Utopien aller Art und totalisierende Träume sind ihr zutiefst verdächtig. Nur keine Übertreibungen! Man hat ja gesehen, wohin das führt ... Und so zeigt sich diese Mehrheit auch im Umgang mit Konflikten lieber moderat. Der Klassenkampf wird zur Tarifrunde reduziert. Minoritätenfragen werden am liebsten weich gelöst. Der Appell an Einsicht und Verständnis gehört zum Habitus. Ausgewogenheit soll zwischen dem Falschen und dem Richtigen vermitteln. Ja, da und dort greift sogar der absonderliche Gedanke um sich, alle Widersprüche ließen sich lösen, wenn nur die Beteiligten zum »Dialog« bereit wären.

Zur Polarisierung kommt es nur ganz ausnahmsweise, wie in der Frage der Atomenergie, wenn eine kriminelle Lobby das Leben der Bevölkerung direkt gefährdet und wenn der Staat den albernen Versuch unternimmt, als wilhelminischer Revenant den Gendarm zu spielen, der dem Räuber zu Hilfe eilt.

Selbst gegen Raketen geht man eher zutraulich vor, mit Menschenketten und Autokorsos.

Wie neuartig dieser eigentümliche Gewaltverzicht ist, wie wenig er dem deutschen Herkommen entspricht, macht der Vergleich mit den zwanziger Jahren deutlich. Zweieinhalb Millionen Arbeitslose hätten die Weimarer Republik in weit weniger als zwölf Jahren kurz und klein geschlagen. In der Bundesrepublik warten sie mit einer Geduld, die niemand für möglich gehalten hätte, auf bessere Zeiten, die vielleicht nie kommen werden. Der soziale Bürgerkrieg ist für diese Gesellschaft unvorstellbar geworden. Der Pluralismus ist ihre Geschäftsgrundlage, und seine höchste Tugend ist die Indifferenz. Die Integrationsfähigkeit dieses Gemeinwesens hat alle Erwartungen übertroffen. Mit den bisherigen Krisen ist es so gut fertiggeworden, daß man sagen kann: ein so hohes Maß an Ultrastabilität hat es in der deutschen Geschichte noch nie gegeben.

Der Sachverhalt, der hier resümiert wird, ist nicht strittig, sondern trivial. Um so heftiger gehen die Ansichten darüber auseinander, wie er zu bewerten ist. Kritische Köpfe pflegen das *Mittelmaß* im Ton der Erbitterung auszusprechen, als drücke es die letzte Stufe der Verdammnis aus. Im Vergleich dazu wirken Prädikate wie *abscheulich, verheerend, grauenvoll* fast wie eine Auszeichnung. Die Mediokrität ist das Allerletzte. Verächtlicher kann ein Urteil nicht ausfallen.

Das versteht sich nicht ganz von selbst. Die europäische Tradition ist da ganz anderer Meinung. Die stoische und die epikuräische Philosophie hielten es mit dem mittleren Maß – eine Auffassung, die bis in die Aufklärung hinein gegolten hat. (Der Ausdruck *juste milieu* wurde von Voltaire geprägt; er war durchaus positiv gemeint.) Auch den Klassikern der christlichen Theologie hat die Mäßigkeit immerdar als eine Kardinaltugend gegolten, und sie konnten sich dabei auf Plato berufen.

Nun sind allerdings Zweifel daran erlaubt, daß die Mehrheit der Bundesbürger mit solchen Traditionen viel im Sinn hätte. Eher könnte man behaupten: sie denkt nicht daran. Fest steht in jedem Fall, daß sie das Mittelmaß nicht ablehnt, sondern bejaht, und daß sie, weit entfernt, darunter zu leiden, seine Vorzüge und seine Freuden zu schätzen weiß.

Diese Segnungen auf den Konsum von Waren und Dienstleistungen zu verkürzen, ist der ebenso bornierte wie fruchtlose Brauch jener Rhetoren, die sich an den Anblick einer wohlgenährten und gut gekleideten Bevölkerung nicht gewöhnen können. Es ist ein albernes Unterfangen, gesellschaftlichen Reichtum mit Sonntagsreden zu bekämpfen. Im übrigen ist die Anschaffung von Kühltruhen und Tennisschlägern nur eines seiner Symptome und vermutlich nicht einmal das wichtigste. Dieser Reichtum ist vor allem die materielle Voraussetzung für die Demokratisierung aller Lebensverhältnisse, mit der sich die Westdeutschen nicht nur abgefunden, die sie sich vielmehr bis zu einem erstaunlichen Grade zu eigen gemacht haben.

Was als Entpolitisierung getadelt wird, ist eine direkte Auswirkung dieses Prozesses. Wir nehmen das Bonner Kasperletheater achselzuckend hin, aber wer sich der Hoffnung hingäbe, mit dieser Art von Politik ließe sich irgend jemand »mobilisieren«, wäre naiv. Die Teilnahme der Bürger kristallisiert sich nur von Fall zu Fall an einzelnen Problemen und äußert sich dann in der Regel als Widerstand, der durchaus Wirkungen zeitigt. Politik in diesem Sinn wird nicht mehr als das Bedürfnis erfahren, »Geschichte zu machen« – ein Ehrgeiz, mit dem die Deutschen regelmäßig auf die Schnauze gefallen sind –, sondern als die Notwendigkeit, sich seiner Haut zu wehren, und zwar vorwiegend gegen die eigenen Häuptlinge. Wo diese Notwehr nicht dringend geboten scheint, wendet sich die Mehrheit wichtigeren Dingen zu, ein Luxus, von dem sie anzunehmen scheint, sie könne sich ihn endlich leisten.

Entlastend wirkt sich dabei die Tatsache aus, daß in der

Republik allgemein anerkannte Eliten nicht mehr vorhanden sind. Bildung und Kultur, mit oder ohne Anführungszeichen, sind fast allen zugänglich, aber der Zutritt zu diesen Sphären ist freiwillig; wer keine Lust hat, sich darauf einzulassen, kommt ohne sie aus, eine Option, von der Millionen gern Gebrauch machen. Die Reichen zeichnen sich nur noch durch einen einzigen gemeinsamen Nenner aus: sie haben mehr Geld. Sie verfügen über kein eigenes Klassenbewußtsein, keinen eigenen Stil, keine eigene Ideologie, kein Prestige außerhalb der ökonomischen Sphäre. Titel und Ränge spielen keine Rolle. Ein Gummihändler gilt soviel wie ein General, ein Koch soviel wie ein Universitätsprofessor, ein Fußballtrainer aus dem zweiten Glied soviel wie ein Minister. An die Stelle des Ruhms ist die Präsenz in den Medien getreten, ein äußerst flüchtiger Vorzug, der kaum geeignet ist, Neid zu erwecken. Höchstleistungen, sei es im Schwimmen oder in der Festkörperphysik, sind erlaubt, aber die wenigsten sind darauf erpicht, ihnen nachzueifern. Die wichtigste Funktion der »Prominenz« besteht nicht darin, irgendwelche Maßstäbe zu setzen; sie liegt in ihrem Unterhaltungswert.

Was ist das Ergebnis dieser sozialen und kulturellen Mediatisierung? Nicht der beschrieene oder ersehnte Einheitsbrei, sondern ein Gemeinwesen von seltener Buntscheckigkeit. Das Mittelmaß, das in dieser Republik herrscht, zeichnet sich durch ein Maximum an Variation und Differenzierung aus. Subjektiv erscheint diese bewegliche Mischung als ein Zuwachs an Freiheitsgraden, Chancen, Wahlmöglichkeiten. Diese Auffassung der Allermeisten kann sich auf den Vergleich mit früheren Gesellschaftszuständen berufen. Nostalgische Beschwörungen vergangener Lebenswelten wirken dagegen hinfällig, wenn nicht zynisch, ganz gleich, ob es sich um die Verklärung altbürgerlicher Milieus handelt oder um die wehmütige Erinnerung an die proletarische Kultur.

Hand in Hand mit solchen Reminiszenzen geht die Verachtung des Aufsteigers, die im übrigen überraschend häufig von Aufsteigern geäußert wird. Anrüchiger als diese Figur, ohne die keinerlei soziale Mobilität denkbar wäre, ist jedenfalls die Sehnsucht nach Verhältnissen, unter denen jeder an dem Platz zu bleiben hat, der ihm durch den Ratschluß der Vorsehung oder durch ein unwandelbares Klassenschicksal zugewiesen worden ist.

Andere haben die Vermehrung individueller Optionen als bloßen Massenbetrug denunziert. Auch diese Einrede scheitert an den Lebenserfahrungen der Mehrheit. Die Pluralität von Glücks- und Unglücksstrategien, Kulturen und Subkulturen, Abspaltungen, Nischenexistenzen, Minoritäten aller Art ist nämlich kein bloßer Werbetrick, sondern umgekehrt: die kaleidoskopisch wechselnden Moden und Bewegungen, Interessen und Obsessionen, Hobbies und Therapien, Kulte und Katastrophen, Manien und Marktlücken, Sekten, Krisen, Trends und Trips hängen sich an bereits existierende Bedürfnisse, Leiden und Wünsche an. Es liegt in der Natur der Sache, daß alles, was da durcheinander kribbelt, unter der Schirmherrschaft des Mittelmaßes bleibt. Die Vielfalt, die sich anbietet, entspringt nicht der persönlichen Originalität, sondern einer gesellschaftlichen Kombinatorik. Aber schließlich liegt auch der Schrift oder der genetischen Fortpflanzung nichts anderes zugrunde als ein Code aus standardisierten Elementen. So führt auch die Evolution des Mittelmaßes zu unvorhersehbaren Ergebnissen. Sie bringt keine homogene Population hervor; sie zeigt, ganz im Gegenteil, innerhalb ihrer Grenzen eine endlose Variabilität.

Was dabei zum Vorschein kommt, könnte man als durchschnittliche Exotik des Alltags bezeichnen. Sie äußert sich am deutlichsten in der Provinz. Niederbayrische Marktflecken, Dörfer in der Eifel, Kleinstädte in Holstein bevölkern sich mit Figuren, von denen noch vor dreißig Jahren niemand sich etwas träumen ließ. Also golfspielende Metzger, aus Thailand importierte Ehefrauen, V-Männer mit Schrebergärten, türkische Mullahs, Apothekerinnen in Nicaragua-Komitees, mercedesfahrende Landstreicher, Autonome mit Bio-Gärten, waffensammelnde Finanzbeamte, pfauenzüchtende Kleinbauern, militante Lesbierinnen, tamilische Eisverkäufer, Altphilologen im Warentermingeschäft, Söldner auf Heimaturlaub, extremistische Tierschützer, Kokaindealer mit Bräunungsstudios, Dominas mit Kunden aus dem höheren Management, Computer-Freaks, die zwischen kalifornischen Datenbanken und hessischen Naturschutzparks pendeln, Schreiner, die goldene Türen nach Saudi-Arabien liefern, Kunstfälscher, Karl-May-Forscher, Bodyguards, Jazz-Experten, Sterbehelfer und Porno-Produzenten.

An die Stelle der Eigenbrötler und der Dorfidioten, der Käuze und der Sonderlinge ist der durchschnittliche Abweichler getreten, der unter Millionen seinesgleichen gar nicht mehr auffällt.

Am besten läßt sich diese abnorme Normalität in den Urlaubsexklaven der Republik studieren, auf jenen Atlantikinseln, die zu Sozial-Laboratorien der westdeutschen Gesellschaft geworden sind. Diese befreiten Gebiete, allen voran Teneriffa und die Kanarischen Inseln, dienen als Reinkulturen des triumphierenden Mittelmaßes. Ungestört von den Zwängen der Produktion, jenseits von Fabrik und Büro, können sich in diesen Freizeitreservaten Surferkolonien und Seniorenburgen, Zweit- und Drittresidenzen und -Religionen entfalten. Sie sind der vollmöblierte Menschheitstraum, idealisierte Modelle der Republik, die nicht nur eine komplette Medienlandschaft vom Strickheft bis zur *National-Zeitung*, vom Videoladen bis zur Schwulenpostille zu bieten haben, sondern ein Sammelsurium aller Wunderlichkeiten von der Karate-Klinik bis zum Masochisten-Seminar.

Zu Hause freilich wird aus dem verzweifelten Vergnügen

aufgeräumter Ernst. Denn das Mittlere ist nicht nur ein Freizeit-Postulat, sondern das Maß aller Dinge und der Schlüssel zum Erfolg. Die ökonomische und psychische Existenz der meisten wird durch das Mittelmaß verbürgt, und wer da glaubt, er könne es ignorieren, erliegt einem risikoreichen Irrtum. Es handelt sich nämlich nicht um eine bloße Rechengröße, einen statistischen Wert, sondern um einen Standard, der erreicht und gehalten werden muß. Wir haben es mit einem hochqualifizierten Mittelmaß zu tun, das sich auf dem Weltmarkt zu behaupten hat; deshalb muß es ebenso konkurrenzfähig sein wie seine Produkte, seine Dienstleistungen, seine Infrastruktur.

Die Bundesrepublik ist, mit einem Wort, Durchschnitt und Spitze zugleich. Daraus erwächst ihr Selbstbewußtsein, das sich mehr an Export- als an Grundgesetzartikeln orientiert. Man könnte in diesem Sinn eher von einem Lufthansa- oder Mercedes- als von einem Verfassungspatriotismus sprechen. Damit verwirklicht die westdeutsche Gesellschaft ein logisches Paradox: das übertriebene Mittelmaß, die hyperbolische Normalität.

Dem ist nicht jeder gewachsen. Millionen von Verlierern bleiben hinter den Anforderungen dieses unerbittlichen Paradieses zurück. Die Rigidität, mit der sie ausgegrenzt werden, ist die Kehrseite der herrschenden Toleranz. Nun sagt die Tatsache, daß da eine fortwährende, stillschweigende soziale Triage stattfindet, an sich über unser Gemeinwesen nichts Besonderes aus. In allen historisch bekannten Gesellschaften waren solche Aussonderungsverfahren gang und gäbe; das gilt auch für Regimes, die sich auf den Sozialismus berufen. Wer über die Kälte und den Egoismus unserer »Ellenbogengesellschaft« klagt, hat vermutlich eher eine unbekannte Zukunft im Sinn als die Brutalität vergangener Zeiten oder anderer Weltreligionen.

Aber auch die Opfer sind nicht mehr das, was sie einmal

waren. Mit den Paupers, den Lumpenproletariern, den Landfahrern, Irren und Bettlern aus dem deutschen Reich sind die neuen Armen der Gegenwart nicht gleichzusetzen. Dafür sorgt schon das Bedürfnis nach Mediation, das sich im Sozialstaat verfestigt hat, ein Einverständnis, das auch durch irgendwelche Wendemanöver nur geschwächt, aber nicht abgeschafft werden kann.

Für die Armut, mit der sich die reiche Republik konfrontiert sieht, wird gewöhnlich eine allgemeine Wirtschaftskrise haftbar gemacht. Das ist absurd in einer Ökonomie, wo, auf einer Basis von unerhörter Üppigkeit, Zuwachsraten von jährlich zwei Prozent als unzureichend gelten und Nullwachstum als nationale Schmach betrachtet wird. Sofern hier von Krise die Rede sein kann, handelt es sich um einen Dauerzustand, nämlich die permanente Umschichtung der industriellen Tätigkeit. Der Versuch, diesen Vorgang politisch zu steuern, ist hier wie anderswo praktisch aufgegeben worden. Das »Wirtschaftsklima« wird, wie schon der Name sagt, als Naturverhängnis erfahren, das, wie die Wetterlage, unberechen- und unbeeinflußbar ist. Niemand ist gegen seine Turbulenzen gefeit. Die »Strukturanpassung« kann prinzipiell jeden Inhaber eines Arbeitsplatzes treffen. Es gibt kein Ausbildungskapital mehr, das in diesem Sinn krisenfest wäre.

Die Mehrheit muß deshalb ständig auf der Hut und auf dem Quivive sein, wenn sie nicht dem überall lauernden Funktionsverlust, und das heißt, der Arbeitslosigkeit anheimfallen will. Wer nicht mithalten kann, der gerät nicht nur ökonomisch unter Druck. Schon die latente Drohung mit dem Abstieg führt zu »privaten« Beschädigungen, psychischen und physischen Einbrüchen, mit denen der rapide wachsende therapeutische Sektor nicht fertigwird. Vor den Versagern, zu denen in einem stochastischen Spiel grundsätzlich jeder gehören kann, versagen die Mittel der organisierten Mittelmäßigkeit.

Eines haben die »Sozialfälle« von heute, Arbeitslose, Asylanten, Suchtopfer, chronisch kranke und psychisch »auffällige« Personen, mit den Paupers der Vergangenheit gemeinsam: ihre Lage hat nichts mit einer bewußt getroffenen Wahl zu tun. So gut wie nie haben sie sich gegen das Mittelmaß entschieden; sie haben es im Gegenteil als Norm verinnerlicht und leiden darunter, daß sie es nicht erreichen. (Das gilt besonders für die Kriminellen, die das Ziel der Mediokrität nur mit anderen Mitteln zu erreichen suchen.)

Ganz anders verhält es sich mit einer anderen Minderheit, die sich mit dem Mittelmaß nicht abfinden kann und will, weil sie sich darüber erhaben dünkt. Sie sucht die Negation, weil sie sich nicht domestizieren lassen möchte, und schreibt sich selber Rollen zu, die Auswege aus dem Gehäuse der Durchschnittlichkeit versprechen. Zwei gesellschaftlich vorgegebene Möglichkeiten bieten sich an: die kulturelle und die politische Opposition gegen das Mittelmaß. Beide sind in der Tradition verwurzelt. Keine von ihnen ist aus dem gegenwärtigen Aggregatzustand des Gemeinwesens hervorgegangen.

Die kulturelle Produktion im engeren Sinn des Wortes kennt die Figur der Auflehnung gegen das Mittelmaß seit dem Ende des 18. Jahrhunderts. Sie entsteht als Reaktionsbildung auf die sich durchsetzende bürgerliche Gesellschaft. Eine erste Probe in Deutschland, schrill, naiv und unglücklich, war der Sturm und Drang. Die Romantiker erfanden die Polemik gegen den Philister. Im Lauf des 19. Jahrhunderts trat der Wunschgegner, der Bourgeois, immer deutlicher hervor; er war nach Klassenlage und Habitus leicht zu identifizieren. Die Abneigung, die er bei den kulturellen Eliten hervorrief, steigerte sich bis zu einem Haß, der freilich von Anfang an, wie im Fall Flauberts, auch Selbsthaß war. Immerhin machte, solange auf der einen Seite eine große Welt, auf der andern ein »einfaches Volk« vorhanden war, das im Klein- und Spießbürger verkörperte Mittelmaß noch nicht die Mehrheit der Bevölkerung aus.

Somit verfügte die kulturelle Opposition über ein wohldefiniertes Angriffsziel. Von der Boheme bis zu den Expressionisten, von Baudelaire bis Dada konnten die Künstler und die Schriftsteller die Transgression zum Programm erheben.

Heute gehört schon einige Phantasie dazu, sich das Gefühl der Bedrohung, ja das Leiden vorzustellen, aus dem diese Abwehrbewegungen hervorgegangen sind – wenngleich bereits am *fin de siècle* das theatralische Moment ihrer Selbstinszenierung immer deutlicher hervortrat:

»Ich gehe durch dies Volk und halte meine Augen offen: sie vergeben mir es nicht, daß ich auf ihre Tugenden nicht neidisch bin. Sie beißen nach mir, weil ich zu ihnen sage: für kleine Leute sind kleine Tugenden nötig – und weil es mir hart eingeht, daß kleine Leute *nötig* sind ... Zur kleinen Tugend möchten sie mich locken und loben; zum Ticktack des kleinen Glücks möchten sie meinen Fuß überreden. Ich gehe durch dies Volk und halte die Augen offen: sie sind *kleiner* geworden und werden immer kleiner – *das aber macht ihre Lehre von Glück und Tugend.* Sie sind nämlich auch in der Tugend bescheiden – denn sie wollen Behagen ...

›Wir setzten unsern Stuhl in die *Mitte*‹ – das sagt mir ihr Schmunzeln – ›und ebenso weit weg von sterbenden Fechtern wie von vergnügten Säuen.‹ Dies aber ist – Mittelmäßigkeit: ob es schon Mäßigkeit heißt. – Ich gehe durch dies Volk und lasse manches Wort fallen: aber sie wissen es weder zu nehmen noch zu behalten.«

Also sprach Zarathustra, und alle, die ihm hinterdrein liefen, sprachen es ihm nach. Im Lauf der Zeit wurde das Verlangen nach Selbstausgrenzung immer gebieterischer; der Wunsch, aus dem Konsens auszubrechen, um dem Mittelmaß zu entkommen, steigerte sich zum Zunftzwang; doch stieß die kulturelle Opposition bei der bürgerlichen Gesellschaft auf immer schwächeren Widerstand, und das Risiko, das mit ihr verbunden war, nahm zusehends ab.

In Deutschland war seit dem Ende des Faschismus eine neue Lage entstanden. Die Zeit Adenauers war nur ein kurzer Aufschub. Die damals noch virulente Wut auf die moderne Kunst war bald verraucht, und die rituellen Intellektuellenbeschimpfungen, die das Wirtschaftswunder begleiteten, erwiesen sich als Rückzugsgefecht. Heute ist nicht einmal mehr auf die Springer-Presse Verlaß. Der ewige »Bruch mit den Sehgewohnheiten« ist zur lieben Gewohnheit geworden, die intellektuelle Subversion zur Routine, der Tabu-Bruch zur Unterhaltung. Die Umgebung, vor der sie immerzu auf der Flucht sind, hat die kulturellen Abweichler eingeholt, und es nützt ihnen nichts, wenn sie auf das exzessive Mittelmaß mit Exzessen reagieren.

Die habilitierte Verruchtheit wird respektiert, das wilde Denken auf Planstellen gesetzt; Faßbinders Attacken laufen als hausbackene Wiederholung zur besten Sendezeit im Fernsehen; hysterische Schreikrämpfe von Tod Revolution Inzest Folter Sodomie finden auf jedem Stadttheater statt, Macbeth als Mülldeponie wird von allen aufgeschlossenen Pädagogen empfohlen. Eine weitere Steigerung der Dosis verspricht kein Ende des gutmütigen Achselzuckens, sondern nur noch abnehmenden Grenznutzen.

Die Mehrheit läßt es sich gefallen, als Kompensation, »Denkanstoß«, »Bereicherung«, als »Herausforderung«, die auf tausend Symposien und Volkshochschulen »nachdenklich macht« und »verarbeitet wird«, die also mit einem Wort das Mittelmaß in seiner phantastischen Lernfähigkeit nur noch unangreifbarer macht, was wiederum den Wunsch, sich zu unterscheiden, weiter steigert, usw.

Die narzißtische Kränkung, welche die Kultur des Mittelmaßes ihren Außenseitern zufügt, kann durch den Erfolg nicht wieder gutgemacht, sondern nur verschärft werden. In dieser und nur in dieser Hinsicht ist die Lage der kulturellen Opposition ziemlich aussichtslos; denn ansonsten kann sie ja kaum klagen. Der Sektor gedeiht, die Preise steigen, die öffentlichen Hände lassen es an Subventionen, die privaten Sponsoren an Förderungsmitteln nicht fehlen.

Nur daß hier, im Gegensatz zu andern Industrien, hohe Investitionen keine Gewähr für die Produktion von erstklassigen Erzeugnissen in beliebigen Mengen bieten. Gleichgültig, wie viele Millionen man aufwendet, die tragende Rolle des Genies ist immer schwerer zu besetzen. An seine Stelle tritt der Star, der professionelle, und das heißt, mittelmäßige Ware in großen Serien liefern kann. Andy Warhol ist zur Ikone dieser Produktionsweise geworden.

Dreierlei Schwierigkeiten deuten ebenso viele Gründe an, weshalb uns das Genie abhanden gekommen ist. Im massenhaften Marathon der Außenseiter fehlt es an der Einsamkeit, die ihm seit eh und je zugeschrieben wird. Zweitens gehörte zur heroischen Rolle dessen, »dem auf Erden nicht zu helfen war«, daß er ganz und gar verkannt wurde, eine Bedingung, die immer schwerer einzulösen ist. Schließlich der Wahn, der zumindest in den Augen des 19. Jahrhunderts untrennbar zum Genie gehörte: die Routine hat ihn aufgezehrt. Profilneurose und Wiederholungszwang sind sein historischer Überrest. Der geniale Wahn hat ausgelitten; er wird nur noch gespielt und als Amoklauf des Outsiders für die Medien inszeniert. So entstehen Monster auf Bestellung, zahme Wilde, Nibelungen aus Pappmaché, Schocks aus zweiter und dritter Hand. Das Mittelmaß nimmt Rache an seinem Gegenspieler. Es hat die kulturelle Opposition eingemeindet, das Außenseitertum verschluckt.

Schwerer sind die Aussichten derer zu bestimmen, die den Konsens aus politischen Gründen aufkündigen. Sie lassen sich mit den kulturellen Frondeuren nicht über einen Kamm scheren. Dennoch teilen die einen mit den andern eine Reihe von homologen Merkmalen. Auch die politische Fundamentalopposition leidet an der massiven Zufriedenheit; auch sie fühlt sich dem Mittelmaß überlegen; auch sie kann sich auf eine Vorgeschichte berufen, die so alt ist wie die bürgerliche Gesellschaft; auch sie stellt ihre heroischen Ahnentafeln auf und kommt nicht aus ohne ein eigenes Repertoire von Mythen und Legenden; auch sie spitzt ihre Argumente, ihre Forderungen, ihre Aktionsformen zu, je stabiler ihr das mittlere Maß in seinem fließenden Ungleichgewicht entgegentritt; auch sie entgeht nicht einem Medienkalkül, das alle öffentlichen Handlungen zum Spektakel umfunktioniert.

Doch auch die Unterschiede liegen auf der Hand. Der Einsatz, den der politische Angriff auf die Majorität verlangt, ist mit dem minimalen Risiko kultureller Provokationen nicht zu vergleichen. Selbstausbeutung und Selbstgefährdung verstehen sich auf den Aktionsfeldern extremer Politik von selbst; ja, die Bereitschaft, aufs Ganze zu gehen, führt oft bis zur Selbstverstümmelung, was man von den Außenseitern der Kultur weiß Gott nicht behaupten kann. Und zum andern braucht die politische Radikalität, gleich welcher Couleur, kaum zu befürchten, daß sie vom Beifall eingeholt und vom Erfolg überwältigt wird. Sie sieht ihre Notwendigkeit ganz im Gegenteil durch die Abwehr bestätigt, die ihr begegnet.

Dieser funktionelle Zusammenhang wird deutlicher, wenn man ihn aus der umgekehrten Blickrichtung ins Auge faßt. Von allen Bereichen der westdeutschen Gesellschaft zeigt das Subsystem der institutionellen Politik die geringste Lernfähigkeit. Während die ökonomische ebenso wie die kulturelle Sphäre rasch, ja geradezu süchtig auf neue Reize reagiert, haben die politischen Großorganisationen, Parteien, Verbände und Gewerkschaften die Begriffsstutzigkeit zur ersten Pflicht erhoben. Als Faustregel kann gelten, daß der Groschen immer zuletzt in Bonn fällt. Die zentralistisch verfaßte Politik bewegt sich nur, wenn sie von außen und von unten unter Druck gesetzt wird, und auch dann nur millimeterweise. Als System ist sie somit auf radikale Minderheiten geradezu angewiesen, die als einzige fähig und bereit sind, rücksichtslos zu übertreiben. Der politische Außenseiter wird zum Spezialisten einer Überdosierung, ohne die in den Apparaten keine wesentliche Rückmeldung mehr registriert wird.

Der Preis, welcher der politischen Opposition gegen das Mittelmaß für ihre Leistung abverlangt wird, ist hoch. Daß der Staat auf sie mit den klassischen Methoden der Einschüchterung und der Repression vorgeht, ist in einem Land mit unseren Traditionen wohl unvermeidlich. Schwerer fällt ins Gewicht, daß sich das radikale politische Denken und Handeln, seiner eigenen Logik zufolge, in einem bisher unbekannten Ausmaß von der Mehrheit isoliert. Das einzige, was den Extremismus mit dem »Volk« verbindet, ist ein tiefer gegenseitiger Widerwille.

Die Folge dieser Loslösung von den andern ist aber eine Einbuße an gesellschaftlichen Kontaktflächen, die sich bis zum Realitätsverlust aufschaukeln kann. Im harmlosesten Fall igelt sich das oppositionelle Milieu ein und verschafft sich so eine sekundäre Nestwärme, die, etwas hochtrabend, auf den Namen der Solidarität getauft wird.

Wenn die Selbstausgrenzung jedoch verzweifelte Formen annimmt, kommt es zur Flucht nach vorn, und die führt in den Wahn. Der Terrorismus, soweit er überhaupt noch politische Motive für sich in Anspruch nimmt, agiert diesen Wahn aus. Er führt den Volkskrieg als Krieg gegen die Mehrheit der Bevölkerung.

Wenigstens eines ihrer Ziele haben diese hoffnungslosen Kombattanten erreicht, und zwar nicht trotz, sondern wegen ihrer wahnhaften Verkennung der Realität: den totalen Ausschluß aus dem Konsens, der die westdeutsche Gesellschaft zusammenhält. Ja noch mehr: sie haben die Mehrheit, gegen die sie angetreten sind, ihrerseits zum Rückfall in den gewalttätigen Extremismus gezwungen, wenn auch nur für ein paar bleierne Wochen. Im Herbst 1977 hat sich das Mittelmaß, dessen juristischer Ausdruck die Verhältnismäßigkeit der Mittel ist, selbst in Frage gestellt.

Seine dreißigjährige Hegemonie schien von einem Tag auf den andern vor einem winzigen bewaffneten Haufen zu kapitulieren, und wie in vergangenen Zeiten feierte die hysterische Anbetung der Staatsgewalt und die Heiligung der Polizei ihre Auferstehung. Eine gespenstische Regression, eine lange Schrecksekunde der Paranoia und der Vergeltung, um so beklemmender, da die Republik nie auch nur eine Minute lang in Gefahr war: es war den Terroristen also gelungen, den Wahn, dem sie zum Opfer gefallen waren, der Gesellschaft im Ganzen zu oktroyieren. Inzwischen spricht alles dafür, daß es sich dabei um ein abgeschlossenes Kapitel handelt. Der deutsche Herbst war ein letztes Rezidiv, die atavistische Wiederkehr verdrängter Gewaltphantasien. Heute werden terroristische Anschläge auf der fünften Seite der Tageszeitungen verzeichnet. Die Mitte ist zur Tagesordnung zurückgekehrt.

Im übrigen ist selbst der bewaffnete Kampf gegen die pandemische Vorherrschaft der Mediokrität nicht immun. Das zeigt sich an den Verlautbarungen und Bekenntnissen seiner Wortführer. Ihr formaler Gestus ist bürokratisch, und was ihre inhaltliche Seite betrifft, so wehren sie jeden neuen gesellschaftlichen Gedanken ebenso ängstlich ab wie die Protagonisten der offiziellen Politik. Ihr theoretischer Fundus ist ein Sammelsurium aus dem 19. und dem frühen 20. Jahrhundert; ihre Rhetorik zitiert Zitate, die oft auf dem Umweg über die Dritte Welt in die Metropole reimportiert werden. Eine politische Theorie, die diesen Namen verdient, hat der Terrorismus nicht hervorgebracht; seine doktrinären Vorstellungen sind durch die Bank epigonal und ebendort, wo sie sich am unerbittlichsten geben, vom tristesten Mittelmaß gezeichnet.

Mehrheit und Außenseiter sind und bleiben in einem Gemeinwesen wie dem unsrigen symbiotisch aneinander fixiert. Das gilt für die kulturelle Sphäre ebenso wie für die politische, läßt sich aber auch an den gewöhnlichsten Zusammenhängen der Lebenswelt zeigen. Denn eben da, wo es scheinbar ohne Einschränkung triumphiert, wo es am zufriedensten ist, nimmt das Mittelmaß seinerseits wahnhafte Züge an.

Realitätsverlust und *moral insanity* werden nicht nur von außen in die Normalität eingeschleppt, nicht nur von oben eingetrichtert, von den hochqualifizierten Schrittmachern der Mediokrität, den Amokläufern der Industrie und den Hohepriestern der Technik; sie treten durchaus spontan hervor und blühen dort, wo die Mehrheit am bewußtlosesten funktioniert, in ihrer glücklichen Alltäglichkeit, unauffällig und feinverteilt, als molekularer Wahn.

Das banalste Beispiel dafür ist das beste: Organisiert in einem an Bravheit nicht zu übertreffenden Club, dem größten Verein der Republik, tritt die mittlere Mehrheit als Selbstmord- und Mordkommando auf den Plan. Im eigenen Auto wird jeder, ohne Rücksicht auf Verluste, geschweige denn auf elementare Lebensgrundlagen wie Ruhe, Klima, Vegetation, Luft und Landschaft, zum selbsternannten Killer.

Auf der Straße werden jahraus, jahrein mehr Menschenopfer dargebracht, als alle terroristischen Akte, alle Machenschaften der Atomlobby, alle Überfälle, Polizeiaktionen und Drogensyndikate zusammengenommen je gefordert haben. An den sogenannten Feiertagen werden regelmäßig die Höhepunkte dieses mörderischen Mehrheits-Rituals zelebriert. Dieses fortwährende Massaker gilt als das Gewöhnlichste von der Welt; es ist das Gewöhnlichste von der Welt.

Mittelmaß und Wahn verhalten sich komplementär zueinander; ihr scheinbarer Gegensatz verbirgt ein tiefsitzendes Einverständnis. Ein sozialer Ort, der außerhalb dieser Verwicklung läge, wird sich nicht finden lassen. In mehr oder weniger prekärer Balance, wechselnden Anteilen und oszillierenden Mustern kehrt diese paradoxe Verschlingung in jedem von uns wieder. Viel hält sie nicht von sich, die Republik des Mittelmaßes: unheimlich zufrieden und wahnsinnig normal, nur geheuer ist sie nicht.

Drucknachweise

Über die Ignoranz: in *TransAtlantik,* München. Heft 9. 1982.

Bescheidener Vorschlag zum Schutze der Jugend vor den Erzeugnissen der Poesie: in *Frankfurter Allgemeine Zeitung,* Frankfurt am Main. 11. September 1976.

Literatur als Institution oder Der Alka-Seltzer-Effekt: Vortrag, gehalten am 5. Februar 1974 in der Cooper Union, New York. Unter dem Titel *Literature as an Institution and its Alka-Seltzer-Deliquescence* in *Critiques III,* New York: The Cooper Union School of Art & Architecture. 1974. S. 105–112. Aus dem Amerikanischen vom Verfasser.

Rezensenten-Dämmerung: in *Neue Zürcher Zeitung,* Zürich. 13./14. Dezember 1986.

Lob des Analphabetentums: Rede, gehalten am 28. Oktober 1985 in Köln aus Anlaß der Verleihung des Heinrich-Böll-Preises, abgedruckt in der *Zeit,* Hamburg. 29. November 1985.

Der Triumph der Bild-Zeitung oder Die Katastrophe der Pressefreiheit: in *Merkur,* München. Heft 420. 1983. S. 651–659.

Das Nullmedium oder Warum alle Klagen über das Fernsehen gegenstandslos sind: im *Spiegel,* Hamburg. Heft 20. 1988.

Kassensturz. Ein Bonner Memorandum: im *Spiegel,* Hamburg. Heft 48. 1983.

Milliarden aller Länder, vereinigt euch! Andeutungen über die Weltbank und den Internationalen Währungsfonds: unter dem Titel *Die Schamanen des internationalen Kapitals* in *Geo,* Hamburg. Heft 3. 1988. S. 183–198.

Der Wald im Kopf: Teilabdruck im *Stern,* Hamburg. 7. Juli 1983.

Brunnenvergiftung. Eine ungehaltene Rede über das Wasserrecht und verwandte Gegenstände: in *Natur,* München. Heft 1. 1984.

Macht und Geist: Ein deutsches Indianerspiel: in der *Zeit,* Hamburg. 8. April 1988.

Die Vorzüge der Peinlichkeit: im *Kursbuch,* Berlin. Heft 77. 1984. S. 173–176.

Das empfindliche Ungeheuer. Eine Wahlkampf-Unterhaltung aus dem Jahre 1987 mit Hellmuth Karasek: unter dem Titel *Die Gesellschaft ist keine Hammelherde* im *Spiegel,* Hamburg. Heft 4. 1987, unter Mitwirkung von Peter Stolle.

Die Leere im Zentrum des Terrors: unter dem Titel *Tomheten in terrorns centrum*, schwedisch von Madeleine Gustafsson, in *Dagens Nyheter*, Stockholm. 12. März 1986.

Mittelmaß und Wahn. Ein Vorschlag zur Güte: Erstdruck.